똑산

똑독산

똑같은 산, 똑같은 사람

최태영 지음

좋은땅

2039 년 4 월 13 일   날씨 : 여 우 비

또 다른 이정후를 만났다.

그러나 흉측스레 야윈 얼굴에 피골이 상접한 그의 형편없는 모습은,

차마 두 눈을 뜨고 바라보기가 힘들 정도였다.

하지만 내가 그에게 주먹을 날렸던 이유는, 그 형편없는 모습 때문이 아니었다.

그렇다면 왜 . . . . .

그가 현정이를 살릴 수 있는 이정후가 아니었기 때문에 ?

그에게 현정이를 살릴 해결책이 없었기 때문에 ?

음 . . . 이 또한 아니다.

그렇다면 도대체 왜 ?

그래 . . . 내가 주먹을 날렸던 그 이유는 바로, 그가 포기했기 때문이다.

그렇다. 포기한 것을 자랑인마냥 떠들어 대던 그의 입술이,

그 푸석푸석한 입술이 미치도록 얄미웠던 것이다.

그래. 나는 그와 다르다. 나는 . . . 나는 포기하지 않을 것이다.

그래. 나는 포기해서는 안 된다.

그런데 . . . . 나는 그와 다른데. 나는 . . . 나는 포기하면 안 되는데 . . .

왜 이렇게 고통스러운지 모르겠다.

1장. 아저씨

"…한 줄기의 빛은 희망적인 것일까?"

◆

　내 이름은 이정후. 나이는 서른여섯. 직업은…… 투자 감각이 그다지 좋지 못한, 투자 분석가이다. 나는 지속된 야근으로 주말 내내 잠을 청하기 위해 암막 커튼을 설치해 두었다. 하지만 그 암막 커튼 미세한 틈 사이로 아주 밝은, 그렇지만 방을 모두 밝히기에는 터무니없이 부족한 작은 빛 한 줄기가 책상도 아닌, 바닥도 아닌, 하필이면 침대에서 속옷 차림에 양말 두 짝만 신은 채로 게으름을 피우고 있는 내 얼굴을 정확히 비추고 있다.

　"아…. 햇빛."

　햇빛이 눈에 자꾸만 거슬린다.

　"여보!"

　그때 사랑하는 내 아내, 현정이가 나를 애타게 부르기 시작한다.

　"스톱… 스톱워치."

　「삑!」

　나는 서둘러 스톱워치를 작동시켰다.

　'아, 눈부셔…. 운도 나쁘지 참. …다리도 있고, 몸통도 있고, 팔도 있는데, 하필이면 내 얼굴이라니.'

"이정후!!"

'한 줄기 빛…. 누군가는 그 한 줄기 빛을 희망적인 의미로 생각할 수 있겠지만, 나는 딱히….'

"야!!"

'그 한 줄기 빛을 잡으려 수 년, 수 십 년을 노력해도 빛이라는 것은 결국 잡히지 않으니. 결국 그 빛을 잡지 못하였다면 그동안의 노력들이 수포로 돌아갈 뿐이니. 차라리 애초에 그 빛이 보이지 않았더라면….'

「철컥철컥, 쾅! 쾅! 쾅! …뻑!」

방문을 두들기는 소리가 들렸고, 나는 재빨리 스톱워치를 정지시켰다.

"어라? 오늘 좀 빠른데?"

나는 이따금 현정이의 말에 일부러 대답을 하지 않는다. 그 후 현정이가 인내심의 한계를 느껴 방문을 두들기기까지 걸린 시간을 체크한다. 현재까지의 최고 기록은 16초 59. 최고 기록을 경신한 날에는 로또를 구매하기도 한다. 조금 이상하게 보일 수도 있지만, 내게 이 행동은 지루한 일상을 조금이라도 즐겁게 보내기 위한 나름의 취미인 것이다.

[00:12.48]

"음…… 12초 48. 역시! …최고 기록이다."

「철컥철컥. 쾅! 쾅!」

"이정후!! 너 진짜 죽여 버린다!!"

이 세상 모든 일에는 원인이 존재한다. 어떠한 사건이 발생하였다면, 그 사건이 발생한 원인이란 것이 반드시 존재하기 마련이다. 그렇다. 지금 현정이가 방문을 마구 두들겨 대는 것은 반사회적 인격장애를 지닌 것이 아니다. 그저 방문을 두들기는 원인이 존재할 뿐이다. 그리고 그 원인은 바로 오늘 고향 집을 방문하기로 한 날이지만, 도무지 내가 일어날 생각을 하지 않기 때문이다.

사실 지금쯤이면 진작에 외출 준비를 모두 마치고 현정이를 찾아가, 내가 입은 옷에 대한 핀잔을 듣고, 다시 옷을 갈아입을 시간이지만, 왜인지 오늘은 조금 더 게으름을 피우고만 싶은 날이다.

각설하고, 지금 당장 중요한 것은 현정이가 방문을 따고 들어와 나에게 주는 선물을 어떻게 피할지를 고민하는 것이 급선무이다.

'왼쪽 뺨? 오른쪽 뺨? 아니면 물건 던지기? 물건 던지기라면 도가 터 말끔하게 피할 자신이 있다. 자…. 어디 한번 들어와 보거라…….'

나는 양말 두 짝만 신은 채로 전투태세를 완벽히 갖추었다.

「철컥. 툭-. 철커덕. 끼…익.」

"…………어라?"

현정이가 문을 따는 것에는 성공하였으나, 어째서인지 문을 박차고 들어오지 않는다. 이것은 나의 분석 안에 없던 일이다.

'무슨 뜻이지? 시간차 공격인가? 그게 아니라면…. 이제 나를 포기했다는 건가?'

소리로 판단하려 귀를 쫑긋 세웠지만 아무 소리도 들리지 않는다.

'음…….'

분위기가 심상치 않다. 아무래도 오늘은 그만 말썽을 부리고 서둘러 나가 보는 것이 좋겠다….

나는 정신을 차리고 서둘러 외출 준비를 하기 시작하였다. 옷장 손잡이에 오늘 내가 입을 착장이 걸려 있다. 깔끔한 흰색 셔츠에 무난한 하늘색 청바지. 그렇다. 현정이가 걸어 놓은 것이다. 하지만 안타깝게도 나는 확고한 주체성을 가지고 나만의 길을 걸어가기로 결심하였다.

「휙-. 툭.」

현정이가 걸어 놓은 착장은 침대 위로 휙 던져 버리고, 옷장 문을 활짝 열었다.

'음……. 아, 여유 부릴 때가 아니지.'

나는 서둘러 평소 즐겨 입던 초록색 줄무늬 티셔츠 한 장과 살구색 면바지 한 장을 집어 들었다. 흰색과 초록색이 똑같은 크기와 간격을 이루며, 규칙적으로 배열되어 있는 줄무늬 티셔츠는 보고 있기만 해도 기분이 좋아지기 때문이다.

「쑤욱-.」

단숨에 티셔츠를 입는 것에 성공하고, 곧바로 면바지를 입기 시작했다.

'끙…. 살이 좀 쪘나….'

바지가 꽉 끼는 것을 보니, 나는 요즘 삶이 만족스러운 것 같다.

'윽…. 됐다.'

힘겹게 바지를 마저 입은 뒤, 먼지가 수북한 거울 앞으로 다가가 옷매무새를 대충 다듬었다.

"……인물 좋네."

거울을 보며 자화자찬을 끝마친 나는, 방문 앞에서 걸음을 멈춰 세웠다.

"…아멘."

나는 침을 한 번 꼴깍 삼키고서 조심스레 방문을 열었다.

「끽…끼…익…….」

고개만 문 밖으로 빼꼼 내어 거실을 바라보니, 식탁에 가만히 앉아 있는 현정이의 뒷모습이 보인다. 살짝 갈색빛이 도는 긴 생머리에 각도기가 필요 없는 완벽한 직각 어깨. 역시 현정이는 뒷모습이 가장 아름답다.

'후우….'

용기를 내어 문 밖을 나오자 현정이는 내가 나온 것을 눈치챘는지, 자리에 앉은 채로 팔을 뒤로 한 바퀴 크게 그리며 무심한 듯 차 키를 던졌다. 마치 농구선수들이 묘기를 부리는 모습처럼 말이다.

「툭.」

그렇게 차 키는 아름다운 포물선을 그리며 천천히, 그리고 아주 서서히 날아오더니, 내 오른손에 정확히 안착했다.

"우, 우와…."

아내의 운동 신경에 다시 한번 반해 버렸다. 당장이라도 10점짜리 점수판을 치켜세우고 박수갈채를 쏟아붓고 싶지만…. 참아야 한다. 지금은 분위기가 심상치 않기 때문이다.

'음…… 많이 화났나…. 아, 영주.'

그래, 영주의 모습이 보이지 않는다. 영주는 초등학교에 재학 중인 소중한 내 딸이다. 나는 숨 막히는 이 분위기를 환기시키기 위해 애써 영주의 소식을 묻기 시작했다.

"어? 가만…. 영주는?"

"학원 갔어. 애 학원 언제 가는지도 모르지?"

현정이는 여전히 등을 돌린 채 툴툴거리는 말투로 대답하였다.

"아…. 학원? 영주 학원 잘렸잖아. 남자애 때려잡아서."

내 딸 영주는 현정이의 성격을 빼다 닮았는지, 남학생과의 싸움도 마다하지 않는 편이다. 영주는 학원에서 한 남학생과 말다툼이 있었고, 그

남학생이 먼저 주먹을 날렸지만, 우리 영주는 그 남학생의 7번 갈비뼈를
두 동강 내 주었다.

"거기 말고. 저번 주부터 새로 다녀."

"이번엔 어디? 설마 공부 학원이 아닌가? 주짓수? 복싱?"

"아… 좀. 출발 안 할 거야?"

"……그게, 나 옷. 이대로 입고 가?"

현정이는 그제야 천천히 고개를 돌리더니 내 착장을 위아래로 빠르게
훑어보았다.

"너가 운전해."

"다… 당연하지!"

합격이다. 다행히도 내가 입은 착장이 내심 마음에 들었나 보다.

「탁!」

곧이어 현정이는 자리에서 벌떡 일어나더니, 원목으로 된 식탁 의자를
강하게 집어넣었다.

'음…….'

착장은 합격했지만 현정이의 기분이 썩 좋지 않아 보인다. 아무래도
오늘 하루는, 정말 긴 하루가 될 것만 같은 기분이 든다.

「철컥-. 철컥-. 턱. 턱.」

그렇게 우리는 아파트 지하 주차장으로 내려갔고, 차량에 탑승하였다.
연식이 오래된 하얀색 SUV. 안타깝지만 이것이 우리의 차량이다.

「치지직-. 부릉….」

…오늘따라 차량의 배기음마저 썩 마음에 들지 않는다.

'음….'

그런데 현정이의 입이 삐죽 튀어나와 있다. 나는 차량이 마음에 들지 않지만, 현정이는 나의 행동이 마음에 들지 않는 눈치이다.

"큼! 큼……! 혀, 현정아. 한 줄기의 빛은 희망적인 것일까?"

현정이의 기분을 풀어 주기 위해 애써 말을 붙이기 시작했다.

"뭐? …뭐래. 나 잘 거야."

현정이는 조수석에서 새침하게 팔짱을 낀 채, 관심이 없다는 듯 고개를 돌렸다. 이유는 알 수 없지만, 요즘 따라 유독 현정이의 툴툴거림이 심해졌다.

"아니, 아까 방에서 암막 커튼 사이로 빛 한 줄기가 새어나왔는데, 그게 나한테는 희망적인 의미로 다가오지 않더라고. …그 한 줄기 빛을 잡으려다가, 많을 것을 놓칠 수도 있잖아."

"그 생각 하느라고 늦게 나왔냐?"

"……미안."

"으휴…."

"출발할게!"

나는 기어봉에 손을 얹었다.

"야."

그때 현정이가 문득 할 말이 생긴 듯 나를 불렀다.

"……어?"

"그건 그 한 줄기 빛을 잡으려고 하니까 그런 거지."

"어…아…… 그러니까, 그 한 줄기 빛!"

"아니…. 그건 기회주의자들이나 하는 짓이잖아. 빛이 보여야 잡으려 하고. 그렇지 않으면 잡을 생각조차 못 하고."

"…당연히 빛이 보여야 잡을 생각을 하지 않나?"

"아니지. 빛이 보이지 않으면, 너처럼 그냥 퍼질러 자는 게 아니라, 암막커튼을 걷어 낼 생각을 해야지. 더 크고 많은 빛이 들어올 수 있도록. …한 줄기 빛, 그러니까 기회는, 운 좋게 한두 번 들어올 수도 있지만, 암막 커튼을 걷어 낸다면 들어올 수밖에 없는 게 기회라는 거야."

"아…. 오! 암막 커튼…. 그렇네……. 그런데 현정이 너, 요즘 책 읽니?"

"…뭐래."

"아니, 멘트가 좋아서."

"잔다."

나는 어릴 적부터 웅변에 꽤나 재능이 있었다. 분위기를 환기시키기 위해 현정이에게 한 줄기 빛의 의미를 멋들어지게 말해 주려 하였지만, 오늘은 되려 내가 현정이에게 한 수 배워 버렸다.

"현정아, 벨트 맸어?"

"………."

"출발할게!"

「철컥. 응—.」

우리는 그렇게 고향 집으로의 여정을 시작하였다.

* * *

"하암⋯."

고향 집까지의 거리는 승용차 기준으로 약 4시간. 나는 쉬지 않고 2시간을 운전하였고, 그 대가로 고단한 하품이 절로 나오기 시작하였다. 물론 거리가 멀어 버스나 기차를 이용하는 것이 더 편리하지만, 나는 대중교통에 나쁜 기억이 있어 조금 힘이 들더라도 직접 운전을 고집한다.

"어⋯ 휴게소."

「똑-깍-똑-깍.」

그때 마침 전방 1km 지점에 휴게소가 있다는 파란색 표지판을 발견하였고, 나는 곧바로 차선을 변경하였다.

"으⋯⋯ 화장실."

「똑-깍-똑-깍. 철컥.」

휴게소로 들어와, 화장실 근처에 재빨리 주차를 하였다.

곧이어 차량의 시동을 꺼뜨렸지만, 차량 안에 느껴지는 미세한 진동은 멈추지 않았다. 그 원인은 바로 사랑하는 내 아내, 현정이가 무자비하게 코를 골고 있기 때문이다.

"에⋯⋯ 에에~춰!!!"

나는 눈치를 주기 위해, 기침을 과장하여 내뱉었다.

"으⋯."

성공이다. 현정이가 눈을 두어 번 비비더니, 현재 시각을 확인하였다.

"아⋯ 봄이라 그런지 꼬, 꽃가루가⋯. 미안 현정아⋯."

"후우…… 이제 내가 할게."

현정이가 운전대를 대신 잡아 주려 한다. 역시나. 지금. 현정이가 운전대를 빼앗으려 한다.

"아니, 진짜 괜찮아 현정아. 내가 할게."

나는 현정이의 배려를 매몰차게 거절했다.

"뭐? …그래라 그럼."

그렇게 현정이는 화장실에 갈 생각도 없다는 듯, 다시 잠을 자려 고개를 푹 숙였다.

'후우….'

나의 아픔을 모르는 사람들은 아마 나의 행동이 이해가 가지 않을 것이다. 그래, 피곤한 남편을 위해 운전대를 잡아 주려 하는, 아내의 눈물겨운 배려로 보일 수 있겠지만, 사실 이 배려에는 얄팍한 현정이의 잔머리가 숨겨져 있다.

고향 집에 도착할 때면, 우리 할멈은 항상 밖에 나와 계서, 나와 현정이를 반갑게 마중해 주신다. 그렇기 때문에, 그때 현정이는 운전석에서 내리며 먼 길 직접 운전해서 온 현모양처의 모습을 우리 할멈에게 보여 드리려 하는 것이다. 참고로 할멈이 강압적인 분위기를 풍기는 것이 절대 아니다. 그저 자신의 모습이 현모양처의 모습으로 보이고 싶은, 오로지 자기만족을 위한 행동인 것이다. 물론 나도 처음 한두 번은 당연히 현정이가 나를 위해서 운전대를 잡아 주는 줄 알았다. 그러나 현정이의 잔머리가 들통이 난 것은 바로 작년 이맘때였다….

작년 이맘때, 나는 지금과 같이 고향 집에 가기 위해 운전대를 잡았고, 현정이는 조수석에서 들숨, 날숨 가리지 않고 코를 골며 잠을 청했다.

「띠링! 띠리링! 띠링!」

고향집에 도착하기 10분 전, 현정이의 무릎 위 핸드폰에서 알람 하나가 울렸다. 그리고 그 알람의 제목은 조금 이상했다.

[현모양처]

현정이는 알람 소리에 화들짝 놀라, 반쯤 감긴 눈으로 알람을 부리나케 껐다.

"으…."

현정이는 끙끙 앓는 소리를 내며 눈을 비비기 시작하였고, 나는 그 알람의 정체가 문득 궁금해져 현정이를 살살 긁어 보았다.

"현모양처…? 현정아, 현모양처 그거 꼭 해야겠어…?"

"아…… 그래, 해야겠다. 왜."

"그럼 내가 도와줄게. …일단 코부터 막자. 너무 시끄러워."

"푸학…! 아 개웃겨. 나 혹시 코 골았나?"

"음…… 많이는 아니고…. 아… 조금 많이…."

"품…. 아, 됐고. 이제 내가 운전할게."

"갑자기? 지금? 10분 정도밖에 안 남았어. 그냥 내가 할게."

"…그럼 평생 운전 너가 할 거야?"

"아, 아니 그건 아닌데, 10분밖에 안 남…."

"평생 너가 할 거야!? 10분이라도 자."

"…뭐? 뭐……그래, 알겠어. 참…. (이상한 고집이 있네.)"

"뭐라고?"

"아, 아니야."

「끼익-. 철컥. 똑-깍-똑-깍.」

나는 갓길에 잠시 차를 대고 비상등을 켰다.

곧이어 현정이에게 운전대를 넘겨주었고, 나는 조수석 의자에 고개를 기대었다.

"아… 땡큐. 살 것 같다……. 정말 현모양처가 따로 없네."

오랜 운전에 피로가 쌓였던 것인지, 조수석 의자의 그 안락함은 북유럽 고급 침대가 전혀 부럽지 않았다.

'휴우…….'

하지만 그 의자의 안락함도 잠시. 얼마 지나지 않아 누군가 조수석 창문을 똑 똑 두드리기 시작했다.

「똑. 똑똑.」

"자기야, 이제 일어나~."

"…응……. 어…? 잠깐, 자기야…라고?"

'자기야'는 우리 할멈 앞에서만 나오는 현정이의 애교 섞인 콧소리이다.

"……억!"

서둘러 정신을 차리고 창밖을 바라보니 역시나 고향 집 도착이었다. 그렇다. 장거리 운전에 천근만근이 되었던 나는, 그 잠깐 사이에 깜빡 잠이 든 것이었다.

"어? 할매!"

그때 창밖으로 내가 차에서 나오기만을 애타게 기다리고 있는 할멈과 현정이 의 모습이 보였다. 나는 대충 눈을 비빈 뒤 서둘러 차에서 내렸고, 할멈에게 반갑 게 포옹을 시도하였다.

"아이고 우리 할멈, 보고 싶었어…."

「짝!!」

내가 포옹을 시도하자, 할멈은 내 등짝을 냅다 후려쳤다.

"악…!"

"야, 너는 애 운전하는 데 잠이 오니? 가까운 거리도 아니고…."

"어……?"

나는 무언가 단단히 잘못되었음을 깨달았다. 무언가 단단히 오해가 생겼음을 알아차렸다. 나는 재빨리 그 상황을 정확하게 해명해야만 했다.

"아니, 내가 지금까지….”

"아니에요 어머니~. 제가 편하게 자라고 했어요."

'어라?'

할멈의 부탁으로 현정이는 우리 할멈을 어머님이라고 부른다. 다만 여기서 잘못된 점은, 현정이가 내 말을 가로채었다는 점이다.

"아… 아니…."

보통 선의의 거짓말은 타인을 위해 사용하지만, 현정이는 선의의 거짓말을 자신을 위해 사용하는 기지를 발휘하였다.

"오냐~. 그려. 고생 많았어잉!"

곧이어 할멈은 현정이에게 따뜻한 말 한마디를 건네주었다.

'우와. 우와. 우와….'

나는 어처구니가 없어지기 시작했다. 어처구니가 없는 정도를 넘어서, 현정이의 머릿속이 궁금해졌다. 그렇다. 이 순간을 위해 현정이는 알람을 맞춰 놓고, 내 운전대를 빼앗아 간 것이었다.

"자기야~ 눈곱 붙었다."

현정이는 곱상한 말투와 함께 내 왼쪽 눈을 어루만져 주며, 붙어 있지도 않은 눈곱을 정성스럽게 떼 주었다.

"아이고~ 얘들은 아직도 신혼이여. 정후 이놈아, 다음에는 꼭 너가 운전대 잡어! 퍼질러 자지 말구! 알겠어!?"

"어? 어어? 아니……… 후…. 그래, 알겠어. 할멈 두고 봐. 반드시, 반드시 내가
잡을게….."

나는 현정이를 노려보며 할멈에게 대답하였다.

결국 그날 나는 목적지에 도착했는지도 모르고 아내가 약 4시간 동안
운전하는 데 잠만 잘 자는 남편이 되었고, 현정이는 그토록 바라던 현모
양처가 되었다.

하지만 오늘은 기필코 그때처럼 당하고 있지만은 않을 것이다. 이것이
내가 오늘 꼭 운전대를 잡고 고향 집에 도착해야만 하는 이유이다.

'흥…. 미안하지만, 이미 분석은 끝났다.'

고향 집에 절반쯤 도착한 지금 시점에서, 현정이가 운전대를 빼앗아
가려는 것은 이미 예상했던 일이다. 진정 사람이라면 지난번에 단 10분을
남기고 운전대를 빼앗아 간 행동이, 조금은 양심에 찔렸을 테니 말이다.

'계획대로만….'

지난번처럼 당하지 않기 위해, 같은 실수를 또다시 반복하지 않기 위
해, 나도 나름대로의 계획을 세워 왔다. …하지만, 내가 현정이의 제안을
거절했을 때, 이렇게나 빨리 수긍을 하고 아무렇지 않은 듯 다시 잠을 자
는 것은 내 분석 안에 없는 일이다.

'분명 무언가 꾀가 있을 텐데….'

긴장하자…. 상대는 항상 10수 앞을 내다본다.

'으……. 우선 화장실.'

이 휴게소에 정차한 본래의 목적을 잊을 뻔하였다. 그렇다. 우선 방광

이 나에게 눈치를 주고 있는 상황이니, 서둘러 화장실에 들러야겠다.

　나는 화장실에서 간단하게 용무를 마친 뒤, 카페인 충전을 위해 커피 두 잔과 현정이가 좋아하는 과자 한 봉지를 구매하여 차량으로 복귀하였다.

「틱!!」

　약간의 기 싸움을 위해 고의로 운전석의 문을 강하게 닫았지만, 현정이는 그새 깊은 잠에 들어 나의 인기척도 느끼지 못하는 듯 보인다.

　"현정아…? 과자 사 왔어."

　"………."

　"출발할게?"

　"………."

　'흥….'

　저렇게 여유 부리는 것을 보니, 이번 운전대 전쟁의 승리는 내 것이 될 거라는 확신이 든다.

「철컥. 부웅-」

　그렇게 우리는 또다시 고향 집으로의 여정을 시작하였다.

＊＊＊

　다시 긴장하며 운전을 하다 보니 시간이 훌쩍 흘렀고, 내비게이션에 보이는 도착 예정 시간은 내 심박수를 올리는 데 충분했다.

[00:10]

그렇다. 고향집 도착까지 남은 시간은 단 10분. 성공이다. 이대로 현정이가 잠에서 깨지만 않는….

「띠링! 띠리링! 띠링!」

[현모양처]

"헉…!"

군 시절 나는 5분 대기조였다. 훈련 시작을 알리는 상황벨이 울리면, 5분 안에 전투태세를 완벽히 갖추어야만 했다. 나는 매일 똑같이, 지겹게 반복되는 그 훈련 속에서, 매 순간 최선을 다하지는 못했다. 그리고 그럴 때마다 '전역 후 사회에 나가서, 이 훈련이 나에게 무슨 도움이 될까?' 라는 핑계로 내면의 죄책감을 회피하였지만, 그 생각은 단단히 잘못된 생각이었다. 그렇다. 군 시절 했던 그 훈련이 바로 지금, 이 순간, 가장 큰 도움을 주고 있다. 그렇다. 현정이의 핸드폰에서 현모양처 알람이 다시 울린 것이다.

'상황벨…. 상황벨이 울렸다……. 전쟁 시작이다.'

나는 당황하지 않고 지금 내가 해야 하는 말, 해야 하는 행동을 머릿속으로 되새겼고, 순식간에 전투태세를 완벽히 갖추었다. 그래, 현정이는 군대를 다녀오지 않았으니 이번 싸움은 완벽한 나의 승리이다.

「띠링! 띠리… 뚝-.」

예상대로 현정이는 겨울잠에서 깨어난 어미 곰의 모습처럼 눈을 이리저리 비비더니, 알람을 뚝 끄고서 말을 꺼냈다.

"…이제 내가 운전할게."

이럴 수가! 작년과 똑같은 멘트다. 아마도 현정이는 양심이라는 단어의 사전적 의미를 모르고 있는 것이 분명하다.

하지만 걱정 마라. 나는 똑같은 전략에 두 번씩이나 당하는 멍청이가 아니기 때문이다. 아쉽지만 현정이는 작년의 승리에 취했는지, 이번 싸움은 준비가 덜 된 것만 같아 보인다.

'도착까지 남은 시간은 단 10분…. 그렇다면, 플랜 C를 진행시킨다.'

현정이와는 달리 그동안 만반의 준비를 해 온 나는, 의기양양하게 플랜 C를 진행시켰다.

"………."

"야 이정후, 뭐 해. 내가 한다니까?"

"………."

그렇다. 플랜 C는 바로 아무 말도 하지 않고 목적지까지 가는 것이다. 이것 또한 군 시절 훈련소에서 조교가 어떠한 욕을 하던, 그저 목적지만을 바라보며 열심히 달려갔던 내 경험에서 나온 계획이다.

"너 지금 뭐 하냐?"

"………."

"픕…."

어라? 현정이의 표정이 심상치 않다. 내가 생각했던 시나리오대로라면, 대답을 하지 않았다는 이유로 나에게 대뜸 화를 내어야 한다. 그러나 내 예상과는 달리, 현정이는 곁눈질로 나를 쳐다보며, 귀엽다는 듯 살짝 웃음을 보이고 있다.

"귀엽네…."

"………."

변수 발생이다. 지금 저 표정의 의미를 분석해 내야만 한다.

"영주 학원비 돌려받은 거…. 너한테 있다면서? 우리 그 돈으로 여행이나 다녀올까?"

아. 아…. 큰일이다.

"………."

"아, 참. 너 이번에 새로 산 낚싯대 검색해 보니까 74만 원이더라? 우와… 맨날 용돈 부족하다고 찡찡대더니…. 거 봐~. 그 정도면 충분하다니까?"

"………."

지금 내가 아무 말도 하지 않는 것은 절대 플랜 C가 아니다. 아무 말도 할 수 없는 것이다. 그렇다. 영주가 잘린 학원에서 환불받은 학원비 67만 원을 들고 왔지만, 나는 낚싯대를 구매하기 위해 영주 손에 3만 원을 쥐어 주고 입막음을 하였다.

'하아…. 아, 이영주….'

눈에 넣으면 많이 아플 내 딸 영주…. 싸움 실력은 현정이를 닮았지만, 무겁지 못한 입은 나를 빼다 닮았나 보다.

'…어…… 어쩌지….'

그렇다. 군 시절 내가 했던 것은 훈련이었다. 모든 것이 정해진 시나리오였던 것이다. 하지만 지금은 다르다. 여러 가지 변수가 작용하는 실제 상황이다. …그래, 인생은 실전이다.

"차 빨리 세워라…. 잘 생각해."

'이 확신에 찬 말투…. 분명 현정이는 모든 것을 알고 있다. 설마… 그래서 계좌가 아닌 현금으로 학원비를 환불받았던 것인가? …오직 이 순간을 위해서? ……독한 것.'

그렇다. 나는 현정이를 죽었다 깨어나도 이길 수 없다. 지금 내 왼손 약지에 걸려 있는 결혼반지는, 약속이 아닌 약관에 동의하는 의미인 것이다. 그렇다. 약관을 위반한 나는 현정이가 주는 벌을 달게 받아야 한다.

"하, 하암. 현정아, 나 갑자기 피곤한데 운전 좀 해 주겠니?"

결국 나는 흰 수건을 던졌다. 그렇다. 완벽한 나의 패배다.

"그럼! 나중에 집에 돌아가서 다시 이야기하자."

"그…래."

「끼익-. 철컥. 똑-깍-똑-깍.」

2장. 꼬마 아이

'…아, 똑산이 뭐냐고?'

내 이름은 이정후. 나이는 12살. 지금 나는, 내가 가장 좋아하는 벤치에서 혼나는 중이다. 그것도 촌스러운 초록색 줄무늬 티셔츠를 입은 이상한 아저씨에게….

"여기에 버리지 말아 줄래? 이곳은 아저씨도 좋아하는 곳이거든."

배는 우리 아빠와 비슷하게 불룩 나왔고, 키도 아빠와 비슷한 것 같다.

'가만 보니 얼굴도 아빠와 많이 닮은 것 같기도 하고….'

내가 이 벤치를 좋아하는 이유는, 똑산을 볼 수 있기 때문이다. …아, 똑산이 뭐냐고? 똑산은 내가 좋아하는 산이다. 벤치 앞 저수지에 큰 산이 하나 비춰지는데, 그 모습이 마치 똑같은 산 2개를 위아래로 붙여 놓은 것만 같아 엄청 신기하다. 저수지를 거울로 만들었나 보다. …아무튼 그래서 나는 저 산에게 똑같은 산, 똑산이라는 별명을 붙여 주었다. 똑산은 우리 동네에서 나와 가장 친한 친구이다.

참. 그래서 지금은 왜 이 벤치에서 배는 불룩 나왔고, 키는 작고, 얼굴은 아빠를 닮은, 이상한 아저씨에게 혼나고 있느냐고? 바로 내가 이 벤치에 우유를 버렸기 때문이다.

내가 집 밖을 나갈 때면, 엄마가 내 손에 우유 하나를 항상 쥐어 주시는데, 이따금 나는 매일 먹는 이 우유가 너무 지겨워, 벤치 뒤편에 우유를 몰래 버리곤 한다. 그래, 그렇게 오늘도 우유를 몰래 버리던 와중, 이 이상한 아저씨에게 그만 붙잡히고 만 것이다.

"앞으로는 우유가 조금 지겹더라도 꾸준히 먹어 보는 것은 **어때? 키가** 쑥쑥 커지는 게 눈에 훤히 보일걸?"

'흥! 자기도 키가 작으면서….'

이 아저씨도 우유를 많이 안 먹었나 보다.

「빵-! 빠앙-!」

그때 새하얀 최신식 자동차 한 대가 **빵빵**거리며 다가오더니, **벤치 뒷**편 도로에 서서히 멈추었다.

「지잉-.」

곧이어 운전석의 창문이 내려가며 한 아주머니가 보였다.

'우와…. 우리 엄마보다 예쁜 아줌마는 처음이다….'

살짝 갈색빛이 도는 긴 생머리에, 멀리서 봐도 눈은 엄청나게 크고, 코는 똑산처럼 오뚝했다.

아줌마는 창문 밖으로 고개를 내밀고, 현금 다발을 위아래로 **빠르게** 흔들며, 대뜸 아저씨에게 호통치기 시작하셨다.

"거기서 살래!? …그리고 저기 화장실 없잖아 죽을래? 나 화장실 좀 찾아 다녀올 테니까, 거기 꼼짝 말고 있어!"

「부웅-.」

그렇게 아줌마는 아저씨에게 호통을 치시고, 어디론가 운전해 가셨다.

"후…. 아가야, 너는 결혼 같은 거 하지 마라."

아저씨가 한숨을 푹 쉬며 말씀하셨다. 아줌마와 아저씨는 우리 엄마와 아빠처럼 부부인가 보다.

'저렇게 돈 많고 예쁜 아줌마랑 살면서…. 아줌마가 아깝다.'

그렇게 아저씨와 나는 똑같이 시무룩한 표정을 한 채, 함께 똑산을 구경하기 시작했다.

'어라?'

똑산을 구경하던 중, 나는 무언가 이상한 점을 찾았다. 아저씨에게 꾸중을 듣고 난 후여서인지, 똑산의 크기가 똑같아 보이지 않는다. 고개를 이리저리 돌려도 보고, 일어나서도 보고, 누워서 봐도, 정말 똑같지가 않다.

'이상하다…. 항상 쌍둥이처럼 똑같았는데….'

오늘은 아저씨 때문에 똑산이 고장 났나 보다.

'아, 이 아저씨 정말…. 민폐야 민폐. …아니 근데, 어차피 우리 엄마가 매일 손에 우유를 쥐어 주시는데, 하나 정도는 버려도 괜찮잖아. …똑산도 2개라서 하나를 버리면 하나가 남는 걸?'

문득 조금 전 아저씨에게 혼이 난 게 억울해지기 시작했다.

'그래…. 나는, 나는 억울해.'

결국 나는 아저씨를 살살 약 올리기로 마음먹었다.

"저기 근데요. 아저씨, 아저씨 아줌마한테 잘하세요. …아줌마가 더 아깝거든요."

성공이다. 아저씨가 어이가 없다는 듯 나를 쳐다본다.

"저기요. 아저씨."

그때 누군가 화난 목소리로 아저씨를 불렀다.

고개를 돌려 벤치 뒤편을 바라보니, 멋진 교복을 입고서 무서운 표정을 하고 있는 고등학생 형 한 명이 보인다.

"아저씨 맞죠? 어제 저 치고 간 사람."

저 형은 아저씨에게 무언가 불만이 있어 보인다.

"누…구? 나…?"

하지만 아저씨는 저 형을 전혀 모르는 눈치이다.

"학생. 내가 기억이 안 나서 미안한데, 혹시 나랑 무슨 일 있었나요…?"

"저를 기억 못 하는 게 당연하죠. 넘어져 있는 저를 쳐다도 보지 않고 도망갔으니. 하지만 저는 분명하게 기억해요. 그 촌스러운 줄무늬 티셔츠에 그 푸짐한 뒷모습."

"미안하지만 내가 이 동네에 방금 막 도착을 했거든요? 이 동네 사는 학생 아니에요?"

"요 앞 중산고등학교 다니는 학생 맞고요. 어제 저쪽 사고 현장에서 저를 밀치고 도망간 아저씨도 그쪽이 분명 맞거든요? 거짓말할 생각 마세요."

이 형은 중산고등학교 학생인가 보다. 무섭다….

[이정후]

어라? 교복을 자세히 보니 이 형, 똑산처럼 나와 이름이 똑같다. 교복 명찰에 나와 똑같은 이름이 적혀 있다. 엄청 신기하다.

"아무 말도 못 하는 걸 보니 아저씨 맞네요. 이제 기억이 나시나요? 당장 사과하세요."

"…학생. 지금 학생이 무슨 말을 하는지 전혀 모르겠거든요? 어제 내가 학생을 치고 도망갔다고요?"

"후…. 네, 어제 사고 현장에서 아저씨가 밀친 학생. 그 학생이 저라고요."

"어떤 사고 현장…? 난 이 동네에 방금 막 왔다니까?"

아저씨는 정말로 억울한 표정이다.

"무슨⋯. 혹시 정말로 기억이 안 나는 거예요? 차 사고요. 어제 급발진 사고로 아주머니 한 분 돌아가셨잖아요. 그때 아저씨는 저를 밀치고 사고 현장으로 뛰어가셨고."

"그러니까 난 그 아저씨가 아니라고. 나는 어제 와이프랑⋯."

아저씨가 말을 멈췄다. 어제 이 형과 있던 일이 기억났나?

"네? 와이프랑 뭐요."

나랑 이름이 똑같은 형이 계속해서 아저씨를 추궁한다.

"⋯⋯⋯."

그런데 아저씨는 문득 무언가에 홀린 듯, 갑자기 똑산처럼 굳어 버렸다.

"저기요. 아저씨?"

"⋯⋯⋯."

"후⋯. 그냥 사과 한 번⋯."

"너 이름이 뭐야."

어라? 똑산처럼 굳어 있던 아저씨가 갑자기 나에게 이름을 물어본다. 고등학생 형이 아닌, 나에게 말이다.

"⋯⋯네?"

"너 이름이 뭐냐고!!"

무슨 일인지 아저씨는 엄청나게 무서운 얼굴로 나에게 화를 내기 시작했다.

"정후요⋯. 이정후."

"씨×⋯."

내 이름을 말하자, 아저씨는 갑자기 내 가방을 빼앗아 갔다. 그 후, 가방 지퍼를 훅 열어 버리더니, 내 물건들을 모두 바닥에 탈탈 털어 버렸다.

'크… 큰일이다. 내가 아저씨를 약 올려서 그런 건가? …사람을 잘못 건드렸어. 정말…. 정말 이상한 아저씨야.'

나는 겁에 질리기 시작했다.

[국어 - 이정후]

아저씨가 바닥에 떨어진 내 교과서 하나를 주워들었다.

'도… 도망쳐야 하나?'

곧이어 아저씨는 주머니에서 이상한 물건을 꺼내들었다. 단단한 직사각형 모양에 까맣고 동그란 점이 찍혀 있다.

'혹시 폭… 폭탄인가….'

아저씨는 그 이상한 물건을 손가락으로 몇 번 누르더니, 자신의 얼굴에 가져다 대기 시작했다.

'혁… 위험해. 저러다 터지기라도 한다면….'

"구해야 돼."

잠시 후 아저씨는 이상한 혼잣말을 하더니, 대뜸 어딘가로 헐레벌떡 도망을 치기 시작했다.

'후…. 사, 살았다…….'

나는 너무나 겁에 질려, 아저씨의 이상한 행동보다 다행히 살았다는 생각이 먼저 들었다. 살면서 저렇게나 무서운 표정은 처음 봤다.

"저 아저씨가 또…."

고등학생 형은 아저씨를 잡으러 쫓아가기 시작했다. 지금이 기회다. 저 이상한 아저씨가 다시 돌아오기 전에 얼른 집에 가야겠다.

나는 바닥에 떨어진 내 물건들을 서둘러 주워 담기 시작했다.

'어라?'

문제가 생겼다. 아빠가 생일 선물로 사 주신 지우개가 보이지 않는다.

'어디 간 거야…. 헉! 설마?'

저 아저씨가 내 지우개를 훔쳐 간 것 같다. 아무래도 저 아저씨와 고등학생 형은 한패인 것 같다. 그래, 도둑질 팀인 것이다. 내 지우개를 훔쳐 가기 위해 둘이서 작전을 펼친 것이다.

'아…. 당했다….'

아직 고등학생 형이 멀지 않은 거리에 서 있다. 아저씨를 잡는 것을 포기했나 보다. …아니, 아니다. 애초에 같은 팀이니 잡으러 가는 척만 한 것이다.

'지우개의 행방을 물어볼까? …조금 무섭지만.'

그때 고등학생 형이 이상한 물건을 주머니에서 꺼내들었다. 조금 전 아저씨의 물건과 비슷하게 까맣고 동그란 점이 찍혀 있다.

'어라?'

고등학생 형도 아저씨의 이상한 행동과 똑같이, 이상한 물건을 손가락으로 몇 번 누르고, 얼굴에 가져다 대기 시작했다.

'아! 무전기다….'

아마도 저 물건은 폭탄이 아니라 최신형 무전기일 것이다. 그래, 최신형 무전기로 아저씨에게 작전 성공을 말하고 있는 것이다.

'고약한 도둑질 팀…. 이번은 넘어가지만, 다시 만나기만 해 봐라….

작은 고추의 매운맛을 보여 줄 테니.'

아무튼 똑산이 고장 났으니, 서둘러 집으로 돌아가 보는 것이 좋겠다. …그래. 절대 도둑질 팀이 무섭기 때문이 아니다. 다음에 또 마주친다면, 혼쭐을 내 줄 자신이 있다.

「터벅. 턱. 터벅. 턱.」

그렇게 나는 짐을 챙기고 집으로 발걸음을 옮겼다.

* * *

「삐!-용-삐!-용. 후웅--! 삐!-용-삐!-용.」

집으로 돌아가는 길, 구급차 한 대가 엄청난 속도를 내며 나를 지나쳤다. 저 구급차가 나를 실으러 오는 게 아니라니 참 다행이다.

'그런데…. 정말 지우개가 목적이었다면, 왜 그렇게나 무서운 표정을….'

이상한 아저씨의 그 무서운 표정이 머릿속을 떠나지 않는다.

'내일 다시 올 때는 제발 이상한 아저씨가 없기를….'

* * *

"엄마! 나 왔어요!"

집에 도착해 그다지 무겁지 않은 책가방을 바닥에 툭 던져놓고, 곧장 침대 위로 몸을 던졌다.

'휴······. 아니 근데···.'

진정된 마음으로 벤치에서 있었던 일을 다시 떠올려 보니, 이상한 아저씨의 그 이상한 행동들이 도무지 이해가 되지 않는다.

'아저씨는 갑자기 왜 도망을 간 거지? 정말 도둑질 팀의 유치한 작전인 건가? 아닌데···. 아저씨의 그 표정은 정말로 화가 난 표정이었다고. ···하지만 내가 벤치에 우유를 버린 것도, 아저씨를 약 올린 것도 모두 나름대로 이유가 있었는데···.'

"정후 왔니?"

아빠가 내 방을 들어오셨다.

'아···. 지우개···.'

"네···. 왔어요···."

"어라? 정후 표정이 왜 그래."

"아···. 아빠가 사 주신 지우개···. 도둑맞았어요."

나는 서둘러 침대에 걸터앉아, 유치한 도둑질 팀을 일러바치기 시작했다.

"뭐? 도둑맞다니."

"오늘 똑산을 구경하러 벤치에 놀러 갔다 왔는데, 도둑질 팀이 유치한 작전을 짜고 제 지우개를 훔쳐 갔어요···."

"도둑질 팀···? 그게 무슨 소리야."

아빠가 화들짝 놀란 표정을 지으시며 나에게 되물었다.

"그게···. 사실 엄마가 준 우유를 벤치에 몰래 버리다가, 처음 보는 이상한 아저씨한테 혼이 났거든요."

"으이그… 아저씨께 혼이 났구나. 그런데?"

"그런데 갑자기 고등학생 형이랑 아저씨랑 둘이서 싸우더니, 제 가방을 빼앗아 갔어요."

"갑자기 네 가방을? 빼앗아 가?"

"네…. 엄청나게 화난 표정으로. …그러고선 도둑질 팀은 제 지우개를 훔치고 달아났어요."

"아……. 지우개만?"

"네. 아빠가 생일 선물로 사 주신 지우개요."

"잠깐…. 그러니까 정리해 보자면, 정후가 벤치에 우유를 버리다 처음 보는 아저씨께 혼이 났는데, 그 아저씨께서 갑자기 고등학생 형과 싸우시더니."

"네."

"느닷없이 정후 너한테 화를 내며 네 가방을 빼앗아 간 뒤, 지우개를 훔쳐 달아났다. 이거잖아?"

"네 맞아요!"

"그…. 정후야."

아빠가 내 어깨에 손을 얹으시며 내 옆에 앉았다. 아빠는 내 말을 전혀 믿지 못하는 눈치이다.

"정말이에요! 제가 그 도둑질 팀 잡아 올게요!"

"정후야, 그래서 지우개를 도둑맞아서 속상해?"

"당연하죠! 그런데 속상한 것보다, 그 이상한 아저씨의 이상한 행동들이 도무지 이해가 가지 않아요."

"그래, 아빠가 들어도 아저씨의 행동이 이상하긴 하구나."

"네, 사실 제가 아저씨를 약 올리기는 했지만…. 제가 우유를 버린 것도, 아저씨를 약 올린 것도, 다 나름대로 이유가 있었다고요. …그런데 아저씨는 저를 전혀 이해해 주지 않았어요."

"아빠는 정후 너를 이해할 수 있어. 매일 먹는 우유가 지겨웠겠지. 처음 보는 이상한 아저씨께 혼이 나서 억울했을 테고."

"네…. 심지어 그 아저씨 키도 작았어요. 아저씨도 우유를 많이 안 먹은 것 같았다고요."

"하하…. 그래? 그런데 아저씨께서는 너의 행동을 이해해 주지 않으셨고, 너 또한 아저씨의 행동이 이해가 가지 않는다는 거지?"

"네, 맞아요…."

"그렇구나…. 음……. 정후야, 혹시 아빠가 숫자를 하나 생각해 볼 테니 맞혀 볼래?"

"숫자는 갑자기 왜요?"

"맞히면 아빠가 지우개 10개 사 줄게!"

"좋아요! 음…. 6?"

"한 번 더 기회를 줄게. 생각보다 훨씬 높을걸?"

"그럼…. 23!!"

"아니야. 아빠가 생각한 숫자는 2,863,215야."

"차암나…. 뭐에요! 그걸 대체 어떻게 맞혀요?"

"당연히 힘들지. 아빠가 멋대로 생각한 숫자이니까. 그렇다면 숫자를 맞히지 못한 정후 너의 잘못일까?"

"아니죠! 숫자가 너무 터무니없었잖아요."

"그럼 숫자를 터무니없이 생각한 아빠의 잘못일까? 만약 아빠가 숫자 1을 생각했었더라도 정후는 맞히지 못했어."

"그렇죠…. 저는 6을 생각했으니…. 아빠 잘못은 아니에요."

"그래, 누구의 잘못도 없어. 그저 정후가 생각한 숫자와 아빠가 생각한 숫자가 다를 뿐이지. 이제 여기서 숫자를 지워 볼까? 그저 정후의 생각과 아빠의 생각이 다를 뿐, 어느 누구의 잘못도 아니라는 거야. 그러니 아저씨께서 정후의 생각을 이해해 주시지 않았더라도, 정후는 전혀 기분 상할 필요가 없다는 거지."

"아…. 그럼 아저씨 잘못이 없다는 거예요?"

"그건 아니야. 아저씨께서 우리 정후의 가방을 함부로 하셨으니, 그건 아저씨의 잘못이 맞으셔. 아빠 말은, 정후가 아저씨께 이해받지 못한 부분에서 기분 상할 필요가 없다는 거지. …만약 정후가 아저씨께 이해받기를 원한다면, 그때부터는 이해가 아니야. 그건 서로의 생각을 맞추는 타협이 되어 버리는 거지. 이해는 받는 것이 아닌, 서로 주는 것이야."

"음…. 너무 어려워요…."

"쉽게 말해, 상대방의 있는 그대로를 인정해 주는 거야. …그래, 이해란 쉽지 않은 것이 맞아. 아빠도 아직 이해가 어려울 때가 많은 걸? 그래도 2,863,215라는 숫자를 맞히는 것보단 훨~씬 쉬울 거야."

"상대방의 있는 그대로…….."

"하하…. 괜찮아 정후야. 정후가 이해하고 싶지 않으면, 이해하지 않아도 돼. 정후가 아저씨를 이해하지 않아도, 그것은 절대 정후의 잘못이 아니니까. …이해는 필수가 아닌 선택이거든."

"아무리 그래도 그 이상한 아저씨가…. 흥. 아빠는 제 말을 믿고 있긴 한 거예요?"

"당연하지! 아빠는 정후 믿어. 그리고 정후를 이해하고 있어."

"…만약 제 말이 거짓말이라면요?"

"음…. 좋은 질문이야. 정후가 정말 아빠한테 거짓말을 하고 있는 거라면, 아무런 추궁도 하지 않고 정후의 있는 그대로를 믿어 주는 아빠의 모습을, 정후 네가 보게 되겠지?"

"네…. 그렇겠죠."

"그렇다면, 그런 아빠의 모습을 보면서 부끄러움을 느끼는 것은, 거짓말을 한 정후 네 자신이 되겠지?"

"…그렇죠."

"그래…. 만약 정후의 말이 정말 거짓말이라면, 아빠는 정후가 그 부끄러움을 스스로 느끼고, 앞으로 아빠에게 거짓말을 하지 말아 줬으면 좋겠어. 아빠는 정후의 말이 진실이던 거짓이던 정후를 이해해 주고 있으니까."

"음…."

"정후가 생각이 많아졌구나. …천천히 생각해 보고 나와. 밥 먹어야지!"

아빠는 그렇게 내 머리를 쓰다듬어 주시고 거실로 나가셨다.

'아무래도 아빠는 내 말이 거짓말이라고 생각하시는 것 같다. …그렇지만. 그렇지만 아빠는 나를 이해해 주고 계신다. …그렇다면 내 말을 믿어 주지 않는 아빠를, 나 또한 이해해야 하는 걸까? 으…… 머리야.'

머리가 너무나 복잡하다. 하지만 한 가지는 확실히 깨달았다. 내 말을 믿어 주지 않는 아빠를 이해하지 못하겠지만, 그저 아빠와 나의 생각이 다를 뿐, 둘 중 누구의 잘못도 아니라는 것이다.

이해란 쉬우면서도 참 어려운 것 같다.

3장. 고등학생

'뭐, 확실히 성격은 고약하지만 얼굴은….'

내 나이는 열아홉. 고등학교 삼학년이다. 19년이란 짧은 시간이지만 내 인생에는 이미 수많은 후회들이 생겨났다. 그 중 하나는 나의 키. 우리 학교는 키순으로 번호를 매겨, 나는 우리 반에서 5번을 담당하고 있다. 누가 봐도 키가 작지만, 작은 키로 놀림을 받는다면 자신 밑의 4명을 생각하며 애써 자신을 위로하는, 애매하게 작은 그 번호 말이다.

'다른 놈들은 대체 무엇을 먹고 저렇게 키가 자랐을까. 어릴 적 우유나 많이 먹어 둘걸⋯. 뭐, 대신 나는 수려한 얼굴을 가지고 태어났으니 괜찮다만⋯.'

또 한 가지, 고등학교 삼학년인 내가 하고 있는 후회 중 하나는 역시나 공부다. ⋯그렇다. 모든 학생들의 성적은 제각각이다. 모두에게 주어진 19년이라는 시간은 똑같지만, 그 시간의 농도는 똑같지 않았다. 내 시간의 농도는 옅은 편에 속하였고, 내 성적 역시 빛을 보지 못하였다. 그 결과 내가 즐기고 놀았던 시간에 쌓지 못했던 지식들은, 후회가 되어 내 자신에게 돌아오기 시작했다.

'만약 그 시간들에 공부를 했다면, 지금 내 성적은 어땠을까.'

나는 죽기 전 인생을 되돌아보았을 때, 후회 없는 인생을 살고 싶다.

…하지만, 이미 너무나 많은 후회들이 내 인생에 쌓여 버렸다.

'지난 후회들을 없애는 방법은 없는 것일까. 하긴… 인생이 게임도 아니고….'

각설하고, 지금 당장 중요한 것은 담임 선생님께서 나에게 주시는 선물을 어떻게 피해야 할지 걱정하는 게 급선무이다. 그렇다. 나는 높은 성적을 포기하였지만, 담임 선생님께서는 나를 포기하지 않으셨다. 나는 시험 답안지에 [죄송합니다. ♡]를 적어 제출하였고, 화가 단단히 나신 선생님께서 지금 나를 해하려 하시는 것이다.

'어머니 모셔 오기? 아버지 모셔 오기? 그게 아니라면 분필 던지기? 분필 던지기라면 도가 터 말끔하게 피할 자신이 있다. 자…. 어디 한번 들어….'

"이정후?"

선생님께서 내 이름을 호명하셨다.

"죄송합니다. 선생님. 제가 그러한 답을 작성한 이유는 다름이 아니라…."

"태수랑 자리 바꿔. 현정이 옆으로 가."

아뿔싸. 이런. …큰일이다. 김현정은 우리 반에서 가장 성격이 포악하기로 소문이 자자한 친구이다. 자신은 공부를 그리 열심히 하지 않으면서, 옆자리에 앉은 짝꿍이 조금이라도 공부에 집중을 하지 않는다면 "너 때문에 나도 공부에 집중이 되지 않는다.", "너가 내 성적 책임질 거냐." 등의 얼토당토않는 이유를 대 가며 불같이 화를 낸다. 김현정은 그렇게 배정이 되는 짝꿍마다 시비가 붙어 짝꿍과 함께 교무실로 불려가기 일쑤였지만 결과는 언제나 김현정의 승리였다. 그리고 그 원인은 바로 우리 학교와 바로 옆 학교의 자존심 싸움 때문이다.

내가 재학 중인 우리 학교의 이름은 '중산고등학교', 옆 학교의 이름은 '고산고등학교'이다. 두 학교의 이름만 들어도 어느 정도 눈치를 채었겠지만, 중산고와 고산고는 창설 이후로 쭉 라이벌이었다. 누가 더 명문대학교를 많이 보내었는지, 어느 학교의 시설이 더 좋은지, 교복은 어디가 더 예쁜지, 중산고와 고산고의 축구 시합이 벌어질 때면 월드컵 못지않은 열기를 띠며 혼신을 다해 응원하고, 심지어 요즘은 중산고의 '중'보다는 고산고의 '고'가 더 높으니 고산고가 더 뛰어난 학교라는 둥, 우리 학교는 그에 반박하여 우리 중산고의 중은 '가운데 중' 자를 사용하기 때문에 자신들이 중심이라는 둥, 차마 입에 담을 수 없을 정도로 유치한 싸움을 벌이는 지경에 다다랐다.

물론 나는 이 싸움에 끼고 싶지도, 낄 이유조차 못 느끼지만, 이 싸움의 중심에는 김현정이 있다. 그렇다. 김현정은 우리 학교 전교 1등이다. 학생들뿐 아니라 두 학교 선생님들 사이에도 묘한 신경전이 있는 것 같다. 그리하여 김현정이 교무실에 발을 들이는 순간, 매번 김현정이 승리하여 전쟁에서 승전한 장군의 모습으로 교실에 들어오는 것이다.

공부를 그리 열심히 하는 것 같지도 않고 성격도 불같지만, 세상은 불공평한 것이 아닌가. 하늘은 김현정에게 매우 똑똑하고 교활한 머리를 주었다. 또……. 인정하기는 싫지만, 하늘은 김현정에게 예쁘장한 얼굴까지 주었다. 하지만 걱정 마라. 난 얼굴보다 성격을 보는 편이니…. 내가 김현정의 짝꿍이 된다고 해도, 내 마음을 주는 일은 하늘이 무너져도 없을 것이니….

"네, 선생님. 다음 달에 바로 자리 옮기도록 하겠…."

"아니, 지금 당장. 태수, 짐 싸."

"넵, 열심히 하겠습니다. 선생님!"

선생님의 말씀이 끝나기 무섭게, 김현정의 현 짝꿍 태수는 씩씩하면서 얄미운 목소리로 대답하며 일사천리로 짐을 챙겼다.

'오태수 저 씨….'

곧이어 나 또한 얼마 되지 않는 짐을 뭉뚱그려 챙겼다.

"후…."

대충 짐을 챙긴 나는 김현정의 옆자리로 터벅터벅 걸어가기 시작했다.

그때, 태수가 나를 지나치며 복화술을 사용한다.

"(인생은…. 버티는 그야….)"

나는 잠시 멈춰 태수를 슬쩍 째려보고 다시 발걸음을 옮겼다.

「척.」

그렇게 새로운 자리에 가방을 걸어 놓고, 자리에 앉으려 의자 등받이에 손을 올렸다.

"아…. 방해만 하지 마."

'어라?'

내가 옆자리에 앉기도 채 전에, 김현정이 뾰로통한 표정을 지으며 먼저 선수를 쳤다. …그렇지만 나는 동요하지 않는다. 나는 이런 불합리에 쉽게 발끈하는 성격이 아니고, 마침 나도 김현정과 엮일 생각이 전혀 없었기 때문에 오히려 잘되었다. 이런 내 성격을 선생님께서도 그동안 잘 파악하신 것 같다. 그래, 김현정이 이따금 공부에 집중이 되지 않아 시비를 걸어올 때면, 사과 한마디 대충 해 버리고 애당초 싸움을 방지해 버리면 그만이다. 어차피 싸움으로 번진다고 해도 내가 처참히 패배할 것이 눈에 훤하니 말이다. 당분간은 조금 불편하겠지만 이번 학기만 참는다면 짝꿍이 다시 바뀔 것이다.

나는 자리에 앉아 억지웃음을 지으며 김현정에게 대답하였다.

"걱정 마~. 공부 열심히 해. 친구야!"

"난 너 같은 친구 없는데?"

"아…? 하하. 미안!"

이런, 생각보다 쉽지만은 않을 것 같다….

* * *

자리를 바꾼 이후로 나는 김현정에게 단 한마디도 말을 붙이지 않았고, 김현정 역시 나에게 말을 걸지 않았다. 그렇게 한 교시 또 한 교시가 지나갔고, 누가 먼저 말을 건네나 암묵적인 자존심 싸움으로까지 이어졌다. …이 싸움은 당연 나의 승리일 것이다. 김현정은 제 성격에 못 이겨 분명 나에게 시비를 걸어올 것이니….

"어디 간 거야…."

'옳거니.'

짧지만 소중한 쉬는 시간, 김현정이 당황한 모습으로 무언가를 애타게 찾고 있다. 지우개? 연필? 현재까지 정확히 분석하지는 못하였지만, 학용품 중 하나가 없어진 것이 분명해 보인다.

"너가 내 지우개 가져갔나?"

'어라?'

김현정이 너무나도 쉽게 암묵적인 휴전 협정을 깨고 나에게 말을 걸어 왔다. 지우개 빌려 달라는 말을 저렇게 기분 나쁘게도 할 수 있는 법이구 나. 내 필통의 지우개 두 개가 어서 세상 밖으로 나가 빛을 볼 준비를 마 쳤지만, 아쉽게도 현정이 너에게 빌려줄 지우개는 이 세상 어디에도 없을 것 같다.

"야 이정후, 너 혹시 말할 때 목이 아파? 막 따끔거려? 대체 왜 대답을 안 하는 거야?"

오. 오오……. 김현정. 역시 듣던 대로 보통내기가 아니다. 하지만 나 에게도 어느 정도의 선이 있고, 그 선을 넘어 버린다면 패배가 확정된 싸 움일지라도 도전은 해 볼 의향이 있다. 그리고 지금은 김현정이 그 선을 넘어서기 직전이다.

"현정이 너는 말을 참 예쁘게 하는구나? 혹시 지우개가 필요한 거야?"

"보기보다 똑똑하네. 빨리 지우개 하나만 줘."

오. 오오……. 오오오…………. 김현정이 마지못해 선을 넘어 버렸다. 더 이상은 나도 참지 않겠다. 다시 생각해 보니 이번 학기가 끝날 때까지 기다릴 필요가 없다. 오늘 당장 김현정과 대판 싸워 버리면, 자동으로 우 리 둘의 격리 조치가 이루어질 것이다.

"또 대답 안 하네……. 찾았다."

어라? 김현정이 내 필통을 멋대로 뒤적이더니 지우개 하나를 잽싸게 가져갔다. …현재 상황을 판단해 보자면 김현정은 선을 사뿐히 뛰어 넘 었고, 나는 참을 만큼 참아 내가 승리할 확률이 월등하게 높다. 오나…. 어디 한번 해 보자.

"그 지우개. 지금 당장 돌려…."

"잠깐. …이정후, 너 담배 폈지?"

"악……."

"너 처음 옆자리에 앉았을 때부터 우리 아빠랑 똑같은 냄새 난 거 혹시
알아?"

"……많이 나?"

"걱정 마. 마음 같아선 선생님께 지금 당장이라도 말씀드리고 싶지만,
지우개 빌려줬으니 이번만은 넘어가 줄게."

뭐? …빌려줬다고?

"정후야, 대답해야지?"

"…아…… 응."

"아 하나 더. 지금 네 바지 주머니에 있는 그 직사각형 모양 담뱃갑. 난
그게 아직까지도 선생님께 걸리지 않은 게 신기해. 가방에 넣어 놓던가.
책상 서랍에 숨기던가. 생각을 좀 해 봐. 너 이번에 또 걸리면 정말 큰일
이잖니."

"아……. 고마워."

"아까 보니까 너 지우개 두 개던데, 나 하나 가져도 괜찮지. 정후야?"

"두 개 다 현정이 너 가져. 난 필요 없어."

"그래. 잘 쓸게!"

김현정은 그렇게 사촌 동생과 놀아 주듯, 나를 상대로 가볍게 승리했
고, 나는 지우개 두 개를 모두 빼앗겼다. 나에게서 담배 냄새가 난 순간
부터 지금 이 순간까지, 아마 모두 김현정의 계획 아래였을 것이다. 지우
개가 없는 척 연기를 하며 나에게 승부를 걸어온 것일 수도 있다. 새로운

짝꿍이 생겼으니 서열 정리는 확실히 마치고 가겠다는 심보라면 말이다. 공부를 열심히 하지 않아도 전교 1등을 해 버리는 아이의 두뇌는 내가 감히 넘볼 수 없을 정도로 뛰어나구나.

                                    * * *

"차렷! …인사."

"감사합니다~."

"감사합니다~."

드디어 하교 시간이다. 즉, 김현정과 헤어지는 시간이라는 말이다.

"그래도 지금까지 만난 짝꿍들 중에서는, 정후 네가 제일 똘똘하고 말
도 잘 통하네."

김현정이 나에게 덕담을 건네며 무거운 가방을 챙기고 교실을 나섰다.
김현정은 내심 내가 마음에 드는 듯한 눈치이다. …그렇다. 아무래도 이
번 학기는 여간 쉽지 않을 것 같다.

＊＊＊

「터벅…. 터벅…. 터벅….」

가방은 가볍지만 마음은 무거운 하굣길, 나는 집 근처 먹자골목으로 발걸음을 옮겼다. 오늘은 우리 할멈의 생일이기 때문이다. 그동안 나를 홀로 키우느라 애먹은 우리 할멈을 위해, 할멈이 좋아하는 짬뽕을 포장해 갈 생각이다.

'김현정…. 쉽지 않은 상대지만, 만반의 준비를 마친 상대를 이기지는 못할 것이다….'

먹자골목으로 오는 길 내내, 오로지 김현정을 상대로 승리를 거둘 계획을 머릿속으로 생각했다.

'아, 맞다. …짬뽕.'

김현정 생각에 정신이 팔려, 내가 먹자골목에 온 본래의 목적을 잠시 잊고 있었다.

'음… 요 근처에 중국집 하나가 분명 있었는데…….'

나는 정신을 차리고 식당 간판을 보는 것에 주위를 기울였다.

'빨리 짬뽕 포장하고, 장고 간식도 하나 사야 하는데….'

장고는 중학교 삼학년 때부터 키우던 우리 집 고양이이다. 길고양이 치고는 외모가 꽤나 귀여워, 내가 납치해 정성껏 키워 주고 있다.

'어? 찾았다. 중국….'

「빵―! 빵빵―! 홍―!」

"어어…! 어!? …아악!"

그때 차량 한 대가 엄청난 속도를 내며, 깻잎 하나 차이로 나를 간신히 스쳐 지나갔다.

"와…… 으아…."

하마터면 정말 죽을 뻔했다. 하지만 놀란 마음도 잠시, 나를 죽일 뻔한 차량에 대한 화가 치밀어 오르기 시작했다.

"미친 거 아니야!?"

나는 자리에 서서 그 차량의 뒷모습을 째려보기 시작했다. 흰색 SUV. 최근에 나온 신차로 보인다.

"이 좁은 골목에서 저 씨…."

「쿵-!! 카강!! 통-!!! 텅!!」

"헉…………!"

사고다. …그것도 대형 사고. 엄청난 속도를 내던 차량은 결국 전봇대 하나를 들이박고 그대로 차가 뒤집혀, 한참 동안 이곳저곳에 튕기고 나서야 멈췄다. 나는 살면서 차량 사고, 그것도 대형 사고를 실제로 본 적이 처음이었기 때문에 머릿속이 새하얘지기 시작했다.

'어…… 어쩌지…. 어…어어… 어떡해….'

이윽고 주변 상가에서 엄청난 소음을 들은 손님들과 식당 주인들이 하나둘 나오기 시작했고, 사고 현장은 눈 깜빡할 사이에 사람들로 가득 찼다. 하지만 나는 그저 멀리서 바라만 볼 뿐, 도저히 그 현장으로 갈 엄두가 나지 않았다.

「삐!용-삐!용-」

길었는지 짧았는지 가늠할 수 없던 시간이 지나고, 난장판이 된 길가로 드디어 구급차 한 대가 경적을 울리며 빠른 속도로 다가오기 시작했다.

'다행이다….'

누군가 재빠르게 신고를 해 준 것이다. 나를 치고 갈 뻔했던 저 차량에 대한 악감정은 이미 사그라든 지 오래이고, 오로지 저 차량의 운전자가 살아 있기만을 간절히 기도했다.

「퍽! 우당탕!」

그때, 누군가 나를 강하게 밀쳤다.

"아악……!"

무릎으로 바닥에 넘어진 나는, 엄청난 고통에 뒹굴거리기 시작했다.

"아…. 쓰읍…."

고개를 들자, 나를 밀치고 도망가는 사람의 뒷모습이 보인다. 촌스러운 초록색 줄무늬 티셔츠에, 살구색 면바지를 입은 한 아저씨이다. 아저씨는 내게 사과도 하지 않은 채, 푸짐한 몸을 이끌고 사고 현장으로 숨을 헐떡이며 뛰어갔다.

"아…. 저기요!!"

있는 힘껏 호통을 쳤지만, 아저씨는 내 목소리를 무시하며 뛰어갔다.

"아오……. 씨."

나는 그 즉시 고통을 참고, 아저씨를 쫓아가려 몸을 일으켜 세웠다. 사고 현장으로 가까이 가기가 조금 무섭긴 하지만, 치밀어 오르는 화를 도저히 참을 수가 없어, 저 아저씨에게 당장 사과를 받아야만 할 것 같다. 나는 교복에 묻은 흙먼지를 훌훌 털어 버리고 당차게 사고 현장으로 발걸음을 옮기기 시작했다.

「터벅. 터벅. 탁!」

어라. 그때 누군가 내 팔목을 대뜸 잡았다.

"이정후…?"

"어…?"

김현정이다. 그 옆에는 김현정의 부모님으로 보이는 아주머니 한 분이 안쓰러운 표정으로 사고 현장을 바라보고 계신다.

"설마 …너 때문이냐?"

김현정이 나를 탓하기 시작했다.

"장난하냐! 나도 치일 뻔했거든? 아니, 방금 한 번 치였다!"

"아니, 왜 화를 내…. 여기, 우리 엄마니까 인사드려."

"후…. 지금 이 상황에…. 아니다. 됐어. 내가 지금 너랑 이러고 있을 때가 아니야."

나는 김현정을 제쳐두고 다시 발걸음을 옮기려 했다. 그러나 김현정은 아랑곳하지 않고 또다시 방해를 시작했다.

"엄마, 얘야. 아까 말한 내 짝꿍."

"아~ 그래. 안녕 지우야~. 아줌마는 현정이 엄마야."

김현정의 어머님이 나를 아는 눈치이다. …하지만 이름이 틀렸다.

"지우…. 네 안녕하세요."

"품…. 엄마, 지우가 아니라 정후."

"아~. 미안 정후야. 조금 전에 밥 먹으면서 얘기 많이 들었어. 너가 현정이 지우개 없다고 2개씩이나 빌려줬다면서?"

"아 그래서 지우…. 네. 그리고 빌려준 게 아니라, 그냥 줬어요."

"아…. 하하. 착하네~. 아줌마가 다음에 꼭 현정이랑 같이 밥 한 번 사

줄게. …그런데 지금 저~쪽에서 사고가 크게 난 것 같거든? 너희들이 보기에 좋지 않아. 아줌마가 용돈 줄 테니까, 현정이랑 다른 곳에 가서 조금만 놀아 주다 올래?"

"아니요. 그 돈으로 김현정 지우개나 좀 사 주세요. 저는 사고 현장에 볼일이 조금 있어서요."

그렇게 나는 다시 한번 발걸음을 옮기려 했다.

「턱.」

"정후야, 얘기 많이 들었다니까? 담배도 태운다며? …아줌마 너네 선생님이랑 되게 친한데."

아주머니가 내 손목을 부여잡고, 눈을 매섭게 뜨며 말씀하셨다.

'맙소사….'

김현정의 고약한 성격의 출처를 이제 알 것 같다.

'으……으으…'

그래. 화가 치밀어 오르지만 오늘만큼은 참아야 한다. 오늘은 할멈의 생일이기 때문이다. 우리 할멈이 생일날에 담배 문제로 학교에서 전화를 받는다면, 그것이야말로 대참사 발생이다.

"후우……. 네, 제가 노는 거 전문입니다 어머님. …금방 다녀오겠습니다."

"그래, 고마워 지우야~."

아주머니께서는 그렇게 내 손에 만 원 한 장을 쥐어 주시고 사고 현장으로 다가가셨다.

"품…. 야 이지우. 가자."

"지우…. 하아…. 어디를?"

"놀다가 오라잖아. 엄마가."

"그래⋯. 어디 갈 건데?"

"몰라⋯⋯. 너가 전문이라면서."

"너는 평소에 뭐 하고 노는데?"

"나? 난⋯⋯ 안 놀아 봤어."

"뭐? ⋯아니, 나처럼 매일은 아니더라도 친구랑 한 번쯤은 놀아 봤을 거 아니야."

"그러니까. 친구랑 한 번도 안 놀아 봤다고⋯."

"어⋯?"

믿기 힘들지만, 김현정이 거짓말을 하는 것 같아 보이지는 않는다. 김현정이 전교 1등이라는 사실과 조금 전 아주머님의 불같은 성격이 그것을 증명하고 있기 때문이다. 어쩌면 김현정의 시간의 농도는 아주 짙었을 거라는 생각이 들어, 약간의 연민이 느껴지기 시작했다.

"너 그럼 노래방도 안 가 봤어?"

"아빠랑 가 봤어. ⋯어릴 때."

"우와⋯. 그럼, 노래방으로 가자. 따라와."

"아, 그 정도 시간은 없는데⋯."

"뭐? ⋯시간이 얼마나 있는데?"

"한⋯ 40분 정도?"

"음⋯⋯ 40분이라⋯. 충분해. 나 따라와."

그렇게 우리는 근처 노래방으로 향하였다.

「＊＊＊」

「띠링-띠링-.」

노래방 출입문을 열자 경쾌한 종소리가 들려온다. 카운터에는 현금을 만지작거리는 주인아주머니의 모습이 보인다. 오늘도 역시 두꺼운 진주 목걸이에, 두꺼운 립스틱을 바르고 두꺼운 손목으로 두꺼운 현금 다발을 만지작거리는 저 주인 아주머니…. 그렇다. 나는 저 아주머니와 초면이 아니다. 아주머니께서는 나를 기억하지 못하시겠지만, 나는 지난번 이 노래방을 방문했을 때의 불친절로 인해 아주머니의 모습을 정확히 기억 하고 있다.

"안녕하세요. 여기…. 30분만 할게요."

"학생, 30분은 안 해 주는데…. 기본 1시간부터."

아주머니께 현금 만 원을 호기롭게 내밀었지만, 역시나 30분은 불가능 이다.

"아…. 그럼 1시간으로 해 주세요."

"야, 나 그 정도 시간은 없어. 학원 때문에."

김현정이 자신의 손목시계를 대충 쳐다보며 말했다.

"괜찮아. 30분만 하다가 나갈 생각이었어. 나도."

"그럼 남은 30분은? 우리 엄마가 준 돈인데?"

"그러니까 괜찮다고! 내 돈 아니잖아?"

"뭐? 그 돈 이리 내놔! 너 보기보다 성격이 이상하구나?"

"너는 딱 보기에도 성격 이상해 보이거든?"

"뭐…? 아니 근데 이게!"

김현정이 내 머리채를 강하게 잡아당겼다.

"아…! 야, 놔! 놓으라고!"

"어머, 야. 야! 학생들!! 그만. 그만!! 아휴…. 시끄러워 죽겠네. 30분만 하다가 가면 되잖아. 아줌마가 30분 해 줄게. 자, 됐지? 별것도 아닌 거로 왜들 그렇게 싸우고 그래. 아유 정신머리 없어. 30분 해 줄게. 이제 문제 없지? 자, 오천 원만 줘!"

아주머니께서 우리의 불같은 싸움에 물을 부어 주셨다.

"후…. 아파라…. 넌 들어가서 얘기해. 오천 원…. 여기요. 감사합니다. 아주머니."

나는 결국 아주머니에게 만 원을 드리고 오천 원을 돌려받았다.

"그려, 아유~. 뭔 놈의 성격들이 그렇게 지랄 맞어?"

"하하…. 그러게요."

"7번방으로 들어가!"

"넵."

"넵."

「끼익…… 철컥.」

방 안에 들어온 우리는 멀찌감치 떨어져 앉았고, 서로의 눈치를 보기 시작하였다.

"………."

"………."

"큭…."

"풉…."

"김현정, 내가 뭐라고 했어. 된다고 했지?"

"너 생각보다 머리가 좋구나? 푸하하! 아…. 너무 웃겨."

방금까지 카운터에서 대판 싸우던 우리가, 방에 들어와 웃음보가 터진 것에는 다 이유가 있다. 사실 우리는 정말 싸운 것이 아니다. 아주머니 앞에서 일부러 싸우는 척 연기를 한 것이다. 나는 이 노래방이 30분 결제를 해 주지 않는다는 것을 알고 있었다. 그리하여 노래방을 들어가기 전 내가 김현정을 설득하여, 서로 대판 싸우는 척 연기를 하기로 작당 모의한 것이다. 30분 결제가 되지 않아 파릇파릇한 남녀 학생이 대판 싸우는 모습을 보는 아주머니의 마음이 좀처럼 편하지는 않을 테니….

"주인아줌마 말하시는 거 들었지? 우리보고 성격이 …지랄 맞대. 아… 배야."

통쾌한 마음에 배꼽을 잡으며 김현정에 말했다.

"푸하하! 그러니까…. 나 하마터면 웃음 터질 뻔."

"큭큭…. 후우……. 아, 참. 근데 나 아파 죽을 뻔했잖아. 머리채 잡는 건 계획에 없던 일이잖아."

웃음이 조금 그치자, 문득 머리채를 잡힌 것이 억울해지기 시작했다.

"뭐 어때~. 너가 최대한 살벌하게 싸우라고 했잖아…. 풉."

"그렇다고 머리채를 잡고 그렇게 흔들어 대면, 머리가 다 빠지지!"

"엄살쟁이…. 이렇게…. 이렇게밖에 안 흔들었거든? 너가 저항해서 아팠던 거지 바보야…."

김현정이 손목을 대충 위아래로 흔들거리며, 조금 전 상황을 재연해 보였다. 역시 가해자의 기억은 왜곡되는 법인가.

"뭐 엄살? 참…. 그렇게 흔들었으면 하나도 안 아팠겠지."

"못 믿겠으면 이리 와 봐. 지금 이렇게 똑같이 당겨 줄게. 너가 저항만 하지 않는다면 하~나도 안 아플 걸?"

나는 왜곡된 김현정의 기억을 고쳐 주기 위해 자리에서 벌떡 일어나 김현정의 앞으로 다가섰다.

"자…. 해 봐. 난 정말 가만히 있을 테니."

나는 고개를 숙여, 내 머리를 김현정에게 가져다 대었다.

"그래, 당긴다? ……에잇!"

김현정은 문득 장난기가 발동했는지, 있는 힘껏 내 머리를 잡아당겼다.

"악!!!"

아무런 저항도 하지 않으려 온몸에 힘을 빼고 있던 나는, 순간 몸의 중심을 잃어버렸다.

"어…!"

내가 김현정에게 풀썩 안겨 버리는 사태만은 방지하고자, 순간적으로 두 팔을 벌려 벽을 짚고, 한쪽 다리를 접어 김현정의 허벅지 위에 지탱시켰다.

"와…. 씨. 큰일 날 뻔했……."

고개를 들자, 내 두 팔 사이로 김현정의 얼굴이 보인다. 그리고 서로의 얼굴은 아주 가까운, 아니. 서로의 숨소리가 들릴 정도로 붙어 있다. 그렇다. '붙어 있다'는 표현이 가장 적절하다.

"………."

"………."

나는 지금 이 정적이 싫다. 지금 우리의 거리가 싫은 것이 아니다. 그렇다. 정적. 나는 지금 이 정적이 싫다. 또 그렇기에 거리가 아닌 정적이 싫은, 그런 나 자신이 너무나도 싫다. 서둘러 이 정적을 깨고 싶다. 무슨 말이라도 꺼내야만 한다.

"나는…. 저항 안 했다?"

"……뭐?"

"아니 뭐…. 괜찮…아? 아…. 괜찮…냐?"

"……아파."

"어?"

"허벅지…… 아프다고."

그제서야 김현정의 허벅지 위에 올라가 있는 내 한쪽 다리가 눈에 보였다. 그렇다. 지금 우리의 자세는 많이 어색하다.

"아…. 아 미안."

「끼익-.」

그때 방문을 여는 소리가 들렸다.

"야! 너네 앞으로 싸우지 말고 이거나 먹…."

고개를 돌려 보니, 과자가 한 아름 담긴 그릇을 들고, 놀란 표정으로 서 있는 주인아주머니가 보인다.

"어! 어어…."

우리는 당황해하며 동시에 자세를 고쳐 앉았다.

"참. 지랄 맞네."

아주머니는 과자가 담긴 그릇을 테이블 위에 올려 두고, 혀를 끌끌 차며 돌아 나가셨다.

「끼익… 철컥.」

"……."

"······."

"···많이도 주셨네."

나는 아무렇지 않은 척, 과자 한 개를 집어 들었다.

"···야."

내가 먹으려 집어 든 과자였지만, 문득 김현정에게 양보하고 싶어졌다.

"···뭐."

"과자 먹을래···?"

「띠링띠링! 띠링띠링!」

그때 김현정의 손목시계에서 알람이 울리기 시작했다.

「삐-.」

"나 갈래···."

김현정이 알람을 끄며 말했다.

"뭐···? 아니···. 우리 노래방 방금 들어왔어···."

"···몰라. 가야 돼."

"진짜? 야···. 야! 김현정!"

「끼익 ···철컥.」

김현정은 자리에서 벌떡 일어나더니 그대로 노래방을 나갔다.

"········뭐야."

결국 집어 든 과자는 내 입으로 향하였다.

'뭐, 확실히 성격은 고약하지만 얼굴은···.'

아, 하지만 걱정 마라. 나는 얼굴보다 성격을 보는 편이니까.

2010 년 4 월 29 일　　날씨: 쓸데없이 맑음

오늘은 할멈의 생일이자 내가 죽을 뻔한 날이다.

대체 전생에 무슨 죄를 지었길래,,. 내 인생은 이토록 재난과 고통의 연속일까,,.

이미 잔뜩이나 쌓여버린 후회들,,. 또 그로인해 찾아오는 스트레스,,.

지금의 나는 이 무기력한 마음을 대체 누구에게 위로받아야 하는 것일까.

대체,. 누구에게,,,.

음,, 김현정? 아니, 김현정은 아니다. 되려 스트레스만 더 받을 것이 눈에 훤하다.

그런데,. 하필이면 지금 내 머릿속에 떠오른 이름이 김현정이라니.

뭐, 하긴,,. 충분히 그럴만도 하다.

나에게 친구라고는 공감과는 거리가 먼 태수밖에 없으니,,,

그렇다면 나는 대체 누구에게,. 대체 어디서 위로를 받아야 하지?

쌓일 대로 쌓여 버린 이 스트레스를 대체 어떻게 풀어야 하지?

분명,.. 분명 좋은 방법이 있었던 것 같은데,,,

그래. 뚝산,. 뚝산이다. 이렇게 마음이 뒤숭숭할 때면 항상 뚝산을 구경하러

벤치에 갔었다. 내일은 오랜만에 뚝산이나 구경하러 가 볼까,,.

아, 그런데 중학생 시절 만났던 그 미친 노숙자 아저씨가 벤치에 있으면 어쩌지?

.,, 또 그때처럼 죽기살기로 도망을 쳐야 하나?

아니,,, 그래, 그렇지. 사라진 장훈이의 행방을 물어봐야 한다.

그래. 노숙자 아저씨를 내가 직접 잡아서 감옥에 집어넣어야만 한다.

그때보다 덩치도 컸으니 충분히 가능한 일이다.

그래,. 나는 대한민국의 고삼이다. 눈에 뵈는 것 따위 없다는 말이다.

그래, 내일.,, 나는 벤치로 간다.

4장. D-Day

"어? …저거 똑산인데?"

◆

내 이름은 이정후, 올해로 서른여섯이다. 옆에는 내 사랑 와이프가 아주 맑은 정신으로 운전을 하고 있다. 마치 방금까지 잠을 푹 자다 일어난 사람처럼 말이다. 현정이는 가끔 나를 위해 이렇게 운전대를 잡아 준다. 정말이지 현모양처가 따로 없다. 덕분에 휴게소에서 샀던 과자를 드디어 먹을 수 있게 되었다.

「칙! 지익-.」

나는 봉투를 뜯고 과자 한 개를 집어 들었다.

'아… 낚싯대….'

"…현정아."

내가 먹으려 집어 든 과자였지만, 문득 현정이에게 양보하고 싶어졌다.

"…뭐."

"과자 먹을래…?"

"뭔데…."

"과자 …바삭바삭. 맛있잖아…."

"그걸 지금 왜 뜯어! 곧 도착인…. 헉! 야 이정후. 우리 현금 안 뺐지."

"어? 원래 너가 항상 뽑았잖아."

"내가 ATM 기계냐?"

"헐~ 그건 내가 하고 싶던 말이었는데."

결국 집어 든 과자는 내 입으로 향하였다.

"뭐…?"

우리는 고향 집에 내려가기 전, 항상 할멈에게 드릴 용돈을 뽑아 간다. 하지만 오늘 우리는 운전대 전쟁이 발발해, 현금 인출을 새까맣게 잊고 있던 것이다.

"아니 요즘 시대가 어느 때인데, 그냥 내가 할멈한테 이체할게?"

"장난하냐?"

"왜? 좀 그런가…?"

"전화 드려. 지금. 한 10분 늦을 것 같다고, 들어가 계시라고."

"응….."

나는 뒷머리를 긁적거리며 할멈에게 조금 늦을 것 같다는 문자를 보냈다.

"아니 전화 드리라니까 정말 말 더럽게…. 하…… 됐다. 제일 가까운 은행이나 좀 찾아 줘."

"은행… 은행…… 아! 저기 먹자골목으로 쭉 들어가면 ATM 있는 편의점 하나 있어."

「똑-깍-똑-깍.」

내 말에 현정이는 곧바로 차선을 옮겼다.

"이 골목?"

"어 맞아!"

「부웅-.」

잠시 후 먹자골목을 들어오자 창밖으로 익숙한 풍경이 보인다. …똑산. 그렇다. 똑산이다.

"어? …저거 똑산인데?"

이 좁은 골목은 예전 모습 그대로였고, 똑산을 비추던 저수지 또한 그때 그 잔잔하고 맑은 모습으로 나를 반겼다. 나는 저 멀리로 보이는 똑산이 너무나도 반가워, 똑산을 손가락으로 가리키며 현정이에게 말을 걸었다.

"저거야 저거! 어릴 적 내가 좋아했던 산!"

"뭐…. 산?"

"그래, 산! 너도 이 동네 살았었잖아. 저 산 한 번도 본 적 없어?"

"본 적은 있는데, 딱히 관심은….'

"풍경이 진짜… 와……. 장관이야, 장관. 맨날 혼자 벤치에서 앉아서 자주 구경하고 그랬는데….'

"…벤치?"

"아, 저 앞에 벤치 하나가 있는데, 그… 분명 지금쯤이면 보일 때가 되었는데….'

"됐고. 빨리 편의점이나 들렀….'

"어! 저기!"

그때 내가 말한 그 벤치가 흐릿하게 보이기 시작했다.

"저 벤치야! 확실해. …저기 멀리 보이는 벤치! 저 벤치에 앉아서 똑산을 바라보면 돼. …같이 조금만 구경하다 갈래?"

"지금 늦었거든 우리? 후…. 우선 편의점부터 들르고….'

"아, 그래. 편의점은 저 벤치 지나서 조금 더 들어가야 해."

"……씨."

「부앙-.」

현정이가 속력을 조금 올리기 시작했다.

"현정아…? 여기 길이 좁아."

"알고 있어. 아 씨…. 화장실…."

"화장실? 그렇게 휴게소 들렀을 때 다녀오지…. 잠만 자고…."

"근데 저기 벤치에 누구 있는 것 같은데? 인기 많네."

현정이의 말에 벤치를 바라보자, 벤치 위에 올라서서 방방 뛰고 있는 한 남성이 흐릿하게 보였다.

"그러네…. 근데 저 사람 상태가 많이 안 좋아 보이는데…?"

"잠깐…. 야 이정후. 맞지. 저 사람 지금…… 우리한테 손 흔드는 거. 막 소리도 지르고 있는 것 같은데…?"

그 남성은 우리의 차량이 가까워지기 시작하자, 격렬하게 손을 흔들며 소리를 지르기 시작했다.

"어…. 맞는 것 같은데. …뭐야? 그냥 무시하고 지나가…."

"그래야겠…. 어? ……어머!!!"

"어…! 어어!! 브레이크! 브레이크!!"

남성이 갑작스레 우리 차량을 향해 전력을 다해 뛰어오더니, 그대로 차량에 몸을 던졌다.

"꺄악!!!"

「끼---익!」

"헉………. 하아…. 뭐야…. 괜찮아 현정아?"

"뭐야…. 저 새끼 미친 새끼 아니야!!! 나 지금 사람 친 거 아니야…? 어떡해⋯. 많이 다쳤을까⋯?"

"이, 일단 진정하고⋯. 후우⋯. 잠깐 차에서 기다려⋯. 내가 확인하고
올게."

"하아⋯."

「똑-깍-똑-깍. 턱.」

나는 차에서 내려 우리의 차량을 향해 뛰어든 남성을 확인하였다.

"어라?"

앞, 뒤, 양옆을 확인하고 바닥에도 누워 차 밑을 살펴보았지만, 주변 그
어디에서도 차량을 향해 뛰어든 남성의 모습은 찾아볼 수 없었다.

'그 거리면 분명 치였을 텐데⋯. 뭐지⋯.'

「철컥.」

"그⋯. 현정아. 사라졌는데⋯?"

나는 운전석 문을 열고 현정이에게 소식을 전했다.

"머, 뭐? 그럴 리가⋯."

「턱.」

현정이 또한 차에서 내려 한참을 살펴보았지만, 차량을 향해 뛰어든
남성의 모습은 눈곱만큼도 찾아볼 수 없었다.

"대체 뭐야⋯."

"혹시 보험 사기? 그런 거 아니야⋯? 현정이 너가 브레이크를 빨리 잘
밟기는 했어. 아무래도 우리가 과속하는 걸 보고, 보험 사기 치려다 실패
해서 도망간 것 같은데⋯?"

"그런가…? 차가 멀쩡한 걸 보면 확실히 치이지는 않은 것 같아."

"후…. 세상 무섭다…. 진짜 미친놈인가. 현정아, 경찰에 신고할까?"

"내가 할게. ………아. 아니다. 우리 블랙박스 고장 났잖아…. 하아……. 됐어. 우리 차 멀쩡하니까. 내가 조금 과속한 것도 사실이고…. 저런 사람들이랑은 상종도 하기 싫어."

"그래도…."

"그러니까 내가 블랙박스 빨리 고치라고 했잖아! 으휴 진짜…. 장거리 운전하는 데 블랙박스도 없이 가는 경우가 어디 있어!"

"…미안."

"아 몰라…. 그냥 빨리 가자."

"그…. 많이 놀란 것 같은데, 내가 운전할까?"

"…아니."

"그래! 역시 현정이 너는 씩씩해서 보기 좋아."

「턱. 턱.」

우리는 다시 차량에 탑승하였다.

"후…. 별일이 다 있네. 아 화장실…."

"풉. 그렇게 과속하지 말라니까. 그러다 우리만 똥 밟는 거야…."

"알고 있어."

"그나저나 되게 빠르네…. 그 잠깐 사이에 그렇게 감쪽같이 사라질 수가 있나?"

"한두 번 해 본 게 아니겠지 뭐…."

"현정아, 이참에 우리 …차 바꿀까?"

"뭐?"

"아니, 슈퍼카 상대로 보험사기 치는 거 본 적 있어? 우리 차가 너무 구형이라서 만만하게 보는 거라니까?"

"후…. 편의점 어디 있어?"

"아…. 일단 쭉 직진."

「철컥. 붕-.」

내 의견은 가볍게 묵살당했고, 우리는 다시 편의점을 향해 출발하였다.

"찾았다. 편의점."

「똑-깍-똑-깍. 철컥.」

현정이가 순식간에 편의점 근처에 주차를 하였다.

"여기 편의점에 화장실 있어?"

"음…. 아! 편의점은 모르겠고, 저쪽으로 가다가 모퉁이 돌면 화장실 하나 있어."

나는 손짓으로 어릴 적 내가 자주 갔던 공용화장실의 위치를 알려 주었다.

"일단 돈부터 뽑고."

"화장실 급한 거 아니야? 내가 다녀올게."

"됐어."

「탁.」

현정이는 부리나케 편의점으로 들어갔다.

"차암나…. 이제 현금은 나한테 안 맡기겠다…. 이거냐?"

차량에 혼자 남겨진 나는, 다시 똑산을 구경하기 위해 창밖으로 시선을 옮겼다. 그러나 똑산의 모습은 무성한 풀숲에 가려져, 봉우리만 간신히 보일 뿐이었다.

'음······.'

「탁.」

차에서 내리자 똑산의 모습은 보이기 시작했으나, 이번엔 저수지가 풀숲에 가려져, 물에 비친 똑산의 모습이 보이지 않았다.

'현정이가 돈 뽑고, 화장실까지 다녀오려면··· 시간이 좀 걸리겠지?'

나는 그렇게 자리 합리화를 마친 후, 똑산이 완벽히 보이는 벤치를 향해 걸어 나가기 시작했다.

'참···. 이 길은 공사도 안 하나···. 풍경이 좋아서 잘만 개발하면 사람들이 마구 붐빌 텐데···. 보도블럭 생채기 하나까지 예전 그대로네···.'

그렇게 추억에 잠겨 한 걸음, 두 걸음 옮기다 보니, 어느새 내가 원하던 목적지인 벤치가 눈에 보이기 시작했다.

'···어라?'

그 짧은 사이에 벤치에 또 다른 손님이 찾아왔다. 꼬마 아이다. 까무잡잡한 피부에 주변을 경계하는 그 눈빛이, 꼭 어릴 적 나를 보는 것만 같다.

'차암나···. 관광 명소가 다 되었구나.'

「터벅. 터벅. 틱.」

잠시 후 나는 꼬마 아이를 애써 신경 쓰지 않는 척하며 벤치 옆에 다가섰다.

'우와…. 역시. 풍경 죽인다.'

똑산 쪽으로 시선을 돌려 주변 풍경에 감탄하고 있던 그때, 꼬마 아이가 벤치 뒤편에 내 눈치를 살금살금 살피며 우유를 버리기 시작했다.

'아…….'

다른 곳 같았으면 모른 척하였겠지만, 이곳은 내 어릴 적 추억이 담긴 소중한 공간이다.

"여기에 버리지 말아 줄래? 이곳은 아저씨도 좋아하는 곳이거든."

나도 모르게 순간적으로 꼬마 아이에게 말을 걸었다.

"………."

그런데 아이가 뾰로통한 표정을 지을 뿐, 대답은 하지 않는다. 나는 조금 승부욕이 생겨 다시 말을 걸었다.

"앞으로는 우유가 조금 지겹더라도 꾸준히 먹어 보는 것은 어때? 키가 쑥쑥 커지는 게 눈에 훤히 보일걸?"

강압적이고 감정적인 어투는 지양하였다. 잘했다 이정후. 이 시대에 걸맞은 어른의 모습으로 꾸중이 아닌 회유를 하며, 아이에게 선택권을 주었다.

"………."

어라? 또 대답을 하지 않는다.

'이런 경우는 어떻게 대처해야 하지? 혹시 말을 할 수 없는 아이인가? 확인하기 위해 일단 꿀밤 한 대를 놓아 주어야겠어.'

"거기서 뭐 하냐!?"

꼬마 아이에게 꿀밤을 한 대 먹여 주려던 그때, 현정이의 목소리가 들려왔다.

'윽⋯.'

고개를 돌려 뒤를 돌아보자, 흰색 SUV 한 대가 보인다. 그렇다. 우리의 차량이다. 현정이는 운전석 창문 밖으로 손을 내밀고, 현금 다발을 위아래로 빠르게 흔들며 나에게 호통치기 시작했다.

"⋯그리고 저기 화장실 없잖아 죽을래? 나 화장실 좀 찾아 다녀올 테니까, 거기 꼼짝 말고 있어!"

'이런⋯.'

어릴 적 내가 자주 사용했던 화장실은 없어졌나 보다.

「부웅-.」

그렇게⋯. 현정이는 다시 운전대를 잡고, 이곳을 떠났다.

'그나저나 영주 학원비⋯. 도저히 변명을 할 여지가 없다. 정말 큰일이다⋯.'

꼬마 아이가 나를 불쌍한 눈빛으로 쳐다본다. 나는 이미 결혼이라는 약관에 동의해버렸지만, 이 아이는 아직 늦지 않았다. 그래, 나와는 다른 길을 걸어갈 수 있을 것이다.

"후⋯. 아가야, 너는 결혼 같은 거 하지 마라."

"⋯⋯⋯."

하지만 역시, 아이는 뾰로통한 표정만 지을 뿐, 대답은 하지 않는다. 결국 너도 나와 같은 길을 걸어가겠구나. 그래⋯. 현정이가 돌아올 때까지 똑산이나 구경해야겠다.

'후⋯. 요즘 일도 안 풀리는데, 확 다 접고 내려와서 여기에 카페나 하나 차릴⋯. 어⋯ 잠깐. ⋯어라?'

이상하다. 똑산이 이상하다. 분명 이 벤치에서 똑산을 바라보면, 완벽한 대칭이어야만 한다. …그러나, 그러나 지금 똑산은 얼핏 보아도 비대 칭인 것을 한눈에 알 수 있다.

'참…. 똑산아, 너도 이제 나이를 먹었다 이거냐?'

"저기 근데요. 아저씨. 아저씨 아줌마한테 잘하세요. 아줌마가 더 아깝 거든요."

'어라?'

꼬마 아이가 처음으로 말을 꺼냈다. 말을 할 수 있는 아이였던 것인가? 약이 바짝 올라 꼬마 아이에게 꿀밤을 한 대 쥐어 주려던 그때, 아주 어릴 적 이 벤치에서 만났던 이상한 아저씨가 문득 생각났다.

'그래. 참자…. 나는 조금 더 어른스러운 어른….'

"저기요. 아저씨."

그때 누군가 불만이 가득한 목소리로 벤치 뒤편에서 말을 걸어 왔다.

고개를 돌려 벤치 뒤편을 바라보자, 중산고등학교 교복을 입고, 성이 잔뜩 난 표정을 하고 있는 학생 한 명이 서 있다.

"아저씨 맞죠? 어제 저 치고 간 사람."

어라. 학생은 나에게 무언가 원한이 있는 듯 보인다.

"누…구? 나…?"

치고 가다니. 당황스럽다. …그래, 조금 전 보험사기를 시도했던 그 남 성과 관련이 있을 수도 있다. 우선 침착하게 정황을 물어보자.

"학생, 내가 기억이 안 나서 미안한데, 혹시 나랑 무슨 일이 있었나 요…?"

"저를 기억 못 하는 게 당연하죠. 넘어져 있는 저를 쳐다도 보지 않고 도망갔으니. 하지만 저는 분명하게 기억해요. 그 촌스러운 줄무늬 티셔츠에 그 푸짐한 뒷모습."

'푸… 푸짐…. 안 돼. 침착해라. 이정후.'

"미안하지만 내가 이 동네에 방금 막 도착을 했거든요? 이 동네 사는 학생 아니에요?"

"요 앞 중산고등학교 다니는 학생 맞고요. 어제 저쪽 사고 현장에서 저를 밀치고 도망간 아저씨도 그쪽이 분명 맞거든요? 거짓말할 생각 마세요."

'가만…. 그러고 보니 이상하네. 중산고등학교는 이미….'

그렇다. 중산고등학교는 약 6년 전에 폐교했다. 내가 졸업한 고등학교이기 때문에 정확하게 알고 있다. 교복은 분명 중산고등학교 교복이 맞으나, 폐교를 한 사실 또한 분명하다.

[이정후]

'어라?'

교복을 자세히 보니 이 녀석, 나와 이름이 똑같다.

'어…? 그런데 지금 이 상황….'

겪어 본 듯한 상황이다. 이 벤치. 이 꼬마 아이. 이 학생. …그래, 데자뷰다. …아니, 아니다. 데자뷰와 느낌은 흡사하나, 데자뷰라는 표현을 사용하기에는 약간의 괴리감이….

"아무 말도 못 하는 걸 보니 아저씨 맞네요. 이제 기억이 나시나요? 당장 사과하세요."

"…학생. 지금 학생이 무슨 말을 하는지 전혀 모르겠거든요? 어제 내가 학생을 치고 도망갔다고요?"

"후…. 네, 어제 사고 현장에서 아저씨가 밀친 학생. 그 학생이 저라고요."

'치고 간 것이 아니라, 밀치고 갔다니…. 다행히도 조금 전 남성과는 관

런이 없나.'

"어떤 사고 현장…? 난 이 동네에 방금 막 왔다니까?"

"무슨…. 혹시 정말로 기억이 안 나는 거예요? 차 사고요. 어제 급발진 사고로 아주머니 한 분 돌아가셨잖아요. 그때 아저씨는 저를 밀치고 사고 현장으로 뛰어가셨고."

아무래도 지금 이 학생은 나를 다른 사람과 오해하고 있는 것이 분명해 보인다. 하긴…. 지금 내가 입고 있는 착장은 오해를 사기에 충분하다. 대부분의 아저씨들이 나와 비슷하게 옷을 입으니 말이다.

"그러니까 난 그 아저씨가 아니라고. 나는 어제 와이프랑…."

가만…. 그래. 지금 이 상황은 데자뷔 따위가 아니다. 저 얼굴, 저 표정, 저 말투, 저 목소리. 이 학생, 나와 너무나 닮았다. …아니, 똑같다. 지금 이 학생은… 나다. 분명 고등학생 시절의 나다. 그래, 분명 그 시절 내가 입었던 그 교복이다. 하지만 그럴 리가…. 아니, 확실하다. 그러고 보니 고등학생 시절, 지금과 똑같은 일이 있었다. 나는 사고 현장에서 나를 밀치고 도망간 아저씨를 다음 날 이 벤치에서 다시 발견했고, 사과를 받기 위해 아저씨와 말다툼을 벌였었다. 그 후, 아저씨는 나와의 말다툼 도중 갑자기 어디론가 미친 듯이 도망을 갔고, 그 시절 나의 추측으로는 아저씨의 아내가, 사고로 돌아가신 아주머니이기 때문에, 정신이 미쳐 버린 것이라 추측했었다.

'그런데, 대체 이게 무슨….'

지금 이 상황은 꿈인가. 그렇기엔 너무나도 생생하다. 지금 내 앞에… 고등학생 시절의 내가 서 있다. 그렇다면. 이 학생이 과거의 나라면, 그때의 미친 아저씨는 내가 되는 것인가.

"네? 와이프랑 뭐요."

'…………설마.'

과거의 나 자신이 바로 눈앞에 서 있다는 믿기지 않는 현실마저 뒤로 한 채, 한 가지 섬뜩한 추리가 뇌리에 스치기 시작했다.

'그런데 만약. 만약 나의 추측이 모두 사실이라면? 미친 아저씨의 아내 가 사고로 돌아가신 아주머니가 맞다면? 정말 그때의 미친 아저씨가 지 금의 나라면? 그렇다면…. 급발진 사고로 돌아가신 아주머니는 현정이 가….'

아니다. 그럴 리 없다. 그때의 미친 아저씨와 달리, 지금의 난 전혀 미 쳐 있지 않다.

"저기요. 아저씨?"

'고등학생 시절의 내가 눈앞에 서 있으니, 혹시 이미 내가 미쳐 버린 것 은 아닐까?'

아니다. 내가 그때의 미친 아저씨처럼 갑자기 어디론가 도망가 버리는 일은 곧 죽어도 없을 것이다. 그리고 현정이는 조금 전까지만 해도 나와 함께 있었고, 사고는 어제 발생했다고….

'가만…. 사고가 발생한 시점이 중요한가? 애초에 과거의 나 자신과 마 주하고 있다는 이 사실이, 서로의 시점이 맞지 않다는 것을 증명하고 있 다. 그렇다면 만약…, 이 학생, 그러니까 고등학생 시절의 나를, 사고 현 장에서 밀쳤던 미친 아저씨 또한 나 자신이라면? 그리고 만약 그 아저씨 가 잠시 후 나의 모습이라면? 정말 그렇다면, 현정이는 잠시 후………. 아 니. 제발. 그럴 리가. 아, 아닐 거야. 그래. 그때 분명 그 아저씨 옆에 있던 꼬마 아이 또한 나와 이름이 똑같았다.'

"후…. 그냥 사과 한 번…."

"너 이름이 뭐야."

이 꼬마 아이의 이름을 확인해야만 한다.

"……네?"

"너 이름이 뭐냐고!!"

"정후요…. 이정후."

"씨×…."

나는 극도로 흥분된 상태로 꼬마 아이의 가방을 빼앗아 갔고, 이름을 재차 확인하기 위해 가방 안에 있는 물건들을 모조리 바닥에 털어 내었다.

'안 돼…. 제발, 안 돼.'

[국어 - 이정후]

나는 국어 교과서에 쓰여 있는 꼬마 아이의 이름을 확인했고, 지금 이 꼬마 아이와 학생 모두 과거의 나 자신이라는 사실, 또 17년 전 급발진 사고로 돌아가셨던 아주머니가 지금의 현정이라는 사실을 깨달았다. 나는 주머니에서 휴대폰을 꺼내, 곧바로 현정이에게 전화를 걸었다.

'제발…. 제발.'

「고객님의 전화기가 꺼져 있…….」

"구해야 돼."

***

    나는 미친 듯이 뛰기 시작했다. 17년 전 기억을 더듬어 가며 그곳으로, 그 사고 현장으로 미친 듯이 뛰어가기 시작했다.

    '그래…. 아직 구급차가 이 길로 들어오지 않았다. 그러니 아직…. 아직 사고가 나지 않았을 수도 있다. 구급차가 지나가는 순간 끝이다. 그때의 그 미친 아저씨보다, 17년 전의 나보다 훨씬 빠르게 뛰어가면 된다. 그래. 구할 수 있다.'

***

    그렇게 한참을 뛰었으나, 생각보다 사고 현장까지의 거리는 멀었고 숨은 금방이라도 터지기 직전이었다.

    「삐-용-삐-용-삐-용.」

    그때, 지금껏 살며 들어 본 소리 중, 가장 절망적인 소리가 내 귀로 들려오기 시작했다. 구급차…. 구급차의 사이렌 소리다.

    「부웅-!」

    곧이어 구급차는 나의 간절함을 애석하게 만들며, 엄청난 속도로 나를 지나쳤다.

    "아. 아아…… 안 돼."

***

거의… 거의 다 왔다. 저 멀리로 사람들이 북적이는 게 보인다.

"제발요. 하아…. 안 돼요……. 제발………."

나는 간절히 기도하며 사고 현장으로 뛰어갔다.

"헉…. 아닐 거야…. 후욱…. 아닐 거야…. 아닐…."

「퍽!!」

나무에 부딪혔는지, 사람에 부딪혔는지, 전혀 모르겠지만 한 가지 사실은 정확히 알 수 있다. 지금 나는 무언가에 부딪혀 코뼈가 무너져 내렸다. 그러니 뛸 수 있다. 다리는 멀쩡하니 아직 뛸 수 있다.

"아…. 저기요!!"

"헉…. 허억…. 헉……."

사고 현장에 도착하자, 반파된 차량이 많은 사람들 사이로 어렴풋 보인다.

"잠시만… 잠시만요. 후욱…. 비켜 주세요. 훅…. 비키라고 이 개××들아! 잠시만. 잠시……."

사람들 사이를 뚫고 들어가자, 사고 차량이 더욱 뚜렷하게 보인다. 하지만 차량이 반파되어, 정확한 형태를 알아보기가 힘들다. 오직 흰색 SUV라는 사실만 알 수 있다. …그래, 번호판을 확인해 보아야 한다.

[36나 1911]

후면 번호판에 '1911'이라는 절망적인 숫자가 적혀 있다. 그렇다…. 우리의 차량이다. 그렇다면, 저 차 안에는 지금.

"아…… 아… 아아… 아….'"

"구급대원입니다! 잠시만 나와 주세요!"

차량으로 터덜터덜 다가가는 나를 구급대원이 막아선다.

"남편……. 남…. 저. 저……. 남편…….'"

과거의 나 자신과 만났다는 사실, 먼 거리를 쉬지 않고 뛰어와 금방이라도 터질 것만 같은 폐, 무너져 내린 코, 그리고 깨진 창문 틈 사이로 확실하게 보이는, 하지만 형체를 알아볼 수 없는 현정이의 모습. 이 모든 것들이 겹쳐, 나는 과호흡이 오기 시작했다.

"헙…… 허억. 헙….'"

시야가…. 시야가 점차 흐려지기 시작한다.

"어? …남편분? 남편분! 괜찮으세요? 숨! 천천히 숨 고르세요!"

"현……. 허억…. 허억…. 현정…….'"

"…남……세요! ……천천히…!!"

"…….'"

＊＊＊

「삑-. 삐익-. 삑-. 삐익-.」

눈을 떴다.

'윽….'

코가 미치도록 아프다.

'이… 이곳은 어디지.'

새하얀 천장, 새하얀 침대, 또 그것을 가려 주는 새하얀 커튼. 음…. 무언가 마음이 편해지는 이 희미한 약품 냄새. …그렇다. 병원이다.

'나는 왜 이곳에…. 아. 아……!'

"현정아. 현정아!! 현정아!!!!"

나는 현정이의 이름을 외치며 침대에서 벌떡 일어났다.

"어…. 하, 할멈?"

할멈, 우리 할멈이 보인다. 할멈이 의사와 무거운 분위기로 대화를 나누고 있다.

「퐉. 찌-익.」

나는 내 몸에 붙어 있는 모든 의료 기구들을 순식간에 떼어 내고 의사에게 다가갔다.

"저…. 저기요. 선생님."

"정후야……."

할멈이 슬픈 눈으로 나를 쳐다본다.

"아니야!! …아니야. 그런 눈으로 보지 마! 할멈 제발!!"

"환자분! 제가 다 설명드리겠습니다. 일단……."

"아니. 아니. 현정이…… 현정이 어디 있어요?"

"환자분, 일단 진정하시….."

"할멈, 현정이 죽은 거야?"

"……."

"할멈, 현정이…."

"……."

"하…. 할멈, 안 돼. 나 진짜 안 돼. 제발."

"환자분….."

"죽었구나. 현정이…. 죽었어."

나는 다시 침대에 누웠다.

"의사 선생님…. 그냥 저도 죽여 주세요."

"환자분 죄송합니다. 우선….."

의사의 가운 주머니에 볼펜 하나가 꽂혀 있는 것이 보인다.

"아. 빨리 죽이라고 씨×약을 넣던 수면제를 왕창 먹이던 뭐라도 하라고!!"

[텁!]

나는 소리치며 의사의 볼펜을 빼앗아 자살을 시도하였다.

"윽…!"

하지만 의사는 볼펜을 빼앗아 간 내 팔을 붙잡고, 순식간에 내 몸 위에 올라탔다.

"비켜!!"

하지만 내 한쪽 팔은 의사의 체중을 들기에 역부족이었고, 나는 죽기 위해 혀를 깨물기 시작했다.

"환자분! 야, 진정제 가져와. 얼른!"

의사는 간호사에게 고함을 질렀고, 할멈은 내가 죽지 못하도록 내 입 안 깊숙이 자신의 손가락을 집어넣었다.

"끄윽…. 윽…. 끅…."

나는 아랑곳하지 않고 할멈의 손가락을 미친 듯이 씹어 댔다.

"끄윽…. 으극…."

피가 흐른다. 다량의 피가. 흘러넘친다.

'지금 내 입에서 흘러나오는 엄청난 양의 피는 내 혓바닥에서 나오는 것일까, 우리 할멈의 손가락에서 나오는 것일까. 지금 너무나도 아픈 걸 보니 내 혓바닥인 것인가. 아니, 지금 내가 아픈 것은 혓바닥이 아니다. …그렇다면, 이 피는 우리 할멈의 손가락에서 나오고 있는 것인가. 할멈…. 우리 할멈… 아프겠다.'

"여… 여기!"

「우당탕! 푹.」

쇄골 근처에 주사 바늘 하나가 꽂혔다.

"안 돼!! 너는 내가 죽여 버릴 거야!!!"

'아……. 장모님.'

장모님께서 소란을 듣고 나를 죽이겠다며 문을 박차고 들어와, 몸부림을 치기 시작하셨다.

'죄송합니다. 장모님. 정말 죄송합니다……. 저 좀 죽여 주세요….'

"비켜 이년아!! 익…."

간호사와 장모님이 격렬하게 몸싸움을 하고 있다.

「우당탕탕!」

'난장판이 따로 없구나…….'

시야가…. 문득 시야가 흐려지기 시작한다.

'의사가 나를 죽여 주기 위해 약물을 투여한 건가? 품…. 모르겠다. 모르겠어…. 기분이 점점 나아진다…. 그래, 그냥 죽자. 이대로 죽으면…. 그러면 하늘에서 현정이를 다시 볼 수 있어. 아…….'

5장. 똑산의 원칙

'…내가 찾은 똑산의 원칙이 맞는 것이라면?'

◈

"검사 결과 나왔고, 검토를 좀 하겠습니다."

"네."

비좁은 진찰실, 고지식해 보이는 안경을 쓰고 새하얀 가운을 입은 정신과 의사가 나에게 검사 결과를 보여 준다. 나는 2년 전 사고로 아내를 잃었고, 아직까지 그로 인한 정신과 상담을 받고 있다.

"아직 정후 씨 생각에는 변함이 없으신가요?"

"어떤…."

"과거의 정후 씨와 만날 수 있다는…."

"아, …네."

의사가 볼펜을 모니터에 가져다 대었다.

"…지금 보시면, 스트레스 지수가 붉은색 범위로 많이 가 있잖아요?"

"네."

"정후 씨 몸에 이미 감당할 수 없는 스트레스가 많이 쌓여서, 이렇게 증상으로 나타나는 거죠."

'증상…?'

의사는 나에게 일어난 재난을 여전히 증상이라고 판단하고 있는 듯 보인다.

"그래도 지난 방문 때보다는 스트레스 지수가 낮아지긴 했는데….."

"…네."

"아직까지는 치료가 개입하는 게 적절하다고 판단이 되어요. 그래서 정후 씨의….."

"잠시만요. 선생님."

증상이라는 단어가 자꾸만 귀에 맴돈다.

"네? 네, 말씀하세요."

"증상…이라고 하셨나요?"

"증상이요? 아…. 네, 맞습니다. …그런데 제가 증상이라고 표현한 것은 병적인 의미를 담은 것이 아니라….."

"괜찮아요. 이제 익숙해요."

"죄송합니다 정후 씨…. 하지만 정말 제가….."

"괜찮다고요. 저조차 믿기지 않는 현실에 정신과 상담을 받는 것인데, 선생님 입장에서는 증상이 맞죠."

"아닙니다…."

"저… 급한 일이 생겨서, 오늘은 이만 가 보겠습니다."

"저기…. 정후 씨 잠시만요!"

"감사합니다."

나는 짐을 챙겨 진찰실을 빠져나갔다.

「쾅!」

다시는 이 병원을 찾지 않겠다는 마음가짐으로 진찰실 문을 있는 힘껏 닫아 버렸다.

「터벅. 터벅…. 터벅…….」

'나는 미치지 않았는데….'

나는 그저 인생이 미치도록 불쌍할 뿐인데, 사람들은 모두 나를 정신병 환자 취급한다. …뭐, 그럴 만도 하다. 아내를 잃고 과거의 자신들을 만났다며 사람들을 설득하고 다니는 중년 아저씨는, 정신병 환자 취급을 받을 수밖에 없으니 말이다.

지난 2년간 사고 현장의 CCTV, 차량 블랙박스 등 과거와 미래의 나 자신들을 만났다는 증거를 찾으려 노력해 왔지만, 역시나 신의 장난인 것인가. 이 세상 어디에서도 그와 관련된 증거는 정말 눈곱만큼도 찾아볼 수가 없었다.

내가 증거를 찾으려는 이유는 단 하나. 정신병 환자 취급을 받는 것이 싫어서? 혹은 내가 겪은 이 사실을 증명하고 세상에 알리기 위해? 그런 하찮은 이유 따위가 아니다. 이유는 단 하나, 현정이를 되살리기 위해서이다. 과거의 나를 만나 사고를 예방한다면, 현정이를 되살릴 수 있을 테니…. 그렇다. 현정이를 살리기 위한 나의 계획에 사람들의 도움이 필요로 했고, 나는 증명해야만 했다. …하지만 지난 2년간의 실패 끝에, 나는 고민에 빠지기 시작했다.

"후우……."

딱딱한 병원 입구 계단에 털썩 주저앉아 한숨을 내뱉었다. 내가 고민에 빠진 이유는 현정이만큼이나 소중한 내 딸 영주가 자꾸만 마음에 걸리기 때문이다.

지금은 우리 가족이 살던 집에 나와 현정이가 사라지고, 할멈이 그 자리를 대신 해 주고 있다. 나처럼 힘든 시기를 지내고 있을, 어쩌면 나보다 더욱 아파 하고 있을 우리 영주에게, 지난 2년간 나는 단 한 번도 아빠로서 버팀목이 되어 주지 못했다. 할멈에게 영주를 맡겨 두고, 오직 현정이를 살리는 것에 혈안이 되어 이곳저곳을 돌아다녔다.

사실 지금쯤이면 현정이를 되살리고, 다시 우리 가족이 행복했던 그때로 돌아가 있을 것이라 예상했지만…. 늘 그렇듯, 세상은 내 예상대로 흘러가지 않았다. 그리하여 난… 현정이를 포기하고 지금부터라도 영주의 곁에서 버팀목이 되어 줄지, 5년이 넘어가던, 10년이 넘어가던, 현정이를 살리기 위한 노력을 계속해서 이어 갈지를 고민 중인 것이다. …사실 하늘에 있는 현정이 또한 내가 지금이라도 영주에게 돌아가, 하나 남은 부모로서 버팀목이 되어 주기를 바랄 것이다.

"욱…! 우웁……!"

돌연 몸속 깊은 곳에서 구역질이 역하게 올라왔다.

'내가 이따위 생각을 하다니. 현정이도 내가 그만하기를 바랄 거라고? 이게 무슨 개 같은 생각이야.'

나의 무의식은 이미 포기로 가득 찬 것 같아, 내 자신이 너무나도 역겨워 보이기 시작했다.

"아…. 아아….."

농도가 짙은 눈물 한 방울이 내 뺨을 타고 흘러내렸다. 아직도 더 흘릴 눈물이 내게 남아 있다니, 세상은 너무나도 불공평하다. 만약 내가 신이였다면, 인간을 창조할 때 눈물의 양을 정해 놓았을 것이다. 한 사람이 한 평생 동안 흘릴 수 있는 눈물의 최대치를 말이다. 그렇다면, 내가 흘릴 수 있는 눈물의 최대치를 모두 흘렸다고 생각하면, 그동안의 눈물이 억울하지는 않을 테니….

'영주야 정말 미안해…. 아무래도 아빠는 네 엄마 없이는 도저히 살 수가 없을 것 같아.'

눈물의 농도가 짙은 이유를 알 것 같다. 그래…. 나는 현정이가 미치도록 그립다.

'후우……. 아빠가…. 아빠가 꼭 엄마 데리고…. 꼭 돌아갈게.'

눈물이 그치자, 그리움은 독기로 바뀌기 시작했다. 신이 눈물의 최대치를 정해 놓지 않았다면. 그렇다면. 내가 정할 것이다. 내가 내 눈물을 막을 것이다. 현정이를 되살리고, 더 이상 슬퍼하지 않을 것이다. 더 이상 단 한 방울의 눈물도 허락하지 않을 것이다.

'현정아, 영주야. 조금만 더 기다려 줘.'

눈에 독기를 품은 채 벌떡 일어섰다.

'그래, 똑산으로 가자.'

나는 정공법을 사용하기로 마음먹었다. 생선이 필요하다면 수산시장으로, 고기가 필요하다면 정육점으로 가는 것이 정석이니. 일단 과거의 나 자신들을 만났던 곳이 똑산을 구경하던 벤치였으니. 나는 나를 만나기 위해 그 벤치에 가기로 마음먹은 것이다.

마침 근처에 정차 중인 택시가 보인다.

「똑. 똑. 똑.」

"타도 돼요?"

택시를 타기 위해 조수석 창문을 똑똑 두드렸다.

「지-잉.」

창문이 내려가자, 운전석에 넉살 좋아 보이는 택시기사 한분이 보였다.

"어디 가시는데요?"

"벤치요."

"…예?"

"아…. 죄송해요. 그… 중산동 먹자골목이요."

"아, 예…. 뒤에 타세요!"

나는 곧장 택시 뒷좌석에 탑승하였다. 그리고 나는 버릇처럼 현정이의 안부를 묻기 시작했다.

"벨트 맸어?"

"예? 벨트… 맸죠. 제 걱정은 마시고 손님이나 얼른 매셔요?"

"아…. 기사님 말고. 제 아내, 현정이요."

"네? 아내분이요?"

택시에 내가 혼자 탄 것을 분명 인지하고 있었던 기사님은 고개를 돌려 뒷좌석을 확인하셨다.

"어…. 손님, 출발할게요."

역시나 아내가 없는 것을 확인한 기사님은 조금 당황한 기색을 보이셨지만, 정신병원 앞에서 탄 손님이었기 때문인지 내 거짓말에 대해 더 이상 추궁하려 하지 않으셨다.

그렇게 기사님은 고개를 한 번 갸우뚱하시더니 기어봉에 손을 올리셨다.

"출발할게!"

"네, 출발합니다…. 아, 아내분한테 한 말씀…."

「철컥. 웅—.」

의사의 말이 틀린 것만은 아닌가 보다. 너무나 많은 스트레스가 쌓여,

내 몸에 증상이 생기긴 한 것 같다.

***

한참 동안 현정이와의 추억을 생각하며 창문 밖을 바라보고 있으니, 어느새 택시는 벤치가 있는 먹자골목으로 들어서기 시작했다. 그리고 그때, 얇지만 강렬한 햇빛 한 줄기가 내 얼굴을 비추기 시작했다.

"아…. 햇빛."

햇빛에 눈이 부시자, 나는 또다시 우울해지기 시작했다.

'한 줄기의 빛…. 암막 커튼…. 현정이는 정말 현명했는데. 만약 현정이와 나의 상황이 반대로 되었다면, 현정이는 어떻게 행동했을까.'

예전처럼 한 줄기 빛의 의미를 현정이에게 물어보고 싶었지만 지금은 그럴 수가 없어, 택시기사님께 화살을 돌렸다.

"기사님."

"…예?"

"한 줄기 빛은 희망적인 걸까요?"

"아… 한 줄기 빛이요? …네, 그렇죠. 뭐."

"…그런데 그 한 줄기 빛만을 잡으려다, 많은 것을 놓칠 수도 있잖아요."

"고민이 많으신가 봐요. 손님."

"…네. 그렇게 되었네요."

"어디 내려 드리면 될까요?"

기사님의 말씀에 창문 밖을 바라보자, 원하던 목적지인 벤치가 눈에 들어왔다.

"어! 여기 내려 주세요."

"예~."

「똑-깍-똑-깍. 철컥.」

나는 계산하기 위해 주머니에 있는 지갑을 꺼내기 시작했다.

"저…. 손님! 아유…. 됐어요. 그냥 내리셔도 돼요."

"네? 아니, 왜…."

"그게…. 아내분 건강이 많이 안 좋으신가 봐요?"

내가 택시에 타서 한 이상한 행동 때문인지, 기사님은 현정이에게 무언가 문제가 있다는 사실을 눈치채고 있었다.

"음…. 사실 2년 전에……. 아. 네 맞습니다. 지금은 상태가 좋지 않아요. 그렇지만…. 그렇지만 제 아내는 곧 돌아올 겁니다. 그런데 혹시…. 그래서 돈을 안 받으려 하시는 건가요? 제가… 불쌍해 보이시나요?"

나는 현정이의 죽음을 사실대로 말하려 했지만 문득 내가 이곳, 벤치에 다시 오게 된 이유가 떠올라서, 또 기사님에게 나와 현정이가 불쌍해 보이는 것이 싫어서, 애써 거짓말을 하였다.

"아니요! 그게 아니라요…. 사실 ……저는 하나뿐인 아들놈을 잃어 본 적이 있어요. 제가 정확히는 알 수 없지만 그… 손님께서 한 줄기 빛…, 한 줄기 빛… 하고 말씀하시는 걸 보니, 아직 그래도 아내분 상태가 호전될 희망은 남아 계신 것 같아서요. 하지만 불쌍한 제 아들놈에게는 단 한 줄기 희망조차 없었거든요. …부족한 제 자신 때문에."

"……아. 죄송합니다."

그렇다. 기사님이 불쌍하게 여기는 것은 나도 현정이도 아닌, 바로 기사님의 아들이었다.

"아유. 아니에요. 아무튼 지금 손님께 한 줄기 빛이 보이신다면…. 그것은 축복이니, 무슨 짓을 해서라도 꼭 그 기회를 잡으셨으면 좋겠네요. 저는 그 빛이 도통 보이지 않아, 하늘이 너무나도 원망스러웠거든요."

그렇다. 기사님에게 과거의 자신과 마주치는 일 따위의 기적이란 존재하지 않았다. 그렇다면 지금 내 상황은 정말 축복받은 것일까. 혹은 지나친 자기 위로일까…. 다만 확실한 것은, 지금 나에게는 정말 한 줄기의 빛이 보인다는 것이다. 그러니 기사님의 말씀처럼 난 이 기회를 반드시 잡아야만 한다.

"그럴게요…. 감사합니다. 기사님."

"그러니 돈은 다음에 또 만나면 아내분이랑 같이 내시고…. 부디 힘내셨으면 좋겠네요."

"네…. 감사합니다."

"예~. 얼른 내리셔요. 뒤에 차 들어오네요."

"아…. 예."

「턱. 부웅-.」

지갑 속에 5만 원짜리 지폐 2장이 보였고, 그것들을 몰래 뒷좌석 발매트 아래에 대충 구겨 넣고 택시에서 내렸다. 누군가에게는 보이지도 않았던 간절한 한 줄기의 빛이 내게는 보임에도 불구하고, 그 빛이 두려워 고민하고 있던 내 자신이 너무나도 부끄러웠기 때문이다.

'조금만 기다려 현정아.'

택시에서 내린 나는 굳은 다짐을 마치고 곧장 벤치로 시선을 옮겼다.

'음…. 역시나.'

역시나 세상은 예상대로 흘러가지 않는다. 작은 기대를 품고 벤치를 바라보았지만, 과거 또는 미래의 나는 보이지 않았다.

「탁… 탁…!」

벤치 옆에 다가서서 담뱃불을 붙였다.

"쓰읍… 후…."

무작정 이곳에 왔지만, 이 벤치는 타임머신이 아니다. 버튼을 누르면 과거의 나 자신이 뚝딱하고 나오는, 괴상한 기계 따위가 아니란 말이다.

'분명 무언가가 있을 텐데….'

나는 지독한 원칙주의자이다. 세상의 모든 것들이 그렇듯, 분명 이 장소에도 원칙이란 것이 존재할 것이다. 과거의 내가, 미래의 나를 만날 수 있었던…. 미래의 내가, 과거의 나를 만날 수 있었던…. 그 원칙 말이다. 그래, 똑산의 원칙. 필히 그것을 알아내야만 한다. 내가 했던 특정한 말이라던가, 특정한 행위라던가, 혹은 주변 환경의 상태, 하다못해 그 당시 나의 감정이 될 수도 있다. 나를 만나기 위해 반드시 필요한, 그 특정한 무언가가 분명 존재할 것이다.

"쓰읍… 후우…."

그나마 다행인 점은 과거 또는 미래의 나를 만났던 적이 한 번이 아니라는 점이다. 그러니 분명 공통점이 존재할 것이다. 과거 또는 미래의 나를 만났을 때마다 일률적으로 발생했던 공통점 말이다. 그렇다. 그 공통점을 찾아야 한다. 그것이 곧 나를 만나기 위해 반드시 필요한 그 특정한 무언가, 똑산의 원칙이 될 테니 말이다.

"쓰읍… 하아………."

공통점을 찾기 위해서는, 그 당시의 정확한 장면을 회상해 내는 것이 핵심이다. 하지만 그 당시에 어떤 사건이 발생했었다는 것은 대충 기억이 나지만, 공통점을 찾아낼 만큼의 정확한 기억은 내게 남아 있지 않다.

「치익….」

담배를 끄고 머리를 부여잡았다.

'으… 머리야.'

한심한 기억력이 너무나도 애석하다.

'가만…. 기억력?'

그렇다. 인간의 기억력에는 한계가 있다. 그리고 인간은 그 기억력을 대체하기 위해 '기록'이라는 개념을 만들어 내었다.

'그래 일기…. 일기가 있을 거야.'

고향 집에 중학생 시절부터 틈틈이 썼던 일기가 있다. 그렇다. 분명 그 일기가 내 한심한 기억력에, 똑산의 원칙을 찾는 것에 큰 도움을 줄 것이다.

「터벅. 터벅. 터벅. 터벅.」

나는 곧장 고향 집으로 발걸음을 옮기기 시작했다.

＊＊＊

「스윽-. 턱! 스윽-. 턱!」

고향 집에 도착해, 눈앞에 보이는 모든 서랍과 수납장을 마구잡이로 열어 보기 시작했다.

'제발…. 분명 어딘가에 있을 텐데….'

「스윽-. 턱! 스윽…….」

"…어!"

차… 찾았다. 새파란 하늘에 흰 구름이 그려져 있는 A5 크기의 일기장. 확실하다. 내가 쓰던 일기장이다.

「툭. 툭. 툭. 좌락-.」

일기장에 쌓인 먼지를 대충 털어 내고, 일기를 펼쳤다.

'미친 아저씨를 만났던 나이는 고등학교 삼학년 …19살. 그러니까 ……2010년의 일기.'

「턱-. 좌락. 좌락. 좌락-.」

조금 흥분된 마음으로 책상에 앉아, 2010년의 내가 작성한 일기를 찾기 시작했다.

「좌락. 좌락. 좌락. …좌……락.」

"…찾았다. 2010년."

2010년 4월 30일　　　날씨 : 이상하게 맑음

오늘은 학교에서 웅변을 했다. 친구들의 반응은 나쁘지 않았고, 선생님은 내가 웅변에

재능이 있다고 하셨다. 자꾸만 입꼬리가 히죽거리는 것을 보니, 나 또한 내 웅변

실력이 만족스러운 것 같다.

그렇게 학교를 마치고, 뚝산이 보이는 벤치에 다녀왔다. 중학교 때 사건 이후로

벤치와는 연을 끊었었지만, 오늘 선생님께 후회를 바꾸는 방법을 배웠기 때문에

조금 용기가 생겼다. 다행히도 벤치에 미친 노숙자 아저씨는 없었지만,

또 다른 미친 아저씨가 있었어. 바로 어제 사고 현장에서 나를 밀치고 도망간

줄무늬 티셔츠를 입은 아저씨, .. 나는 사과를 받으려 아저씨를 닦달했지만,

그 미친 아저씨는 내가 방심한 틈을 타 냅다 도망을 갔다.

아저씨를 잡고 싶은 마음이 굴뚝같았지만, 어제 다친 무릎이 너무 아파 포기했다.

사과 한 번이면 모든 것이 끝날 상황인데, .. 그게 그렇게 어렵나 보다.

어른이 되어서 애한테 화풀이나 하고 말이다. 불쌍한 꼬마 아이, . 나랑 이름도

똑같아서 정감이 간다.

그런데 정말 아저씨는 왜 내가 아닌 꼬마 아이에게 화를 낸 것일까.

혹시 아저씨가 어제 사고로 돌아가신 아주머니의 남편이 아닐까, .?

그래서 그렇게 미쳐 버린 게 아닐까? 흠 .,, 그래, 충분히 합리적인 의심이다.

아, 그리고 또 이상한 것은 미친 아저씨의 이상한 행동뿐만이 아니었다.

그래, 뚝산의 모습도 조금 이상했다. 세월이 흘러 뚝산은 초심이라도 잃었는지,

완벽한 대칭의 모습이 아니었다, .. 뚝산이 완벽한 대칭이 아니라니, .

그렇다. 이 세상 모든 것을 변하게 만드는 시간의 힘이란, . 참 무서운 것 같다.

일기를 보니 그 당시의 기억이 새록새록 떠올랐다.

'똑산…. 그래, 분명 똑산이 이상했었어….'

내가 어릴 적 똑산을 좋아했던 이유는 물에 비친 똑산의 모습과 실제 똑산의 모습이 완벽한 대칭을 이루었기 때문이다. 하지만 저 당시에 똑산은 분명 비대칭을 이루고 있었다. …그래. 꼬마 시절에도 똑산이 이상했기에, 그렇기에 집으로 돌아갔었다.

'그렇다면 설마…. 똑산이 비대칭을 이루는 순간, 과거 또는 미래의 나를 만나게 되는 건가?'

「터벅. 터벅. 터벅.」

다시 벤치에 가 볼 필요가 있다. 똑산을 확인해 보아야 한다.

***

벤치에 도착해 똑산을 바라보았다.

'맞다…. 완벽한 대칭이다.'

똑산이 보란 듯이 완벽한 대칭을 이루고 있다. 그리고 과거 또는 미래의 나는 그 어디에도 보이지 않는다.

"찾았다…. 공통점."

그렇다. 똑산이 비대칭을 이루는 순간, 분명 우리는 만나게 될 것이다.

「탁… 탁…!」

"쓰읍… 후우……."

똑산의 원칙을 찾아내었다는 기쁨도 잠시, 나는 또다시 고뇌에 빠지기 시작했다.

"그런데 대체 어떻게…."

그렇다. 내가 찾은 똑산의 원칙은, 내가 통제할 수 없는 부분이라는 것이다. 그렇다. 똑산은 자연이다. 그리고 난 전지전능한 신이 아니다. 안타깝지만, 똑산의 모습을 이리저리 마음대로 바꾸는 능력은 내게 없다는 것이다.

"쓥…. 후우……."

하지만 어쩔 수 없다. 나는 방법을 찾아야 한다. 똑산의 모습을 비대칭으로 바꾸는 방법을 찾아야만 한다. 그렇기에 나는 믿어야 한다. 분명 그 방법이 존재할 것이라고 믿어야만 한다.

「치익….」

담배를 끄고, 일기장에 오늘의 소득을 적어 내려가기 시작했다. 정리를 해 보자면, 나의 기억력이 되어 줄 일기장을 찾았고, 똑산의 원칙을 한 가지 알아내었다. 그리고 앞으로 내가 알아내야 하는 것은, 똑산의 모습을 비대칭으로 바꾸는 방법이다.

'하루 만에 엄청난 성과다…. 현정이를 데리고 영주에게 돌아갈 날이 얼마 남지 않은 것 같….'

"저… 담배 한 대만 줍쇼."

'헉…!'

왔다. 누군가 벤치에 왔다. 절대로 헛것을 들은 게 아니다. 분명 벤치 뒤편에서 누군가 내게 말을 걸어오고 있다. 어서 고개를 돌려 목소리의 주인을 확인해 보아야 한다.

"…네?"

천천히 고개를 돌려 벤치 뒤편을 바라보니, 꾀죄죄한 옷차림을 한 중년 아저씨가 보인다.

'아….'

얼핏 보아도 과거 또는 미래의 내가 아니다. 모공이 숭숭 뚫린 피부에 뭉뚝한 코, 굵직한 목, 만두 모양 귀, 그리고 금방이라도 터질 듯한 팔뚝. 키는 비슷하지만…. 나와는 거리가 멀다.

"그거…. 담배 아니여유? 담배 한 대만 달라니께유."

"아……."

구수한 충청도 사투리를 사용한다. 역시 아니다. 얼굴도, 말투도, 모든 것이 다르다.

"에? 아 뭐 혀유~? 아유…답답해 죽겠네. …혹시, 지금 나 죽일라구 작정한 거유? 그게 맞다믄 지금 그짝은 겁나게 잘하고 있네유."

아저씨는 노숙자가 분명해 보인다. 누런 이빨에서 나오는 지독한 악취가 코를 강하게 찌르기 시작했다.

"아… 씨. 아니, 맡겨 놓았어요?"

"그것은 아닌디…. 아니 누가 한 갑 달래유? 한 대만 좀 달라니께…."

"싫어요."

"에? 참…. 그래유~. ……담배 한 대가 그만치 아깝나."

"…머, 뭐요? 네, 아까워요! 당신 같은 사람한테는 담배 한 대도 주기가 아까워요."

"…이?"

"게을러 빠져 가지고 노력이라고는 해 본 적도 없으면서, 사회 탓, 세상 탓하는 당신 같은 사람들은, 씨× 담배 한 대도 필 자격이 없다고! 알아들어!?"

"………."

'아….'

나도 모르게 불같이 화를 내었다.

노숙자는 당황한 표정을 지을 뿐, 아무런 대꾸도 하지 않는다. …아니, 아저씨는 노숙자가 아닐지도 모른다. 그런데 그저 꾀죄죄한 옷차림에 담배를 구걸했다는 이유만으로, 나는 이 아저씨를 노숙자라고 단정 지어 버렸다.

"하…. 아, 저기…. 죄송합니다. 제가 지금 정신이 없어서…."

"………."

아저씨가 고개를 푹 숙이고서 아무 대답도 하지 않는다.

"저…. 정말 죄송합니다. 이거라도 받으…."

나는 죄송한 마음에 주머니에 있던 지갑을 꺼내기 시작했지만, 문득 택시에 현금을 모두 두고 내린 것이 생각났다.

"아…. 정말 죄송합니다. 여기…. 이거라도 받으세요. 아직 한 10개비 남았습니다. …정말 죄송합니다."

결국 주머니에서 담배 한 갑을 꺼내, 아저씨에게 건네주려 하였다.

"…됐네유."

하지만 아저씨는 내 담배를 거절하고, 축 처진 몸을 이끌며 터덜터덜 걸어 나가기 시작했다.

"…저기. 잠시만요! 하아…."

살면서 처음 보는 타인에게 이토록 화를 냈던 순간이 있었나.

'대체 왜…. 이렇게까지 화낼 일은 아니었는데…….'

"후…. 몰라. …모르겠다."

그래. '겉모습만으로 사람을 함부로 판단하는 것은, 잘못된 생각임을 이미 알고 있는 나.'라고 곱씹으며, 내 잘못을 조금이나마 합리화시키고 싶었지만, 그렇기에는 내 자신이 너무나 모순적이었다. 입으로는 죄송하다고 말하며 손으로는 돈을 쥐어 주기 위해 지갑을 꺼내고 있었기 때문이다. 겉모습을 본 순간, 이미 내 무의식은 아저씨가 한심한 노숙자라고 확신하였던 것 같다.

'그래…. 인정하자. 나는 겉모습만으로 사람을 함부로 판단하였다. … 내가 모순적이라는 것과, 잘못된 판단을 했다는 것. 둘 중 적어도 하나는 인정해야, 이 죄책감의 굴레에서 벗어날 수 있으니까….'

결국 나는 내 판단이 부끄럽지만, 그 판단을 번복하지 않기로 결심했다. 그렇다. 모순적이라는 것을 인정하기 싫어, 잘못된 판단을 했음을 인정한 것이다.

'하아… 노숙자 아저씨. 기분 좀 상하셨겠는걸…. 그런데, 이 동네는 여전히 노숙자가 많구나.'

문득 중학교 시절 이 벤치에서 만났던 미친 노숙자 아저씨가 생각이 난다.

「촤락-. 촤락-.」

'내가 중학교 3학년 때니까… 16살. 2007년의 일기.'

2007년 2월 18일	날씨 : 맑은 것 같음

오늘은 엄마와 아빠의 기일이다.

엄마와 아빠는 4년 전에 모두 내 곁을 떠났다.

음 ,.. 대구에서 지하철을 탔다가 방화 사건에 휘말렸다고 들었다.

대한민국이 발칵 뒤집어진 사건이었지만, 나는 전혀 알고 싶지 않다.

그래, 제발 뉴스에 그만 좀 나왔으면 좋겠다. 4년이나 지났지만 여전히 그 사건이

종종 뉴스에 나온다는 것은, 그만큼 우리 부모님이 불쌍하게 돌아가셨다는 것을

증명하는 것 같아 잊을 만하다가도 분노가 치밀어 오기 때문이다.

하지만 괜찮다. 우리 할멈은 부족함 없이 나를 키워 주시니까.

그래, 엄마와 아빠는 내게 필요 없다.

난 ,.. 우리 할멈만 있으면 된다.

그렇다. 우리 부모님은 2003년 대구 지하철 참사의 희생자이다.

'그래, 이제 그만 인정하자…. 나는 모순적인 사람이라는 것을….'

사람들이 그 사건을 평생 잊지 말아 줬으면 하는 마음과, 그 사건이 대중매체에서 보일 때마다 너무나 괴로운 마음. 두 마음이 강하게 대립하는 것이 한눈에 보인다. 일기 속의 나는, 16살의 어린 나는, 아픔을 숨기기 위해 애써 괜찮은 척을 하고 있다.

'이때부터였구나…. 내 모순을 숨기려 했던 것이…. 아픈 것이 너무 싫어서, 솔직한 척했던 것이…. 괜찮아…. 정후야, 숨기지 않아도 괜찮아….'

또다시 눈물이 나려 한다.

"후우…."

하지만 참아야 한다. 나는 더 이상 눈물을 흘리지 않기로 다짐했으니까. 지금 이 눈물이 흘러내리기 전에, 서둘러 다른 분위기의 일기를 읽어 보아야겠다.

「촤락-. 촤락-.」

| 2007 년 11월 15일 | 날씨 : 비 |

오늘도 우리는 노숙자 아저씨를 골탕 먹이기 위해 벤치에 다녀왔다.

하늘에서 비가 주룩주룩 내렸지만, 미친 노숙자 아저씨는 우산 하나 없이

벤치에서 소주를 마시고 있었다.

오늘로 세 번째, 아저씨를 골탕 먹이는 것이 재밌기는 하지만, 이제 그만 벤치에서

사라졌으면 좋겠다. 다시 예전처럼 편하게 뒷산을 구경하고 싶지만,

미친 노숙자 아저씨 탓에 뒷산이 고장 났기 때문이다.

또 어떻게 알고 있는지는 모르겠지만, 아저씨가 자꾸만 내 이름을 불러 대서 조금

죄책감이 들기 시작했다.

하지만 나와는 달리 내 친구들은 전혀 죄책감을 느끼지 못하는 것 같다.

태수와 장훈이가 내일은 양동이를 하나씩 준비해 물을 가득 담아 가자고 했다.

비를 맞은 아저씨를 씻겨 주기 위해서, . . 뭐, 아무튼 나도 친구들과 똑같다.

아저씨를 놀리고 도망가는 그 순간만큼은 나도 재미를 느낀 게 사실이니까, , .

아. 그리고 내일부터는 더욱 조심해야 한다. 오늘 태수는 정말 위험했다.

아저씨를 약 올리고 도망가던 중, 길이 미끄러워 그만 넘어지고 말았다.

왜인지 아저씨는 벤치에서 우리를 노려만 볼 뿐, 우리를 쫓아오지 않아 다행히

태수가 잡히지 않았지만, 평소처럼 우리를 쫓아왔다면 태수는 분명 잡혔을 것이다.

내일은 아저씨가 몸을 돌리는 순간, 아니, 고개를 돌리는 순간 바로 도망을 가야겠다.

'똑산이 고장 나…?'

이 일기를 보니 문득 기억이 났다. 그렇다. 이때도 똑산이 비대칭을 이루고 있었다.

'그렇다면 내가 찾은 똑산의 원칙은 틀린 것인가? 저 당시에 과거 또는 미래의 나를 만나지는 않았으니….'

"서… 설마…."

느낌이 좋지 않다. 지금껏 인생을 살아 본 결과, '혹시'라고 생각했던 일들은 대부분 일어나지 않고, '설마'라고 생각했던 일들은 정말 일어났기 때문이다.

'만약 내가 찾은 똑산의 원칙이 맞는 것이라면? 저 당시에 과거 또는 미래의 나를 만났던 거라면? …그 미친 노숙자 아저씨가, 내 미래의 모습이라면?'

아니다. …그럴 리가 없다. 내가 아무리 제정신이 아니라고 하여도 이곳에서 노숙을 할 만큼 미쳐 있지는 않다. …그래, 아무래도 새로운 똑산의 원칙을 찾아보는 것이 좋겠다.

2029 년 3 월 5 일	날씨 : 이슬비

만약 그 미친 노숙자 아저씨가, 정말 내 미래의 모습이라면?

O 과거 또는 미래의 나, 또 다른 이정후와의 만남.
  - [사고 현장] 고등학생 이정후 ⟷ 36살 이정후
  - [벤치] 꼬마 이정후 ⟷ 고등학생 이정후 ⟷ 36살 이정후
  - [벤치] 중학생 이정후 ⟷ 노숙자 이정후 (네 번 만남)

O 아들 중, 현정이를 살릴 수 있는 이정후. (사고 발생 이전)
  - 꼬마 이정후
  - 중학생 이정후
  - 고등학생 이정후
  - 36살 이정후

O 아들 중, 앞으로 내가 만날 수 있는 또 다른 이정후.
  - 중학생 이정후 (네 번)

그렇다면 결국, .. 오늘 찾은 똑산의 원칙이 올바른 원칙이기를, 그 미친 노숙자 아저씨가 정말 내 미래의 모습이 맞기를 간절히 기도해야 한다는 것인가, ..
그래야만, 중학생 이정후를 만날 수 있는 네 번의 기회가 생기니까.
반드시 그래야만, 현정이를 되살릴 수 있을 테니까.
그래. 그래서 노숙자 아저씨는 비가 오나, 눈이 오나 벤치에서 노숙을 하며 중학생 시절의 나를 그토록 애타게 찾았었던 것인가, ..
중학생 이정후를 붙잡아 사고를 예방하고, 현정이를 되살리기 위해서.

그렇다면, .. 정말 그렇다면, 부디 지금 이 한 줄기의 희망이, 한 줄기의 기회가, 한 줄기의 빛이, 나와 현정이를 다시 하나로 이어주는 동아줄이 되어주기를, ..

6장. 노숙자

'…나는 정말 미쳐 버린 것일까?'

2029 년 3 월 6 일	날씨 : 칼바람

노숙 이틀째, 단 한숨도 자지 못했다.

미치도록 춥다. 3월의 새벽은 생각보다 훨씬 날카로웠다.

노숙자 이정후가 왜 미쳐 있었는지 이제 조금은 이해가 간다.

그는 대체 얼마만큼의 시간을 이 벤치에서 보낸 것일까.

그리고 그 시간 동안 얼마만큼 외로웠을까.

또 얼마만큼 힘들었을까.

나는 대체 얼마큼의 시간을 이 벤치에서 보내야 할까,..

그리고 그 시간 동안 얼마큼 외로울까,..

또 얼마큼 힘들까,,.

똑산의 원칙

1번. 또 다른 이정후와 만날 수 있다.
  (또 다른 이정후 : 과거 또는 미래의 이정후)

2번. 똑산이 고장 나면 또 다른 이정후를 만나게 된다.
  (또 다른 이정후와 만났을 때마다 일률적으로 발생했던 공통점.)

3번. 벤치가 아닌 다른 장소에서의 만남도 가능하다.
  (고등학생 이정후와 36살 이정후는 사고 현장에서 부딪혔다.)

4번. 내가 만났던 미래의 이정후와 똑같은 모습이 되어야, 과거의 이정후를
  만날 수 있다.
  (그렇기에 노숙자 이정후도 나를 만나기 위해 노숙자의 모습을 했던 것.)

5번.

| 2029 년 3 월 12 일 | 날씨 : 흔들바람 |

오늘로 노숙 일주일째, 머리가 터질 것 같다.

똑산의 원칙을 찾기 위해 한시도 쉬지 않고 머리를 굴렸다.

뭐, 결과는 뻔했다. 역시 시간이란 것은 내가 통제할 수 없는 부분이다.

그래. 애초에 똑산의 원칙을, 과거 또는 미래의 나와 만날 수 있는 방법을

알아낼 능력이 내게 있다면, 여기서 이러고 있을 게 아니라 차라리

타임머신을 발명했겠지, ..

하지만. 타임머신을 발명할 수는 없지만, 나에게는 한 줄기의 빛이 보인다.

벤치 옆 가로등에도 고장이 났는지 불빛이 들어오지 않지만, 나에게는

한 줄기의 빛이 들어왔다.

그래. 중학생 이정후는 반드시 이 벤치에 찾아올 것이다. 타임머신을 발명

할 능력은 내게 없지만, 인내심이라는 능력은 내게 있으니까.

분명 인내심을 가지고 기다리다 보면, 중학생 이정후를 만나게 될 것이다.

노숙 한 달째, 나는 더욱 쉽고 효율적으로 중학생 이정후를 만나기 위해
몇 가지 규율들을 생각했고, 실행에 옮겼다.

'중학생 시절, 새벽에 벤치에 갔던 적은 단 한 번도 없었다. 즉, 중학생 이정후를
새벽에 만날 확률은 존재하지 않는다. 그러니 직장인들이 출퇴근을 하듯,
잠은 고향 집에서 편하게 자고 아침에 벤치로 출근해도 괜찮지 않을까?'
나는 고민 끝에 실행에 옮겼다.

'항상 학교를 마치고 벤치에 왔으니, 중학생 이정후를 오전에 만날 확률도
제로다. 점심을 먹고 벤치로 출근해도 되겠다.'
실행에 옮겼다.

'일기를 확인해 보니 주말에 왔던 적도 없다. 주말에 만날 확률도 제로.'
실행에 옮기려던 그때, 문제점을 찾았다.
애초에 중학생 이정후와 나의 시점은 서로 맞지 않는다. 2007년과 2029년의
시점은 당연히 다르다. 그런데 평일과 주말이 대체 무슨 상관이란 말인가.
나는 주말이지만, 중학생 이정후는 평일일 수도 있다. 나는 아침이지만,
중학생 이정후는 저녁일 수도 있는 것이다.

결국 ,.. 내가 세웠던 몇 가지 규율들은 모두 편법이었음을 깨달았다.
그리고 그 편법이란 것은 날이 갈수록 점점 대담해지기 마련이다.
그러니, 그러니 애초에 싹을 잘라 버려야 한다. 지독한 원칙주의자인 내가 그동안
편법을 사용했다는 사실이 도무지 이해가 가지 않는다.

혹시 ,.. 편법을 사용할 만큼, 그만큼 내가 많이 힘들었던 것은 아닐까.

아니, 정신 차려야 한다. 이곳에 놀러 온 게 아니다. 나는 이 기회에 인생을

걸었다. 아니 , 내 인생뿐만이 아니다. 현정이와 영주의 인생도 함께 걸었다.

그래 , 내가 지금 힘든 것은 당연한 것이다.

절대 쉽게 하려고 생각하지 말자.

목표를 달성하기 위해 생각한다면 규율이 나오고,

목표를 쉽게 달성하기 위해 생각한다면 편법이 나온다.

정후야, 규율과 편법을 확실하게 구분하자.

2030 년 3 월 5 일	날씨 : 궂은비

일 년이다. 365일.

즉, 8,760시간.

즉, 525,600분.

즉, 31,536,000초.

아, 방금 1초가 또 흘렀다. 아, 또다시 1초. 또 1초. 1초, ..

오늘도 휴대폰을 보며 무료한 시간을 때우다,

문득 알고리즘에 휩쓸려 동기 부여 영상을 시청하게 되었다.

목표를 달성하기 위해서는 뼈를 깎는 노력이 필요하다고 한다.

하지만. 하지만 나는 축복받았다. 이 벤치에 가만히 앉아만 있어도 1초. 또 1초가

흘러간다. 뼈를 깎는 노력 따위 필요 없다. 그저 가만히 앉아 중학생 이정후가

찾아올 때까지 기다리기만 하면 된다. 그래, , , . 그저 이렇게 하염없이

기다리기만 하면 된다. 그러니 나는 축복받았다.

그런데, , , . 그런데 분명 나는 축복받았는데.

대체 왜, , . 왜 이렇게 고통스러운지 모르겠다.

이 고통은 언제 끝이 날까. 아니, 끝이 있긴 한 걸까.

뭐, 그래도, , . 의미 없는 고통은 아니었나 보다.

거울을 보니, 노숙자 이정후와 얼추 모습이 비슷해졌다. 살도 몰라볼 정도로

빠졌고, 이빨은 누렇게 변했으며, 피부도 꽤나 푸석푸석해졌다.

하루, 또 하루가 지날수록, 점점 노숙자 이정후와 모습이 비슷해져 간다.

그러니, , , . 확률이 점점 높아지고 있다.

노숙자 이정후와 똑같으면 똑같을수록, 중학생 이정후를 만나게 될 확률이

높아질 것이다. 중학생 시절 내가 이 벤치에서 만났던 사람은 정장을 입은

신사가 아닌, 꾀죄죄한 노숙자였으니까.

내 이름은 이정후. 나이는 마흔하나. 직업은 ……노숙자다. 나는 어릴 적 내가 좋아했던 이 벤치에서 3년째 노숙을 하고 있다. …하지만, 나는 길가에 보이는 흔한 노숙자들과는 다르다. 나는 사람의 생명을 살리기 위해 이곳에서 노숙을 하고 있다. 그리고 그 생명의 주인은 바로, 급발진 사고로 죽은 불쌍한 내 아내, 현정이다.

「탁… 탁!」
"쓰읍… 후우……."
　　세상은 예상대로 흘러가지 않는다. 다만 한 가지 내 예상이 적중한 것이 있다면, 그것은 바로 호락호락하지 않을 것이라는 예상. …그렇다. 호락호락하지 않았다. 지난 3년의 시간 동안 나는 중학생 이정후를 단 한 번도 만나지 못하였다.
　　'혹시…. 내가 잠이 든 사이에, 중학생 이정후가 이미 다녀간 것은 아닐까? 한 줄기의 빛을, 나에게 주어진 기회를 모두 놓쳐 버린 것은 아닐까? 앞으로 몇십 년을 더 기다려도, 중학생 이정후를 만날 수 없는 것은 아닐까?'

"쓰읍… 후…."

'아니면 혹시…. 정말 현정이의 죽음으로 인한 충격으로, 내 기억이 왜곡된 것은 아닐까? 나 자신과 만났던 그 모든 기억들이, 전부 내가 만들어낸 허상은 아닐까? 나는…. 나는 정말 미쳐 버린 것일까? …그만. 이제 그만하고 싶어. ……영주. 영주가 보고 싶어.'

영주가 미치도록 보고 싶다. 하지만 나는 영주의 얼굴을 볼 면목이 없다. 또 다른 이정후와 만났다는 증거를 찾기 위해 2년, 중학생 이정후와 만나기 위해 이 벤치에서 3년을 보냈다. 그렇게…. 영주를 외면한 지 무려 5년이 넘었기 때문이다.

"쓰읍… 하아…….."

'5년…. 그 소중한 시간을 영주와 보냈더라면….'

시간이란 그저 흘러가는 것. 과거의 나는 딱 그 정도의 개념으로만 시간을 이해하였다. 하지만 5년이란 긴 시간 동안 허송세월을 보내다 보니, 시간을 낭비하다 보니, 이제서야 나는 시간의 소중함을 깨닫게 되었다.

'대체 왜 이 세상의 모든 가치들은 지나고 나서야, 잃어버리고 나서야, 그 소중함을 진정 깨닫도록 만들어 놓았을까.'

「툭- 덜그럭.」

바닥에 놓여져 있는 소주 3병이 보인다. 한 병은 비어 있고, 다른 한 병은 절반이 채워져 있고, 나머지 한 병은 새것이다. 하지만 걱정 마라. 나는 이 술을 마시지 않았고, 마시고 싶은 생각도 없다. 이 술병들을 놓아둔 것은, 그저 내가 보았던 노숙자 이정후의 모습을 흉내 내는 것뿐이다. 중학생 이정후와 만날 확률을 조금이라도 높이는 행위일 뿐이다. 그렇다.

중학생 시절, 내가 보았던 노숙자 이정후의 근처에 분명 술병들이 널브러져 있었다. 그렇지만 그 술병들이 정확히 몇 개였는지 기억나지 않기 때문에, 하루는 1병, 하루는 2병, 또 하루는 2병 반. 이러한 방식으로 매일 술병을 달리 놓고 있는 것이다.

"쓰읍… 후…."
'그런데 대체 왜….'

아무리 생각해 보아도 도통 이해가 되지 않는 부분이 있다. 나는 술버릇이 미친 듯이 고약하다. 또 만취 상태가 되면, 다음 날 기억도 잘 나지 않는다. 그러니 만취 상태로 중학생 이정후를 만나게 된다면, 그 소중한 기회를 한심하게 놓칠 것이 눈에 훤하다. …하지만, 대체 왜 노숙자 이정후는 만취 상태였던 것일까. 그 또한 똑같은 이정후이니까. 그 또한 술버릇이 고약할 텐데 말이다.

물론 똑산의 원칙대로라면, 나 또한 똑같이 만취 상태가 되어야 중학생 이정후를 만나게 될 확률이 올라갈 것이다. 그렇지만 정말 만취 상태가 된다면, 중학생 이정후를 놓칠 확률 또한 비례적으로 올라가기 때문에, 내기를 걸어 보기에는 리스크가 너무 크다.

"쓰읍… 후우…….."
「치익.」
'그렇지만…. 계속 이렇게 허송세월을 보내는 것보단….'

3년이라는 소중한 시간을 투자했지만, 일말의 진전도 이루지 못한 지금…. 그렇다. 이제는 시간이 아닌 기회를 투자해야 할 시점이다.

「덜그럭- 텁.」

바닥에 놓여진 3병의 술병 중, 절반 남은 술병을 집어 들었다.

'그래, 리스크 없는 성공은 없는 법이다. 테스트해 보자.'

투자 가치가 충분히 높은 종목이다. 그렇다. 이제는 승부수를 던질 시간이다.

「벌컥…벌컥…… 벌컥…….」

만취 상태가 되기 위해 절반이나 남은 술을 몽땅 마셔 버렸다.

"크……. 어라?"

달다. 보통 이 정도의 양을 한 번에 들이키면 엄청나게 쓰기 마련이다. 하지만 지금은 너무나도 달다.

"소주가 달면 그만큼 삶이 힘들다는 것인데……. 참…. 노숙자 흉내를 내다 보니 미각도 노숙자처럼 변했다. 뭐, 이런 건가."

지금의 나는 대체 얼마큼의 양을 들이마셔야 소주가 쓰게 느껴질까. 아마…. 한 10병?

* * *

테스트를 시작하고 30분의 시간이 흘렀다. 몇 년 만에 소주를 왕창 들이켜 마시니, 취기가 올라온 것이 적연하게 느껴졌다. 하지만 이 정도 취기로는 어림도 없다. 확실한 테스트를 위해서 만취 상태가 되어야 한다.

[툭- 덜그럭.]

바닥에 놓여진 소주 3병이 보인다. 두 병은 비어 있고, 나머지 한 병은 새 병이다. 나는 새 병을 집어 들었다.

「딸그락. 벌컥… 벌컥……… 벌컥………… 벌컥…………..」

조금 버거웠지만, 만취 상태가 되기 위해 한 병을 몽땅 들이켜 마셨다.

"크…으…….."

쓰다. 반병은 달았지만, 한 병은 쓰다.

"왜…. 쓰지……."

소주의 쓴맛이 느껴지자, 문득 내 가슴 한 쪽도 강하게 쓰려오기 시작했다.

"미, 미안해…. 현정아……."

소주가 1병이던, 5병이던, 10병이던 간에 나는 소주의 쓴맛을 느끼지 못할 거라고 생각했다. 그만큼 힘들었다고 생각했기에, 그만큼 아팠다고 생각했기에, 정말… 충분히 힘들고 아팠기에…. 그러나 2병도 채 마시지 않은 지금, 소주의 쓴맛이 강하게 느껴지자 현정이에게 너무나도 미안한 마음이 들어 가슴 한쪽이 쓰려 오기 시작했다.

"내가 더 노력할게…. 내가 더 해 볼게…. 10병을 부어 마셔도 쓰지 않을 때까지…. 힘든 척해서 미안해……. 내가 너 꼭 살릴게. 현정아……. 정말 …미안해. 정말………."

* * *

30분의 시간이 더 흘렀다. 느리지만 아주 뜨겁게, 서서히 지고 있는 저 해 질 녘 태양처럼, 얼굴에 후끈한 열이 오르고 취기가 얼근하게 돌기 시작했다.

"보고 싶다. 현정아···. 주, 죽도록 보고 싶어······."

농도가 짙은 눈물 한 방울이 내 오른쪽 뺨을 타고 서서히 흘러내리기 시작했다. 역시 알코올의 힘은 무섭다. 사람의 감수성을 민감하게 만든다.

"똑산아, 나를 좀 봐 봐···. 똑같잖아···. 그때 그 노숙자랑 완전 판박이 잖아···. 그런데 대체 왜. 왜 만나지 못하는 거야···."

그렇다. 3년간의 노숙으로, 내 모습은 차마 두 눈으로 보고 있기가 안타까울 정도로 많이 야위었다.

"똑산아···. 대체 뭐가 문제인 거야···. 지금 너보다, 내가 더 똑같잖아···."

실제 똑산과 물에 비친 똑산의 모습. 그 둘의 모습보다, 노숙자 이정후와 지금 나의 모습이 더 똑같은 것 같다. 그렇다. 항상 완벽한 대칭을 이루던 똑산도 나처럼 많이 야위었는지, 평소와 모습이 조금 다른 것 같다.

"········어?"

잠깐···. 정말 똑산의 모습이 다르다. 그렇다. 완벽한 대칭이 아니다.

"······어!!"

그렇다···. 비대칭이다. 똑산이···. 똑산이 고장 났다.

"···어 ······어디···!! 어디!!!"

나는 벤치에서 벌떡 일어나 고개를 이리저리 돌리며 주변을 탐색하기 시작했다. 드디어 중학생 이정후가 찾아온 것인가. 심장이 터질 것만 같다.

"……어디야….."

중학생 이정후가 보이지 않는다. 하지만…. 하지만 확실히 똑산의 모습은 비대칭으로 바뀌었다.

"후…. 침착하자…. 침착."

취기가 오를 대로 올랐지만, 다행히도 아직 적절한 사고 판단이 가능하다.

"분명 어딘가에……. 서, 설마."

눈이 마주쳤다. 벤치 맞은편의 허름한 상가 건물 앞에, 통화를 하고 있는 한 남성이 보인다. 새하얀 셔츠에 하늘색 청바지를 입은 한 남성이 불쌍한 눈으로 나를 쳐다보고 있다.

"이…… 이정후."

분명 이정후다. 바로 나. 또 다른 이정후다. 정확한 시점은 알 수 없지만, 미래의 이정후는 곧 죽어도 아닐 것이다. 얼굴을 보니 30대 그 어느 시점의 과거의 이정후다. 그렇다면…. 사고 발생 이전, 즉, 현정이를 살릴 수 있는 이정후일 가능성이 높다.

"이, 이정후!! 이정후!!!"

나는 큰 목소리로 또 다른 이정후에게 소리쳤다. 그러자 또 다른 이정후는 고개를 휙 돌리며, 내 목소리를 가볍게 무시하고 터벅터벅 걸어 나가기 시작했다.

"어…? 자, 잠깐! 이정후!!!"

그닥 먼 거리는 아니었지만, 내 목소리가 작았던 탓인가 싶어 더욱 큰 목소리로 또 다른 이정후에게 소리쳤다.

"……."

'역시 내 목소리가 작았던 게 아니야…. 분명 저 녀석은 지금 나를 무시하고 있다.'

이유는 알 수 없지만, 3년 만에 찾아온 이 소중한 기회가 허무맹랑하게 지나가는 것을 그저 지켜만 보고 있을 수는 없다. …그래, 이 기회를 기필코 잡아야 한다.

「터벅. 터벅. 터벅. 터벅」

나는 또 다른 이정후를 잡기 위해 벤치 앞 도로를 건너가기 시작했다. 그러자 또 다른 이정후는 마치 도망을 치듯 상가 건물 코너를 돌기 시작했다.

"잠깐. 아… 잠시만요!!"

내가 도로를 절반쯤 건너갔을 때는 이미 또 다른 이정후가 상가 건물 코너를 도는 것에 성공해, 모습을 감춘 뒤였다.

"…씨×."

나는 뛰기 시작했다. 이대로 놓칠 수는 없다. 지구 끝까지 따라갈 각오가 되어 있다. 아니, 그래야만 한다.

「탁. 탁. 탁. 탁. 휙-.」

순식간에 도로를 건너간 뒤, 재빨리 상가 건물 코너를 돌았다.

"어라?"

하지만…. 하얀 셔츠를 입은 또 다른 이정후의 모습은 눈곱만큼도 보이지 않았다.

"아니…. 뭐야."

5초? 아니, …3초? ……아니다. 그보다 약간 짧았다. 또 다른 이정후가 내 시야에 사라지고, 내가 상가 건물 코너를 돌기까지의 시간 말이다. 그 짧은 찰나의 순간에 정말 귀신같이 사라져 버렸다.

"대체 어디로…."

주변을 둘러보았지만, 그 짧은 시간 안에 몸을 숨길 만한 곳은 좀처럼 보이지 않는다.

"어디야! 이정후!! 제발…. 제발!!"

이곳저곳을 둘러보며 간절한 마음으로 내 이름을 외쳤지만, 돌아오는 대답은 없었다.

"이정후! …이정……. 아아…."

계속해서 내 이름을 외치고 싶었지만, 돌아오는 대답이 없을 때마다 바늘로 심장을 찌르는 듯한 고통이 느껴졌다.

"으…으……. 아, 그래."

똑산. 똑산을 확인해 보아야 한다.

"……아 ………아아…."

똑산이 완벽한 대칭을 이루고 있다. 똑산이 돌아왔다. 그렇다면 또 다른 이정후는….

"사라졌겠지…."

끝났다. 3년 만에 찾아온 기회가 이토록 허무맹랑하게 끝이 났다. 기다림은 3년이었지만, 또 다른 이정후와의 만남은 단 30초를 넘기지 않았다.

"씨…… 씨×…."

가장 분한 것은, 그토록 간절했던 내가 아무것도 하지 못했다는 것이다. 현정이를 살리기 위해 필요하다면 내 목숨까지 내어줄 각오가 있었지만, 유일하게 내가 한 것이라곤 그저 몇 번 소리를 지르는 것뿐이었다.

「풀썩-.」

나는 다리에, 아니 온몸에 힘이 빠져, 딱딱하고 차디찬 인도에 풀썩 주저앉았다.

"도대체 왜……… 3년을… 3년을 기다렸단 말이야…. 흐윽…. 제발… 그렇게 순식간에 사라져 버리면…. 아… 아아………."

3년의 기다림이 무색해진다. 또 다른 이정후는 믿기 힘들 정도로 허무맹랑하게 떠나갔다.

"아… 아아…."

"야옹… 양…… 야옹…."

그때 새하얀 새끼 길고양이 한 마리가 다가와, 이리저리 얼굴을 비비며 나를 위로해 주었다.

"읏…. 저리 꺼져."

"야옹… 양."

"너도… 내가 불쌍해 보이냐?"

"야앙… 양… 야옹."

길고양이가 배가 고픈 듯 나를 보며 서럽게 울고 있다. 어미를 잃어버린 것인가.

"그래…. 위로가 아니구나. 공감이구나."

"야옹… 양…."

"후우……. 그래, 너도…. 너도 많이 힘들구나."

그래, 나만 힘든 게 아니다. 슬퍼하고 있을 시간이 없다. 신세 한탄이나 하고 있을 시간 따위 없다는 것이다. 그렇다. 나는 술을 먹으면 필름이 자주 끊기는 편이다. 그렇기에 내일이 오면, 오늘의 기억을 잃을 수도 있다. 기억을 잃기 전에 서둘러 오늘의 기록을 일기장에 남겨 놓아야 한다.

오늘은 노숙자 이정후처럼 나도 만취 상태가 되어 보았다.

테스트의 결과는 성공적이었다. 물론 중학생 이정후는 만나지 못했지만,

후끈한 취기가 올라오자 그 즉시 또 다른 이정후를 만나게 되었다.

그래, 똑산의 원칙을 찾은 것 같다. 외관만 대충 흉내 내어서는 평생 중학생

이정후를 만날 수 없다. 노숙자 이정후가 만날 수 있는 또 다른 이정후를

만나기 위해서는 나 또한 똑같이 만취 상태가 되어야만 한다.

그래, . 이제야 노숙자 이정후의 행동이 이해가 된다.

만취 상태가 되면 중학생 이정후를 놓칠 확률이 높아지겠지만,

만취 상태가 되지 않는다면 애초에 만날 확률이 제로가 되는 것이다.

그런데 , . . 한 가지 이상한 점이 있다.

오늘 만난 또 다른 이정후는 하얀 셔츠를 입고 있었다.

하얀 셔츠 , . 하얀 셔츠 , , . 하얀 , . 셔츠 , , , , . . .

술에 취한 탓인가. 곰곰이 생각해 보아도 내가 과거에 그 셔츠를 입고

이 벤치에 방문했던 기억은 없다.

아니 , 술에 취한 탓이 아니다. 정말 내 과거에 없던 일이다.

하지만 그 모습은 분명 30대 중반의 , . 그렇다. 과거의 이정후였다.

그렇다면 혹시 , . . 내가 이 벤치에서 한 어떤 특정한 행동 때문에 ,

내 의도와는 상관없이 과거가 바뀌어 버린 것인가 ?

그게 아니라면 , . 내 과거와는 다른, 또 다른 과거가 존재하는 것인가 ?

또 , . 또 한 가지 이상한 점.

하얀 셔츠의 이정후는 가여운 눈빛으로 나를 바라보고 있었다.

그러나 , . 그러나 그 눈빛은 '연민' 이라는 감정과는 다소 거리가 멀었다.

그 눈빛은 마치 모든 것을 알고 있는 듯한 , , .

그래, 그 눈빛에는 '동정' 이라는 감정이 담겨 있었다.

그저 순수한 감정으로 불쌍하게 바라보는 것에서 끝나는 연민이 아닌 , 마치

지금 내가 처해있는 모든 상황을 알고, 그것에 공감하며,

구원의 손길을 뻗어주려는 듯한, .. 그러한 동정의 감정이었다는 말이다.

하지만 그렇다면, 만약 정말로 모든 것을 알고 있었다면,

대체 왜 나를 도와주지 않고 도망을 간 것인가.

가만, .. 그래, 하얀 셔츠 이정후는 도망을 갔다. 그리고 내 시야에서

사라진 시간은 약 3초가량이었다. 그래, 똑산을 고장 나게 하는

원칙이 있다면, 반대로 똑산을 다시 완벽한 대칭의 모습으로 만드는

원칙 또한 반드시 존재할 것이다.

그렇다면, .. 나의 시야에서 사라지는 것이, 똑산을 돌아오게 만드는

그 원칙인 것인가? 아니, 아니다. 그 기준이 나의 시야라면

내가 눈을 깜빡이는 순간 하얀 셔츠 이정후가 없어졌을 테니, ..

그렇다면, .. 그 기준이 내가 아닌, 똑산의 시야인 것인가?

결국 하얀 셔츠 이정후는 그 원칙을 내게 알려 주기 위해 도망을 갔던

것인가?

아니, .. 아니. 이 또한 아니다. 그것은 바보 같은 생각이다.

정말 하얀 셔츠 이정후가 모든 것을 알고 있었다면, 정말 내게

똑산의 원칙 한 가지를 알려 주기 위해 벤치로 찾아온 것이라면,

그것은 미치도록 바보 같은 생각이다. 차라리 벤치에 앉아,

똑산의 모든 원칙들과 현정이를 확실하게 구할 방법들을 차근차근

알려 주는 편이 몇천 배는 더 효율적일 테니 말이다.

그렇다면. 도망을 간 것이 아니었다면, .. 대체 무엇 때문에, , , ..

머리가 복잡하다. 도무지 답이 나오지 않는다.

그래, 긍정적으로 생각하면 하얀 셔츠 이정후가,

오늘 만난 또 다른 이정후가 중학생 이정후가 아니었다는 점.

그러니 중학생 이정후를 만날 수 있는, 현정이를 살릴 수 있는 네 번의

기회가 여전히 내게 남아있다는 점.

그래, 꺼져 가던 의욕에 다시 한번 불이 붙기 시작했다. 그동안 내가
노숙을 하며 힘들었던 이유 중 하나는 확신이 없었기 때문이다.

시간이 지나면 지날수록, 또 다른 이정후를 만났던 기억에 대한 의심이
자꾸 커져만 갔다. 물론 그럴 때마다 일기장을 계속해서 읽어 보았지만,
내 마음속 한구석에 깊게 박힌 의심이란 녀석은 내가 힘들면 힘들수록
비례적으로 강해져 갔다.

하지만 지금부터는 말이 다르다. 나는 오늘 또 다른 이정후를 만났다.

그렇기에 의심은 확신으로 바뀌었다.

그래, '확신'. 내게 확신이라는 소중한 마음이 생겼다.

똑산의 원칙

1번. 또 다른 이정후와 만날 수 있다.
   (또 다른 이정후 : 과거 또는 미래의 이정후)

2번. 똑산이 고장 나면 또 다른 이정후를 만나게 된다.
   (또 다른 이정후와 만났을 때마다 일률적으로 발생했던 공통점.)

3번. 벤치가 아닌 다른 장소에서의 만남도 가능하다.
   (고등학생 이정후와 36살 이정후는 사고 현장에서 부딪혔다.)

4번. 내가 만났던 미래의 이정후와 **완전히** 똑같은 모습이 되어야, 과거의 이정후를
   만날 수 있다.
   (그렇기에 노숙자 이정후도 나를 만나기 위해 노숙자의 모습을 했던 것.)

5번. 똑산의 시야에서 또 다른 이정후가 벗어나면, 똑산이 돌아온다.
   그렇게 똑산이 돌아오면, 또 다른 이정후는 각자의 시점으로 돌아간다.
   (상가 건물 코너를 돌았던 하얀 셔츠 이정후가 사라짐.)

6번.

7장. 중학생

"너네 …똑산 본 적 있냐??"

◆

내 이름은 이정후. 나이는 열여섯. 철이 조금 일찍 들어 중2병 따위는 가볍게 건너뛴 중학교 3학년이다.

"…그리울 때~ 눈 감으면~ 더 잘 보이는~ 그런 사람~."

내 친구 태수가 세상 감미로운 척을 하며 FT아일랜드의 〈사랑앓이〉를 부르고 있다.

"…꼭 올 거라는~ 말은 안 했지만~ 기다릴 수밖에 없는 사람~."

가사가 조금 이상하다. 올 거라는 말도 안 했는데, 왜 기다리는 것인가.

"…난 너로 인해~ 그 죄로 인해~ 기다림을 앓고 있다고~."

노래 속의 주인공은 여자친구에게 무언가 크게 잘못한 게 있나 보다. 그래서 그렇게 기다리나 보다.

'으이그…. 그러게 있을 때나 잘하지….'

"…내가 더 많~이 사랑한 죄~ 널 너무나 많~이 그리워한 죄~."

아니다. 노래 속 주인공의 잘못은 '많이 사랑하고 그리워한 것'이었다. 그렇다면 주인공의 잘못은 없는 것인가.

"…그 죄로 인해~ 눈물로 앓고 있다고~ 이렇게~."

자기 잘못도 아니면서 눈물까지 흘려가며 기다리다니. 사랑이란 참 무서운 것 같다.

「빰--빠바바밤---.」

[59점. 희망을 가지고 노력하세요.]

"푸학!! 오태수 59점!"

내 친구 장훈이가 웃음보를 터뜨리며 태수를 약 올렸다.

"아…. 닥쳐."

태수의 표정이 물에 젖은 채소처럼 시무룩해졌다. 고음도 잘 안 올라가면서 FT아일랜드의 노래는 왜 자꾸 불러 대는지…. 좀처럼 이해가 가지 않는다.

우리는 학교를 마치고 거의 매일 이렇게 노래방에서 노래를 부르곤 한다. 뭐, 공부는… 고등학교 때부터 시작해도 늦지 않기 때문이다.

"뭐야. 다음 아무도 예약 안 했어?"

태수가 나와 장훈이를 한 번씩 번갈아 보며 말했다. 장훈이도 예약을 하지 않은 것인가. 다음 곡의 반주가 흘러나오지 않는다.

"너 한 번 더 불러."

그렇다. 나는 이미 음역대가 높은 노래를 5곡 정도 불러 목에 무리가 오기 시작했다.

"뭐야…. 나도 힘들어."

태수도 힘이 부치는 듯하다.

"하암……. 노래방도 이제 질린다~. 뭐 새로운 거 없나."

장훈이가 기운이 쭉 빠지게 하품을 하며 말했다.

'새로운 거라….'

확실히 요즘 우리는 노래방에 너무 자주 오기는 했다. 가수가 꿈도 아닌데 말이다.

"그니까. 좀 신박한 거 없나."

태수도 우리와 같은 마음인 것 같다.

'신박한 거라….'

"사실 하나 있기는 해."

친구들에게 똑산을 소개시켜 줄 때가 된 것 같다.

"뭐? 뭔데. 빨리 말해. 지금 말해. 당장 말해."

좋다. 장훈이의 반응이 뜨겁다.

"너네 …똑산 본 적 있냐??"

"똑산…?"

성공이다. 태수도 관심이 조금 생긴 듯 보인다.

"들어 봐…. 요 앞 먹자골목에 저수지 있잖아. 그 저수지가 큰 산을 하나 비추고 있거든? 근데 그게 실제 산의 모습이랑 물에 비친 산의 모습이랑 완전 똑같아. 그러니까 …데칼코마니처럼! 정말 한 치의 오차도 없이 완벽한 대칭이라고!"

"……너 어디 아프냐?"

태수가 뜬금없이 내 건강 상태를 물었다.

"머, 멀쩡한데?"

"근데 왜 그래? 바보냐? 당연히 물에 비치니까 똑같지. 수업 시간에 대체 뭘 들은 거야."

태수는 아직 똑산의 진가를 모르고 있다.

"태수…. 근데 너도 수업 안 듣잖아."

그때 장훈이가 또다시 태수를 약 올렸다.

"아이… 씨. 자꾸 아까부터."

"아무튼 그래서 그 산에 똑산이라는 별명을 붙여 줬는데, 한 번 구경하러 가 볼래? …정말 뭐가 실제 산이고, 뭐가 물에 비친 산인지 헷갈릴 정도라니까? 아니, 오히려 물에 비친 산이 실제 산보다 더 진짜 산 같아."

나는 친구들을 설득시키기 위해 거짓말을 조금 섞어서 말했다.

"뭐…. 그래. 할 것도 없는데 산책이나 다녀오지 뭐."

장훈이는 조금 구미가 당기는 듯하다.

"…노래방 안에만 있으니까 답답하긴 하네. 하나도 안 똑같기만 해 봐."

태수도 내심 찬성하는 눈치이다.

"오케이! 따라와. 후회하지 않을 거야."

「끼익- 턱.」

노래방 시간이 많이 남아 조금 아까운 마음이 들었지만, 우리는 곧바로 발걸음을 옮기기 시작했다. 갑자기 심장이 두근두근대며 약간의 설렘이 느껴진다. 마치 아주 오랫동안 비밀리에 만나 온 여자친구를 친구들에게 처음 소개시켜 주는 듯한 느낌이다. 아, 물론 여자친구는 없지만….

아무튼, 친구들이 마법 같은 똑산을 보면 분명 신기해할 것이다.

친구들과 함께 시시콜콜한 대화를 몇 번 주고받으며 하염없이 걷다 보
니, 어느새 저 멀리로 내가 좋아하는 벤치가 보이기 시작했다.

"그래서 내가 쌤한테⋯."

"저기! 저 벤치에서 똑산을 보면 돼."

나는 태수의 말을 무자비하게 끊으며 손가락으로 벤치를 가리켰다.

"뭐야. 이 동네에 이런 곳이 있었네."

장훈이가 주변 풍경을 둘러보며 말했다.

"풍경 미쳤지? 근데 이상하리만큼 사람이 없다니까?"

왜인지 나는 어깨가 조금 으쓱해졌다.

"사람? ⋯있는데?"

태수가 벤치를 바라보며 말했다.

"⋯어라?"

벤치를 자세히 바라보니 정말 누군가 누워 있다. 이곳저곳에 때가 묻
은 청색 재킷을 꽁꽁 싸매어 입고, 벤치에 누워 곤히 자고 있는 한 아저씨
가 보인다. ⋯그래, 분명 노숙자다.

"뭐야⋯. 노숙자 같은데?"

장훈이도 금방 눈치를 채었다.

"에이⋯ 씨⋯. 괜찮아. 자고 있는 것 같으니까. 신경 쓰지 말자."

나는 혹시라도 친구들이 발걸음을 돌릴까 봐 서둘러 걸음을 부추기기
시작했다.

"내가 일빠!"

장훈이는 문득 장난기가 발동했는지, 벤치로 냅다 뛰어가기 시작했다.

"뭐, 뭐야!"

나 또한 기쁜 마음을 애써 숨기며 벤치를 향해 뛰어가기 시작했다.

"후우…. 일등이다."

장훈이는 역시 달리기가 느리다. 나는 가볍게 일등으로 벤치에 도착하였다.

"와, 씨……. 하아…. 좀 빠르네."

장훈이가 내 달리기 실력을 인정해 주었다.

"아……. 갑자기 왜 뛰는 거야."

태수가 꼴찌로 도착하며 불만을 표출하였다.

"야옹! …야옹!!"

그때 벤치 아래에서 먼지가 잔뜩 붙은 새하얀 고양이 한 마리가 서럽게 울며 기어 나왔다.

"뭐야…. 이 아저씨가 키우는 건가?"

장훈이가 눈살을 찌푸리며 말했다.

"야옹… 얌!"

"참…. 그러게. 노숙자 주제에."

노숙자와 같이 사는 이 고양이가 너무 불쌍하다.

"휴우…. 저기? 저 산 말하는 거야?"

태수는 고양이에 관심이 없는 듯, 똑산을 손가락으로 가리키며 말했다.

"어? …어, 맞아. 저 산이 저수지에 비치는 모습을…."

'…어라?'

"하~나도 안 똑같은데?"

장훈이의 말이 맞다. 하나도 안 똑같다.

'아니…. 대체 왜….'

똑산의 모습이 완벽한 대칭이 아니다.

"아나……. 하여튼 이정후는 입만 열면…."

태수도 똑산의 모습에 실망한 눈치이다.

"……아니… 그게…."

변명의 여지가 없다. 고개를 이리저리 돌려도 보고, 앉아도 보고, 누워도 보았지만, 똑산은 마치 나를 약 올리기라도 하듯 비대칭의 모습으로 굳게 서 있을 뿐이다.

"아! 이정후 또! 또 속았어! …아!!"

"야옹!! …야옹!"

장훈이가 방방 뛰며 억울함을 표출했다.

"아니…. 진짜 억울하다고."

"와!! 독하다 독해! 우리 똥개 훈련 한 번 시키려고!! 와!"

"아 정신 사나워! 가만히 좀 있어 봐!!"

"야옹! …양!!"

"끄응…!"

그때 벤치에서 기괴한 신음 소리가 들렸다. 우리는 마치 약속이라도 한 듯 동시에 그곳으로 시선을 옮겼다.

"으응…… 끙…."

이런, 벤치에 누워 있던 노숙자 아저씨가 소란을 듣고 잠에서 깨어났다. 노숙자 아저씨는 지렁이처럼 이리저리 몸을 비틀더니, 곧이어 눈을 비비기 시작했다.

"(아… 그러니까 내가 가만히 좀 있으라고 했잖아.)"

나는 미간에 주름을 잔뜩 잡으며 장훈이에게 숨죽여 말했다.

"(아니 그러게 똥개 훈련을 뭐 하러 시키냐고……. 아 술 냄새.)"

장훈이도 지지 않고 미간에 주름을 잡았다. 그런데 정말 노숙자 아저씨가 몸을 뒤척일 때마다 술 냄새가 진동을 한다.

"아저씨 죄송합니다…. 제 친구들이 아직 철이 안 들어서….."

태수가 혼자서 철이 든 척, 노숙자 아저씨에게 사과를 드렸다.

"………."

'어라?'

노숙자 아저씨가 새빨간 눈을 뜨며 아무런 대꾸 없이 우리 셋을 번갈아 가며 쳐다보기 시작했다.

"……왜… 왜요?"

장훈이가 당황한 표정으로 노숙자 아저씨에게 물었다.

"중, 중학생……… 중학생 이정후…!! 아악!!"

「당탕! 우당탕!」

노숙자 아저씨가 대뜸 내 이름을 외치며 나에게 와락 달려들었다.

"어! …윽."

나는 순간적으로 몸을 비틀며 깻잎 하나 차이로 간신히 아저씨의 포획에서 벗어났다.

"지금 뭐 하시는……! 뭐, 뭐야."

그때, 노숙자 아저씨의 얼굴을 보자 온몸에 소름이 끼치기 시작했다.

…아저씨의 눈빛을 보았기 때문이다. 살기. 그렇다. 눈빛에 살기를 띠고 있다.

'잡히면 죽는다…. 정말 죽는다. 살고 싶다면 뛰어야 한다.'

"이정!! 이정후우!!!"

"으악!"

"악!!"

우리는 또다시 달리기 경주를 시작했다. 하지만 이번 달리기 경주는 조금 다르다. 우리의 목숨 줄이 달려 있는 경주다.

"뛰어!!"

"으아악!"

나는 뒤 한 번 돌아보지 않고, 오직 살기 위해 뛰고, 또 뛰기 시작했다.

* * *

"훅……. 하아…. 후욱………."

숨이 가빠 오기 시작한다. 하지만 뛰어야 한다.

＊＊＊

"허억…. 야! 저기, 저기로! 뛰어!!"

태수가 비좁은 골목길을 가리키며 소리쳤다.

"헉……. 후욱……. 와아…."

그렇게 우리는 낙오자 없이 비좁은 골목길 속에 성공적으로 몸을 숨겼다. 그러자 골목길은 지독한 음식물 쓰레기 냄새와, 건물 외벽에 다닥다닥 붙어 있는 수많은 거미줄로 우리를 반겼다.

"훅…. 하아…. 야……. 야 이정후…. 뭐야 저 아저씨?"

태수가 나를 추궁하기 시작했다.

"몰라 나도……. 후…! 아 냄새…. 나도 처음 봤어…."

"뻥치지 마…. 아니…. 너 이름을 막 부르던데?"

"후…. 나도 들었어…."

장훈이도 거들기 시작했다. 하지만 나는 정말 억울하다.

"씨×…. 나도 몰라. 정말 오늘 처음 봤다고."

"그게 말이 돼? 너 교복도 안 입었잖아. 지금…. 명찰 보고 부른 것도 아닐 테고."

태수가 계속해서 나를 추궁한다.

"노숙자처럼 보이던데…. 와 씨…. 아저씨 눈 봤어?"

장훈이가 흥분에 찬 억양으로 말했다.

"야 이정후, 뭐라고 설명 좀 해 봐. 저 사람 누군데…."

"아 씨, 좀 조용히 해 봐. 진짜 모른다고…. 있어 봐. 내가 망 보고 올게."

나는 골목길에서 나와 무게 중심을 뒷다리에 힘껏 실은 채로 조심스럽게 주변을 살폈다.

'하아…. 살았다…….'

다행이다. 미친 노숙자 아저씨가 보이지 않는다. 방금 전 상황이 무색해질 정도로 주변은 너무나도 평온했다.

"후…. 아무도 없어."

나는 다시 친구들에게 돌아와 정찰 결과를 보고했다.

"킥킥…. 다들 바짝 긴장해 가지고…. 순 겁쟁이들밖에 없네."

장훈이는 이 상황이 재밌게만 느껴지는 듯 보인다.

"뭐? 아저씨가 나한테 달려들었으니 망정이지. 너한테 달려들었으면 너는 지금 여기 없을걸?"

"임마! 그랬으면 아저씨가 무사하지 못했겠지…."

장훈이가 너스레를 떨며 내 말에 반박했다.

"와…. 근데 진짜 저 아저씨, 상태가 많이 안 좋아 보이던데."

태수도 조금 긴장이 풀린 듯 보인다.

"그러니까. 아 씨…. 하필이면 오늘…. 항상 저 벤치에 사람 아무도 없었는데…."

"와… 근데 스릴 미쳤다…. 그… 우리…… 다시 가 볼래?"

장훈이의 장난기가 다시 발동했다.

"미쳤냐! 저 아저씨 눈깔 못 봤어? 완전 돌았다니까?"

나는 장훈이를 말리기 시작했다.

"…근데 정말 간만에 재미있긴 했어."

철든 척하던 태수도 장훈이의 장난에 동참하고 싶어 하는 듯 보인다.

"아니~. 저 아저씨가 너를 왜 불렀지는 물어봐야 될 거 아니야. 어른이 불렀으면 임마! 대답은 해야지!"

장훈이가 나를 설득하려 한다.

"하…. 그렇긴 한데…."

무섭기는 하지만 장훈이의 말을 듣고 나니, 나 또한 조금은 궁금해지기 시작했다. 저 미친 노숙자 아저씨가 내 이름을 어떻게, 왜 불렀는지 말이다.

"…근데 만약 누가 잡히면? 어떡할래."

태수가 벤치에 다시 가는 것을 확정 지은 듯, 규칙을 정하기 시작했다.

"그때부턴 개인전이지~."

장훈이가 얄미운 말투로 의견을 내었다.

"개인전? 풉… 찬성. 너가 제일 느리면서."

이번에는 태수가 장훈이를 약 올렸다.

"뭐래…. 정후, 너는?"

장훈이가 반짝반짝거리는 눈빛으로 내게 물었다.

"하……… 나도. 개인전 찬성."

결국 나도 마지못해 장훈이의 의견에 찬성하였다.

'아…. 좀 그런데….'

솔직히 말하자면 내 친구들은 질이 좋지 않다. 흔히들 양아치라고 부른다. 그렇지만 나는 내 친구들이 너무 좋다. 친구들은 내 곁을 떠나지 않기 때문이다.

"이정후! 빨리 와. 뭐 해! 쫄았냐?"

장훈이가 나를 재촉한다.

"무슨…. 기다려! 내가 앞장설게."

그렇게 우리는 다시 벤치로 발걸음을 옮겼다.

* * *

"그… 근데, 뭐라고 말 걸지?"

다시 벤치로 가는 길, 긴장된 분위기 속 태수가 말을 꺼냈다.

"그냥…. '누구세요?'라고."

장훈이가 대충 대답을 해 주었다.

"일단 내 이름을 어떻게 알고 있는지 먼저 물어봐야지."

"그러다가 또 달려들면?"

태수가 또다시 질문했다. 조금 전까지 강한 척하던 태수도 막상 벤치가 점점 가까워지자, 긴장이 되기 시작했나 보다.

"뭐가 걱정이야! 또 죽기 살기로 도망치면 되지. …그게 재밌어서 가는 거 아니야?"

장훈이가 얄밉게 대답했다.

"그렇긴 한데…. 하아……. 실은, 아무래도 내가 잘못 본 것 같아서 말을 안 하고 있었는데….”

태수가 고개를 갸우뚱거리며 말했다.

“뭐를?”

“그게…. 노숙자 아저씨가 갑자기 어디론가 사라졌어.”

태수가 발걸음을 멈추며 말했다.

“…사라지다니?”

장훈이와 나도 발걸음을 멈추고 태수의 말에 집중하기 시작했다.

“아니, 처음에 우리를 죽일 것처럼 막 뛰어오다가…. 갑자기 한 줌의 먼지처럼 사라졌다니까? 마치 순간 이동이라도 한 것처럼….”

태수는 내가 생각했던 것보다 훨씬 더 긴장한 모습이다.

“풉…. 뭐, 순간 이동? 오태수 너…. 괜히 겁나서 거짓말하는 거지?”

“뭐래! 거짓말이 아니라…. 하……. 그래, 내가 잘못 본 거겠지?”

“킥킥…. 뭐야, 잔뜩 겁먹었네. 그냥 잔말 말고 따라와.”

그렇게 우리는 다시 발걸음을 옮겼다.

“야, 야…. 다들 조심해….”

어느새 벤치가 보이기 시작했고, 나는 친구들에게 다시 한 번 긴장을 불어넣어 주었다.

“있다…. 미친 노숙자 아저씨…….”

이번에도 태수가 먼저 노숙자 아저씨를 발견하였다.

“…고장…… 고장 났다! 고장 났어!!”

그때 노숙자 아저씨가 자리에서 벌떡 일어나더니, 두 팔을 번쩍 들어

올리고, 똑산을 바라보며 미친 듯이 고함을 치기 시작했다.

'가만…. 고장 났다고?'

그래, 저 미친 노숙자 아저씨가 똑산을 고장 낸 것이 분명하다. …저 아저씨 때문에 내가 거짓말쟁이가 된 것이다.

"…우, 우리 그냥 돌아갈까?"

태수가 잔뜩 겁에 질린 말투로 말했다.

"아니. 우리…… 저 노숙자 아저씨를 벤치에서 쫓아내자. 똑산의 진가를 보여 줄게."

"오… 이정후. 좋다! 몸통 박치기!!"

내가 용기 있게 벤치로 다가가자, 장훈이와 태수도 나를 따라오기 시작했다.

「터벅.터벅.터벅…. 턱.」

노숙자 아저씨의 지독한 술 냄새가 희미하게 느껴지는 거리에서 우리는 발걸음을 멈춰 세웠다. 그러자 노숙자 아저씨는 우리를 의식한 듯, 혼잣말을 하기 시작했다.

"가… 가까이……. 조, 조금 더… 가까이……."

온몸에 소름이 끼치는 혼잣말이다.

"아, 아저씨… 전세… 냈어요!?"

조금 전, 단단했던 나의 결의에 금이 가기 시작했다. 그렇다. 떨리는 목소리를 도무지 주체할 수가 없다.

"……기다려…. 조, 조금만 더… 가까이…."

"저, 저기요. 아저씨…! 이 벤치에 전세 냈냐고요!!"

"…안 돼…… 너무 멀어…"

"하… 답답하네, 증말. …가만있어 봐. 내가 보여 줄게."

그때 장훈이가 답답함을 표출했다.

"야옹! 양! 야옹!"

벤치에 있던 새하얀 고양이가 나를 보며 울기 시작했다. 고양이도 내가 답답한가 보다.

'흥…. 얼마나 잘하는지, 어디 두고 보자.'

"큼! 큼…. 아저씨이~ 저희가 좀 더 가까이 갔으면 좋겠어요?"

장훈이가 곧바로 씩씩하고 얄미운 말투로 아저씨에게 말을 붙이기 시작했다.

"…그래……. 조, 조금만 더…."

"그럼 제가 내는 퀴즈를 맞히실 때마다, 한 걸음씩 앞으로 갈게요. 어때요~?"

장훈이의 약 올림이 효과가 있었다. 노숙자 아저씨가 혼잣말을 멈추더니, 고개를 돌리고 우리를 매섭게 째려보기 시작했다.

"자~~ …이건 몇 개?"

장훈이는 손가락 두 개를 들어 노숙자 아저씨에게 보여 주었다.

"…두…… 두 개…."

"오~. 정답. …자, 약속대로 한 걸음 갈게요?"

장훈이는 약속대로 한 발자국을 앞으로 옮겼다.

"다시~. …이건 몇 개?"

장훈이는 손가락 세 개를 들어 노숙자 아저씨에게 보여 주었다.

"…세 개……."

"오~. 또 정답! 아까보다는 술이 좀 깬 것 같은데요? 다시 한 걸음 갈게요?"

장훈이는 또 한 발자국을 앞으로 옮겼다.

"자, 다시~. ……이건 몇 개??"

장훈이는 손가락 하나를 번쩍 들어 노숙자 아저씨에게 보여 주었다. …그런데, 그 손가락의 위치가….

"한… 한 개."

"한 개요? …땡~! 정답은 바로 바로 뻑큐!"

"이…… 이 악마 같은 새끼야!! 아악!!!"

「당탕! 우당탕!」

결국 노숙자 아저씨는 분노를 터뜨리며 우리에게 달려들었다.

"으악! 뛰어! …살고 싶으면 뛰어!!"

"꺄악!"

하지만 노숙자 아저씨와 우리 사이의 결코 짧지 않은 그 거리를, 노숙자 아저씨의 짧은 팔로 대신하기에는 역부족이었다. 그렇게 우리는 또다시 목숨을 건 달리기 경주를 시작했다.

"킥킥…."

* * *

우리는 뒤 한 번 돌아보지 않으며, 오직 살기 위해 뛰고, 또 뛰었다.

"헉…. 후욱……. 허억…."

*　*　*

“훅······. 하아···. 이장훈 저 미친놈········.”
숨이 가빠 오기 시작한다. 하지만 뛰어야 한다.

*　*　*

“야옹!”
“허억···. 야! 저기, 저기로! 뛰어!!”
태수가 비좁은 골목길을 아까와 똑같이 가리키며 소리쳤다.

“헉······. 후욱···. 야 이장훈 미친놈아!”
골목 안으로 들어옴과 동시에 태수가 불만을 표출했다.
“훅···. 킥킥···. 왜······.”
“하아···. 진짜···. 진짜 사이코 같다. 너···. 와······.”
“야옹! ···양.”
어라? 벤치에 있던 하얀 고양이가 우리를 따라왔다.
“뭐야···. 저리 가! 하아······. 너 때문에 들키면 어쩌려고.”
태수는 살살 발길질을 하며, 고양이를 골목에서 내쫓기 시작했다.

"냅둬…. 아까 그 벤치에 있던 고양이는 아닌 것 같은데? 딱 봐도 크기가 다르잖아. 벤치에 있던 고양이는 새끼 고양이였다고."

장훈이가 태수를 말렸다.

"뭐? 하아…. 혹시라도 같은 고양이가 맞으면? 저 미친 노숙자 아저씨가 찾으러 다닐 거 아니야!!"

태수가 장훈이의 말에 반박했다.

"킥킥…… 쫄기는…. 길고양이가 세상에 얼마나 많은데! 그냥 조금 비슷하게 생긴 것뿐이야. …그리고, 고양이는 새로운 환경을 싫어한다고. 정말 노숙자가 키우는 고양이였으면 우리를 안 따라왔겠지. 안 그래??"

장훈이는 고양이에 대한 지식이 빠삭한 듯 보인다.

"하아…… 그렇긴 한데…. 혹시 모르잖아."

"야옹… 양…."

"오 근데 좀…. 귀엽게 생겼는데?"

나는 고양이를 좋아하는 편은 아니지만, 이 녀석은 얼굴이 조금 귀엽게 생긴 것 같다.

"양… 야옹…."

어라? 고양이가 내 발에 얼굴을 이리저리 비비기 시작했다.

"오…. 이정후 큰일 났다. 너 그거 키워야 돼."

장훈이가 나에게만 애교를 부리는 고양이를 곁눈질로 바라보며, 내심 부러워하는 듯한 눈치로 말했다.

"그… 그럴까? ……에이 아니야. 아마 할멈한테 맞아 죽을 걸…."

"아니 지금 고양이가 문제냐고! 우리가 죽게 생겼는데!!"

태수는 여전히 경계가 풀리지 않은 모습이다.

"킥킥…. 진짜 순 겁쟁이네…."

"뭐? …이장훈 너는 겁이라는 것 좀 먹어 봐! …인생 그러다 훅 간다?"

"푸하하! 그건 맞아…. 이장훈은 겁이라는 게 너무 없긴 해."

오랜만에 친구들의 신난 모습을 보니, 똑산 소개시켜 주기를 잘한 것 같다는 생각이 든다. 그래…. 드디어 우리에게 새로운 놀이가 생긴 것 같다.

| 2007년 11월 14일 | 날씨 : 구름이 많아짐 |

우리의 지루했던 일상에 새로운 놀이가 생겼다.

바로 미친 노숙자 아저씨를 골탕 먹이고 도망가는 것.

오늘 우리는 무려 두 번씩이나 노숙자 아저씨의 포획에서 성공적으로 벗어났다.

사실 장훈이의 악마 같은 장난이 너무 심했던 것 같긴 하다. 그렇지만 먼저 우리를

죽이려고 덤벼든 것도 노숙자 아저씨이고, 똑산을 고장 나게 한 것도,

그로 인해 내가 거짓말쟁이가 된 것도, 모두 노숙자 아저씨 잘못이니까,..

죄책감이 강하게 들지만, 나도 도망가는 동안 재미를 느꼈던 것은 사실이니,.

혼자서만 착한 척하기는 싫다.

아, 그런데 이 길고양이를 어떻게 해결해야 좋을지 모르겠다.

나를 계속 따라와서 무작정 집에 데려오기는 했지만, 과연 내가 잘 키울 수

있을지,. 할멈에게 들키면 정말 큰일인데 ,,.

8장. 고양이, 장고

'…똑산이 돌아오는 순간, 그 주변의 것들은?'

2034 년 11 월 6 일 | 날씨 : 뜬구름

드디어

중학생 이정후를 만났다 !!

절대로   안 돼 !!
    벤치에서 벗어나면

벤치에서   벗어나면

똑산이 돌아온다 !!!

2035년 11월 19일 　날씨: 전운

고양이가 사라졌다.

이정후도 사라졌다.

이장훈도 사라져라

이장훈

이장훈

이장훈을 죽여라

이장훈을 죽여라

그래야만 현정이가 살아

다음 만남에서 이장훈을 찢어 죽여라

이장훈을 죽여라

이장훈을 죽여라

"……끙… 으응."

내 이름은 이정후. 나이는 마흔셋. 직업은 ……뭐였더라.

"뭐야 몇 시야…."

대충 눈을 비비고 주변을 둘러보았지만 온통 캄캄하다.

"음…."

[04:26]

낡을 대로 낡아, 제 역할만 간신히 하고 있는 손목시계에 4시 26분이라는 시간이 적혀 있다.

"아, 왜 이렇게 일찍 일어난 거야…. 아 추워…."

아직 해가 뜨기도 전인 캄캄한 새벽이지만, 매서운 날씨 탓인지 저절로 눈이 떠졌다.

"으…… 숙취."

매일 잠에서 깨면 잊지 않고 나를 찾아오는 이 숙취, 이 고통. 정말 지긋지긋하다.

"하아……."

「좌락-. 좌락.」

머리가 깨질 듯한 숙취를 뒤로 하고, 오늘도 어김없이 일기장을 펼쳐 보기 시작했다. 어제의 내가 작성한 일기를 확인해 보기 위해서이다. 그 렇다. 나는 술만 먹으면 필름이 뚝 끊겨 버린다.

"후…."

「촤…락-. 촤……락-.」

일기장이 한 장, 한 장 넘어갈 때마다 손의 떨림도 비례적으로 심해져 간다. 볼품없고 지루한 나의 하루 일과 중에서 가장 긴장되는 순간이다.

"후우……. 제발."

2035년 12월 17일의 일기가 눈에 보인다. …이제 한 장만 더 넘기면 어 제의 내가 작성한 일기가 펼쳐질 것이다. 그 내용이 미치도록 궁금하지 만, 호방하게 펼쳐 보기에는 용기가 부족하다.

「촤…………락.」

| 2035년 12월 18일 | 날씨 : 추움 |

아 , ,

아아 , . .

담배 떨어졌다

담배 사러 가야겠다.

"아…. 다행이다."

다행히도 어제는 별다른 사건이 없었나 보다.

"으…. 머리야."

한 달 전, 중학생 이정후와 두 번째 만남을 가졌다. 하지만 일기장에 남겨진 그날의 기록은 소름이 끼칠 정도로 충격적이었고, 이제는 일기장을 열어 보기가 두려운 수준에 다다랐다.

「팍!」

캄캄한 하늘을 하염없이 쳐다보던 중, 문득 비참한 감정이 북받쳐 일기장을 바닥에 대뜸 내던져 버렸다.

"하아…. 대체 어쩌다가…."

그렇다. 중학생 이정후를 벌써 두 번이나 만났지만, 나는 한심하게도 현정이를 살리지 못했다. 대체 어쩌다 이렇게 된 것일까. 정말 미치도록 간절했지만, 역시나 세상은 내 예상대로 흘러가지 않았다.

「탁! 탁!」

"쓰읍… 후우……. 간절함…."

그렇다. 나는 정말 간절했다. 그렇지만 그 간절함이 현정이를 되살려 주지는 않았다. 그 간절함이 나의 목표를 달성시켜 주지는 않았다. 그렇다. 당연한 결과다. '간절함'이란 그저 '감정'일 뿐이니까. 간절함이 내 목표를 달성시켜 주기 위해 허리끈을 부여잡고, 자리에서 벌떡 일어나, 땀을 뻘뻘 흘리며 두 발로 뛰어다니지는 않으니까. …그렇다. 내 목표는 간절함이 아닌, 나 스스로가 두 발로 뛰어다니며 직접 달성하고 쟁취해야만 하는 것이었다.

"쓰읍…… 하아….”

그렇다고 해서 내가 이 벤치에서 아무런 노력도 하지 않았다는 것은 아니다. 분명 나는 이 벤치에서 고통받으며 노숙을 해 왔고, 이 벤치라는 차량에 탑승하여 목적지를 향해 꾸준히 나아가고 있었다. 내가 말하는 문제점은 바로 그 목적지를 향해 나아가는 과정에서 차량의 운전대를 간절함에게 넘겨 버리고, 나는 그저 태평하게 조수석에 앉아 있었다는 것이다. 그렇다. 운전석에 앉아 엑셀을 밟고, 브레이크를 밟고, 핸들을 돌려야 하는 것은 바로 나 자신이 되었어야 했다는 것이다.

"쓱… 후우…….”

그렇다. 미치도록 간절했지만 결국 나는 조수석에 앉아 있었고, 그렇기에 실패했던 것이다. 그렇다. 중학생 이정후와의 첫 번째 만남도, 두 번째 만남도, 나는 나의 간절함을 너무 맹신하였던 것이다.

"쓰읍… 하아………."

진심으로 간절했기에, 그 순간만을 손꼽아 기다렸기에, 아무리 술에 취했다고 해도 중학생 이정후와 대면하는 그 순간만큼은 당연히 정신을 바짝 차릴 줄 알았다.

"어쩜 그런 바보 같은 생각을….”

미치도록 후회스럽다. 그렇다. 그것은 단단히 잘못된 생각이었다. 그리고 나는, 그 잘못된 생각을 한 것에 대한 대가를 치러야만 했다. 그렇다. 현정이를 살릴 수 있는 소중한 기회가 한 번도 아니고, 무려 두 번씩이나 저 하늘로 멀리 날아가 버렸다.

"쓰읍… 후우…….”

한심하게 날려 먹은 기회는 두 번…. 그러니 이제 내게 남아 있는 기회는 두 번….

"그래…. 남아 있다…."

그렇다. 세 번째 만남과 네 번째 만남이 아직 남아 있다.

"아직…. 아직 기회가 남아 있다. ……그렇다면."

그렇다면 나는 또다시 잘못된 생각을 할 것인가? 또다시 실패할 것인가? 또다시 후회할 것인가?

"쓰읍… 후…."

「치익….」

아니, 싫다. 죽어도 싫다. 더 이상의 후회는 용납할 수 없다. 이제는 나를 믿을 시간이다. 그래…. 간절함이 아닌 나를 믿고 나아갈 시간이다. 내가 직접 운전대를 잡고, 내가 원하는 목적지에 반드시 도착하고야 말 것이다.

「좌락-. 촥. 좌락-.」

이 벤치에서 수십 번, 수백 번 반복하였던 심기일전을 다시 한번 마치고, 과감하게 일기장을 펼치기 시작했다. 중학생 시절의 내가 노숙자 이정후와 만났던, 그날의 일기를 찾아보기 위해서이다. 그날의 기록을 다시 한번 꼼꼼하게 살펴보고, 중학생 이정후를 내 편으로 만들 계획을 철저하게 구상하기 위해서이다.

「좌락-. 좌락-. 촥…락.」

"찾았다…. 세 번째 만남."

2007 년 11월 15일	날씨 : 비

오늘도 우리는 노숙자 아저씨를 골탕 먹이기 위해 벤치에 다녀왔다.

하늘에서 비가 주룩주룩 내렸지만, 미친 노숙자 아저씨는 우산 하나 없이

벤치에서 소주를 마시고 있었다.

오늘로 세 번째, 아저씨를 골탕 먹이는 것이 재밌기는 하지만, 이제 그만 벤치에서

사라졌으면 좋겠다. 다시 예전처럼 편하게 뒷산을 구경하고 싶지만,

미친 노숙자 아저씨 탓에 뒷산이 고장 났기 때문이다.

또 어떻게 알고 있는지는 모르겠지만, 아저씨가 자꾸만 내 이름을 불러 대서 조금

죄책감이 들기 시작했다.

하지만 나와는 달리 내 친구들은 전혀 죄책감을 느끼지 못하는 것 같다.

태수와 장훈이가 내일은 양동이를 하나씩 준비해 물을 가득 담아 가자고 했다.

비를 맞은 아저씨를 씻겨 주기 위해서,‥ 뭐, 아무튼 나도 친구들과 똑같다.

아저씨를 놀리고 도망가는 그 순간만큼은 나도 재미를 느낀 게 사실이니까,‥.

아. 그리고 내일부터는 더욱 조심해야 한다. 오늘 태수는 정말 위험했다.

아저씨를 약 올리고 도망가던 중, 길이 미끄러워 그만 넘어지고 말았다.

왜인지 아저씨는 벤치에서 우리를 노려만 볼 뿐, 우리를 쫓아오지 않아 다행히

태수가 잡히지 않았지만, 평소처럼 우리를 쫓아왔다면 태수는 분명 잡혔을 것이다.

내일은 아저씨가 몸을 돌리는 순간, 아니, 고개를 돌리는 순간 바로 도망을 가야겠다.

그렇다. 어렴풋이 기억난다. 노숙자 아저씨와 네 번째 만남, 즉, 마지막 만남에서 나와 친구들은 양동이에 물을 가득 담아 갔었다. 냄새 나는 아저씨를 씻겨 주기 위해서….

'그런데…. 세 번째 만남에서 태수가 넘어졌었나?'

「촤락-. ……촤락-.」

또 다른 일기를 살펴보아야 한다. 계획을 세우기에는 아직 정보가 부족하다. 더 많은 정보를 찾아야 한다. 그래야만 더욱 완벽한 계획을 세울 수 있다.

「촤락-. ……촤…락.」

2007년 11월 16일	날씨 : 안개

결국 일이 터졌다. 장훈이가 노숙자 아저씨에게 붙잡혔다.

태수와 나는 뒤늦게 장훈이를 구하러 벤치로 달려갔지만, 장훈이와 노숙자 아저씨는

어떠한 흔적도 남기지 않고 한 줌의 먼지처럼 사라지고 없었다.

우리가 자주 가던 노래방에도, 장훈이가 좋아하던 분식집에도,

이 동네 그 어디에서도,. 장훈이의 모습은 털끝 하나 찾아볼 수가 없었다.

대체 장훈이는 어디로 간 것일까.

혹시 또 우리에게 장난을 치고 있는 것은 아닐까? 오늘이 지나면 아무 일도

없었다는 듯, 내일 학교에서 장훈이의 얼굴을 볼 수 있지 않을까?

그런데,. 그게 아니라면? 정말 장훈이에게 무슨 일이 생긴 거라면? 미친 노숙자

아저씨에게 납치를 당했다면? 지금도 어딘가에서 심한 고문을 당하고 있다면?

지금이라도 경찰에 신고를,,,

그래, 노숙자 아저씨의 그 살기 가득한 눈빛은 우리를 향한 경고였다.

그리고 우리는 그 경고를 계속해서 무시했다. 너무 후회스럽다. 미치도록 후회스럽다.

언젠가 이렇게 될 줄 알았다. 모두 나 때문이다. 내가 친구들을 말렸어야 했다.

아니, 애초에 뚝산을 소개시켜 주지 말았어야 했다.

아니, 아니다. 내 잘못이 아니다. 장훈이가 잡힌 것은 내 잘못이 아니다.

모두 뚝산 때문이다. 내가 뚝산을 좋아하지 않았더라면 이런 일은 애초에 일어나

지도 않았다. 그래, 뚝산 따위는 없어도 된다. 세상에 널리고 널린 게 산이다.

이상하게 생긴 산 하나 정도는 내 인생에 없어도 아무런 문제가

되지 않는다. 그래, 모두 다 그 빌어먹을 뚝산 때문이다.

두 번 다시 뚝산을 구경하러 가지 않을 것이다.

| 2007년 12월 29일 | 날씨 : 눈 |

벌써 장훈이가 실종된 지 한 달이 훌쩍 넘었다.

이 추운 겨울에 장훈이는 대체 어디서 뭘 하고 있는 것일까.

아니, 살아 있긴 한 걸까,..

경찰에 신고도 해 보고, 학교가 발칵 뒤집어도 졌었지만, 겨울 방학이 다가오자

장훈이의 존재는 조금씩 잊혀지기 시작했다.

11월에 단풍잎이 마구잡이로 떨어지듯, 아쉽지만 그 모습을 자연스레 바라보듯,

친구들은 그렇게 자기 일이 아니라는 듯, 자연스레 일상을 되찾은 모습이었다.

하지만. 하지만 나는 다르다.

한 해를 기다리면, 단풍잎은 다시 자연스레 피어나듯, 그렇게 장훈이도 다시

자연스레 우리 곁으로 돌아올 것이라고 믿는다. 언젠가는 꼭 돌아올 것이라고,..

그렇게, 그렇게 믿고 있다. 아니, 그렇게 믿어야만 한다.

집에 데려온 새하얀 길고양이의 이름을 드디어 정했다. 장훈 고양이, '장고'.

그래, 앞으로 이 녀석의 이름은 장고다.

모두가 잊어도, 나는 장훈이의 존재를 절대 잊지 않을 것이다.

그렇다. 장훈이는 네 번째 만남에서 노숙자 아저씨에게 붙잡혔고, 그 뒤로 장훈이와 노숙자 아저씨의 모습은 두 번 다시 볼 수 없었다. 결국 그렇게……. 장훈이와도, 노숙자 아저씨와도, 그 만남이 마지막 만남이 되었던 것이다.

'장훈아…. 네 장난기 덕분에 현정이를 살릴 네 번의 기회가 생겼어…. 그래, 너무나도 고맙지만…. 그렇지만 다음 번 만남에서는 부디 나를 괴롭히지 말아 줬으면….'

「톡. 토독.」

'어라?'

모순적인 내 마음처럼, 캄캄한 하늘에서 새하얀 눈이 내리기 시작했다.

"야 임마! 야옹! 눈 온다, 눈. 너 거기 있으면 감기 걸… 아, 맞다. 으…… 치매 환자가 따로 없네.'

3년간 이 벤치에서 동반 노숙을 했던 새하얀 길고양이. 하늘에서 새하얀 눈이 떨어지자 습관처럼 고양이의 안부를 물었지만, 그 고양이는 중학생 이정후와의 두 번째 만남 이후로 벤치를 떠났다.

'이럴 줄 알았으면…. 가끔 간식이라도 사 줄 걸 그랬나….'

20대 시절, 장고가 세상을 떠난 뒤 가슴이 찢어질 정도로 힘들었던 기억 때문에, 나는 그 새하얀 길고양이에게 3년간 단 한 번도 정을 붙이지 않았다. 그렇지만 그 고양이가 벤치를 떠나고 한 달이 지난 지금, 막상 후회가 되는 걸 보니 나도 모르는 사이 그 녀석에게 정이 붙어 버린 것 같다.

'그 녀석…. 하는 짓도, 생김새도, 장고랑 많이 닮았었는데…. 하긴 장고도 길고양이 출신이니까…. 길고양이가 다 똑같지 뭐….'

잠깐.

"…어?"

나와 중학생 이정후.

"…똑같다?"

길고양이와 장고.

"서… 설마…."

똑산의 5번 원칙. '똑산이 돌아오면, 또 다른 이정후는 각자의 시점으로 돌아간다.' 그렇다. 이 원칙은 나와 또 다른 이정후 사이에 적용되는 원칙이다.

'그렇다면…. 똑산이 돌아오는 순간, 그 주변의 것들은?'

그렇다. 그동안 나 자신과의 만남, 이정후와 이정후의 만남을 중점적으로 생각해 왔던 나머지, 이 고민을 해 본 적이 없었다.

'나와 중학생 이정후처럼…. 만약 길고양이와 장고가 똑같은 고양이라면? 그저 닮기만 했던 것이 아니라, 길고양이가 장고 그 자체라면?'

아니다. 말도 안 되는 일이다. ……아니, 아니다. 애초에 중학생 시절의 나 자신과 만났다는 사실부터가 말도 안 되는 일이 아닌가. 그렇다. 이것은 합리적인 의심이다.

'정말 그렇다면…? 길고양이와 장고가 똑같은 고양이라면? 두 번째 만남에서 똑산이 돌아왔던 그 순간, 길고양이가 중학생 이정후의 시점으로 이동한 거라면?'

그렇다. 길고양이가 벤치를 떠난 시기는 중학생 이정후와의 두 번째 만남. 그리고 28년 전, 중학생 시절 내가 키웠던 장고 역시 노숙자 이정후와의 두 번째 만남에서 데려온 고양이였다.

'장고는…. 그렇다면 장고는, 미래에서 온 고양이였던 것인가?'

그렇다. 28년 전, 노숙자 이정후와 두 번째 만남에서 길고양이는 중학생 시절의 나를 따라갔던 것이다. 그리고 그때 똑산이 돌아왔고, 그렇게 길고양이는 나의 시점에 갇혀 버린 것이다. 그 후 나는 그 길고양이를 데려가 키운 것이고, 장고라는 이름을 붙여 준 것이다.

'그래서…. 그래서 크기가 달랐구나….'

그렇다. 중학생 시절, 노숙자 이정후와의 첫 번째 만남에서 보았던 고양이는 분명 새끼 고양이였지만, 두 번째 만남에서 우리를 따라왔던 고양이는 성체의 모습이었다. 그렇다. 첫 번째 만남 이후 두 번째 만남이 이루어지기까지…. 그 시간의 텀이 중학생 이정후의 시점에서는 10분이라는 짧은 시간이었지만, 노숙자 이정후의 시점에서는 1년이라는 긴 시간이었으니까.

그래, 결국 그렇게 장고는…. 나 때문에 의도치 않은 과거 여행을 평생 동안 이어 갔던 것이다.

'가만…. 그렇다면……. 정말 주변의 생명체가 다른 시점으로 이동할 수 있다면…. 그럼……. 설마 장훈이도….'

주변의 생명체가 다른 시점으로 이동할 수 있다면, 그렇다면 마지막 만남에서 장훈이는…. 어쩌면 실종되었던 게 아니라, 노숙자 이정후의 시점에 갇혀 버렸던 것이 아닐까.

'정말 그렇다면…. 어쩌면…. 장훈이는…….'

어쩌면 장훈이가 지금도 그 어느 시점에 살아 있을 가능성이 충분히 존재하지 않을까.

'어쩌면 현정이뿐만이 아니라⋯⋯. 정말 어쩌면 똑산을 이용해서 장훈이도 구할 수 있지 않을까⋯?'

⋯아니, 아니다. 지엽적인 생각일 뿐이다. 나는 그저 세 번째 만남에서 중학생 이정후를 내 편으로 만들고, 현정이를 살리는 것에만 집중하면 된다. 그렇게만 한다면, 네 번째 만남이 이루어지지 않는다면, 장훈이가 다른 시점에 갇혀 버리는 불상사는 애초에 발생하지 않을 테니까.

'그런데 이미 다른 시점에 갇혀 버린 또 다른 장훈이는⋯? 네 번째 만남이 이루어지지 않으면, 또 다른 장훈이는 다시 원래의 시점으로 돌아오게 되는 것인가? ⋯과거가 바뀌었으니까? 그게 아니라면⋯.'

"으⋯."

머리가 깨질 것 같다. ⋯그래, 장훈이는 우선⋯. 우선 현정이를 살리는 것에 성공하고 난 뒤, 그 후에 생각할 문제이다.

"미, 미안해 장훈아⋯⋯. 내가 현정이를 살리고 나면⋯. 그러고 나면⋯⋯ 언젠가는⋯. 꼭⋯⋯."

생각은 의심을 물었고, 의심은 또 다른 생각을 물었다. 그리고 또 다른 생각은 또 다른 의심을 물었고, 그렇게 또 다른 의심은 생각에 대한 확신으로 바뀌었다.

이제 내가 해야 하는 것은, 그 확신을 바탕으로 완벽한 계획을 세우고, 그 계획을 차질 없이 실행하여 현정이를 되살리는 것⋯. 그렇다. 또 다른 생각을 이용해 확신을 얻어 낸 것처럼, 또 다른 이정후를 이용해 현정이의 생명을 얻어 내는 것⋯.

그래, 그것뿐이다.

똑산의 원칙

1번. 또 다른 이정후와 만날 수 있다.
　　(또 다른 이정후 : 과거 또는 미래의 이정후)

2번. 똑산이 고장 나면 또 다른 이정후를 만나게 된다.
　　(또 다른 이정후와 만났을 때마다 일률적으로 발생했던 공통점.)

3번. 벤치가 아닌 다른 장소에서의 만남도 가능하다.
　　(고등학생 이정후와 36살 이정후는 사고 현장에서 부딪혔다.)

　　　　　　　　　　완전히
4번. 내가 만났던 미래의 이정후와 똑같은 모습이 되어야, 과거의 이정후를
　　만날 수 있다.
　　(그렇기에 노숙자 이정후도 나를 만나기 위해 노숙자의 모습을 했던 것.)

5번. 똑산의 시야에서 또 다른 이정후가 벗어나면, 똑산이 돌아온다.
　　그렇게 똑산이 돌아오면, 또 다른 이정후는 각자의 시점으로 돌아간다.
　　(상가 건물 코너를 돌았던 하얀 셔츠 이정후가 사라짐.)

6번. 또 다른 이정후가 모두 벤치에서 벗어나면, 똑산이 돌아온다.
　　(중학생 이정후와 첫 번째 만남에서의 일기.)

7번. 또 다른 이정후 주변의 사물, 생명체는 다른 시점으로 이동이 가능하다.
　　(꼬마 시절 사라진 지우개,
　　중학생 시절 사라진 이장훈, 노숙 시절 사라진 장고.)

9장. D-886

"정후야, 내가 누군지 알려 줄까?"

- PLAN -

[플랜 A : 전달]

1. 오직 나 자신, 중학생 야정후만 알고 있는 비밀들을 쪽지에 적어 놓는다.
  (ex. 태수의 여자친구를 혼자 짝사랑했던 것,
     중학교 2학년 시절 시도했었던 자살 시도.)

2. 쪽지에 사고 당일, 그날의 사건에 대해 적어 두고, 사고를 예방하기 위해
  야정후가 반드시 해야만 하는 것들을 적어 둔다.

3. 세 번째 만남은 비가 오는 날이니, 투명한 지퍼백을 구비해 둔다.

4. 비가 오면 쪽지를 미리 지퍼백에 넣어 놓고,
  중학생 야정후를 만나게 되면 쪽지를 전달한다.

5. 쪽지의 내용을 확인한 중학생 야정후가 20년 뒤에 사고를 예방한다.

[플랜 B : 증명]

1. 플랜 A 진행 중, 중학생 야정후가 쪽지를 받지 않을 경우에 실행.

2. 절대 중학생 야정후와 친구들에게 발언권을 주지 않는다.
  (만취 상태 + 분노 조절 장애 = 이성의 끈을 잡기가 어렵기 때문.)

3. 중학생 이정후와 친구들만 알고 있는 비밀들을 이용해
   내가 미래의 이정후임을 증명한다.
   (ex. 노래방 마이크를 고장 내고 다른 방의 마이크와 몰래 바꿔 놓은 일,
       태수의 오른쪽 허벅지에 있는 10cm짜리 흉터 자국.)

4. 내가 미래의 이정후임이 증명되었다면, 중학생 이정후에게 쪽지를 건네준다.

[플랜 C : 포박]

1. 변수 발생으로 플랜 A , B를 모두 진행시킬 수 없을 때.

2. 호신용 전기 충격기 구비.
   (배터리 수시 확인.)

3. 플랜 B처럼 절대로 발언권을 넘겨주지 않는다.

4. 중학생 이정후의 분노를 이끌어 낸다.
   (사고로 돌아가신 우리 부모님, 하나뿐인 우리 할멈 욕하기.)
   (심하면 심할수록 좋다. 포박 가능한 거리를 만들기 위함.)

5. 도발에 성공해 중학생 이정후가 유효 사거리 내에 진입한다면,
   준비해 둔 전기 충격기로 단박에 기절시킨다.

중학생 이정후는 보아라.

이 쪽지를 받았다면 이미 어느 정도 눈치는 채었겠지만,

나는 올해로 45살, 너의 29년 뒤, 그래, 미래의 이정후다.

혹시,.. 아직도 못 믿겠다고? 좋아, 증명해 줄게.

첫째. 지금 태수의 여자친구를 홀로 마음에 품고 있는 것.

그래. 네가 먼저 그 아이를 좋아했지만, 너는 타이밍을 놓쳤고,

그렇게 혼자 짝사랑을 이어 가고 있는 중이지.

걱정 마. 그 아이보다 백배, 천 배는 더 아름다운 여성과

결혼하게 될 테니까.

둘째. 중학교 2학년, 네 기준으로 작년에 시도했던 그 자살 시도.

그래. 홀로 방 안에서 목을 매달았지만, 밧줄을 고정시켜 둔

커튼 봉이 부러져 죽음의 문턱에서 간신히 살아났었지.

혹시 더 필요해?

그래. 여기까지만 할게. 모든 비밀들을 몽땅 적어 낼 수 있지만,

지금 네 안에 남아 있는 기억들과 추억들은 대부분 밝지 않으니까.

이 정도면 충분히 증명되었을 거라 믿을게.

자, 그럼 결론부터 말할게.

네 기준으로 20년 뒤, 정확히 말하면 [2027년 4월 23일.]

너의 아내, 우리의 아내는 차량 급발진 사고로 죽는다.

그러니 너는 미래에 발생할 그 끔찍한 사고를 반드시 예방해야만 해.

그래, 그렇기에 나는 너를 꼭 만나야만 했어.

네가 미래에 발생할 그 안타까운 사고를 예방한다면,

우리의 아내가 억울하게 세상을 떠날 일은 없을 테니까.

그래, 그렇기에 나는 이 벤치에서 노숙을 하고 있던 거야.

오직 너를 만나기 위해서.

자, 이제부터는 집중해야 해. 사고를 예방하기 위해,

네가 미래에 반드시 해야만 하는 것들을 알려 줄 테니까.

첫째. 네가 언젠가 차량을 구매할 때 [36나 1911] 이 적힌

차량 번호판을 보게 된다면, 반드시 그 차량은 피하도록 해.

그 차량을 구매하면 우리의 아내는 죽는다.

둘째. 만약 그 차량을 구매하지 않더라도, 혹시 모르니 아내에게

급발진 사고 대처 요령을 확실하게 교육시켜라.

셋째. 가급적이면 아내가 운전대를 잡게 하지 말아라.

물론 그러기 힘들겠지만 , ..

넷째. 그래 , . 결혼 후에 '낚시' 라는 취미는 가지지 말아라.

자, 내가 너에게 주는 정보는 이게 끝이야.

그래, 아마 지금쯤 안달 났겠지. 궁금해 미치겠지. 지금 너가

마음에 품고 있는 그 아이보다 백배, 천 배는 더 아름다운 그 여성이,

결국 너가 결혼하게 될, 그 여성의 이름이 미치도록 궁금하겠지.

자, 다시 결론부터 말할게. 비밀이야.

왜 비밀이냐고 ?

그거야 , , . 영화가 이제 막 시작하려는데 스포일러를 당하면

재미가 없잖아 ? 심지어 영화의 주인공이 스포일러를 당한다면,

그 영화의 과정과 결말이 바뀔 수도 있고 , .. 그러니까 딱

2027년 4월 22일까지만. 나의 영화와 너의 영화가 똑같았으면 좋겠어.

그래, 내가 걸었던 그 길을, 너도 똑같이 걸어갔으면 좋겠어.

왜냐하면 내가 그 영화 속에서, 그 길 위에서 그 여성과 함께하며

느꼈던 여러 가지 감정들이, 그 추억들이, 너무나도 소중했으니까.

그러니까 너도, 그리고 그 여성도. 그 영화의 과정과 결말을

모르고 있어야, 그 길을 똑같이 걸어가야, 그 소중한 감정들을,

그 소중한 추억들을, 모두 변함없이, 또 거짓 없이 느낄 수 있을 테니까.

도대체 그 영화가 얼마나 재미있었길래 그러냐고?

도대체 그 여성을 얼마나 사랑했길래 그러냐고?

음,. 만약 내가 지금의 기억을 똑같이 지닌 채,

다시 태어난다고 하여도, 인생을 태초부터 다시 살아간다고 하여도,

나는 내가 걸었던 그 길을 똑같이 걸어갈 거야.

똑같은 밥을 먹고, 똑같은 학교를 가고, 똑같은 말과 행동을 하며

한 치의 오차도 없이, 그렇게 똑같이 살아갈 거야.

물론 보잘것없고, 후회로만 가득 찬 험난한 길이지만, 내가 그래야만,..

언젠가 그 길 위에서 그 여성을 똑같이 만나게 될 테니까.

그래, 그만큼 그 영화가 재미있었으니까.

그리고 여전히. 그만큼 그 여성을 사랑하니까.

그래,. 찬란한 너의 미래를 내가 미리 정해 놓은 것 같아 조금

미안한 마음이 들어.

하지만 정후야,. 답답하겠지만 부디 꼭 참고 그 길을 꼭 걸어가 줘.

내가 먼저 우리의 영화를 시청해 본 결과,.

우리의 영화에 그 여성이 없다면,

그 영화는 아무런 의미가 없으니까.

내 이름은 이정후. 나이는 마흔다섯. 직업은…… 베테랑 노숙자. 그렇다. 어느덧 노숙 7년 차가 되었다.

"7년이라…."

나는 고개를 들고 주변을 둘러보기 시작했다.

"오……."

어느새 쑥쑥 자라난 주변의 나무들이 보인다.

"…많이 컸네."

그렇다. 짧다면 짧고, 길다면 긴 그 7년이란 시간 동안 참 많은 것들이 바뀌었다. 칙칙하고 뻔한 볼드체를 고집하던 주변 상가들의 간판은 방문 욕구를 불러일으키는 화려한 3D 영상으로 바뀌었고, 자욱한 매연을 내뿜으며 뻔뻔하게 이 골목을 지나다니던 차량들은 언제부턴가 하나둘씩 전기모터를 장착해 오더니, 머지않아 뻔뻔하게 담배 연기를 내뿜는 내 자신을 부끄럽게 만들었다.

「위이잉-. 탁!」

"씨…. 놓쳤다."

…심지어 내 손짓 한 번에 처참하게 죽어 나가던 날벌레들은 다들 영화 〈탑건〉의 주인공, 톰 크루즈에게 비행 강습이라도 받고 왔는지, 괴물 같은 비행 실력으로 나를 끈질기게 괴롭히기 시작했다.

그렇다. 이 세상 모든 것들은 바뀌고, 성장했고, 또 발전했다.

"그런데 나는……."

하지만 나는, 7년 전과 똑같이 이 벤치에서 중학생 이정후와의 만남을 하염없이 기다리고 있다. 그렇다. 이 세상에서 오직 나만 제자리걸음이 다. 아, 아니…. 두 번의 기회를 놓쳤으니, 제자리걸음도 못한 것인가. … 그래, 나는 오히려 퇴보했다.

"에휴……."

「바스락-.」

이제는 습관이 되어 버린 한숨을 푹 내쉬고, 벤치 위에 처량하게 떨어 져 있던 단풍잎 하나를 집어 들었다. 영롱한 붉은 기가 다 빠져 버린 단풍 잎, 이곳저곳이 상처로 덮여 있고 힘없이 시들시들한 그 모습이 마치 내 모습을 보는 것만 같다.

"단풍……."

그렇다. 매년 단풍잎이 마구잡이로 떨어지는 시기에 중학생 이정후를 만났다. 34년 11월에 첫 번째 만남을, 35년 11월에 두 번째 만남을 가졌다.

"슬슬 때가 됐는데…."

그리고 오늘은 36년 11월 21일. 그러니 만약 중학생 이정후를 만나게 되는 그 시점들 사이에 어느 정도 수학적인 규칙이 존재한다면, 지금은 중학생 이정후를 만나게 될 확률이 비교적 높은 시기일 것이다.

「툭. 투둑-. 툭. 투두둑-.」

"어라?"

비…. 하늘에서 비가 내린다. 그리고 내가 중학생 시절 노숙자 이정후와 세 번째 만남을 가졌던 날 또한 추적추적 비가 내리던 날이었다.

"단풍잎…. 11월…. 추적추적 내리는 비…."

이제 남은 조건은 단 하나. 그것은 바로 내가 만취 상태가 되는 것. 느낌이 좋다. 분명 오늘 똑산이 고장 날 거라는 확신이 든다. 중학생 이정후와 세 번째 만남을 가지게 될 거라는 확신이 든다.

"아, 쪽지."

「좌락-. 자라라락-.」

서둘러 쪽지를 투명 지퍼백에 넣고, 벤치 위에 살포시 올려 두었다. 플랜 A와 B를 실행하기 위해서 반드시 필요한 쪽지가 비에 젖어서는 안 되기 때문이다.

'음…… 쪽지 챙겼고, 소주는 3병…. 그리고 전기 충격기….'

전기 충격기는 가방 안에 들어 있다. 얼마 전 길가에서 주운 이 파란색 책가방, 생각보다 훨씬 요긴하게 사용 중이다.

「지—익.」

가방 문을 열고 전기 충격기를 꺼내들었다.

「삑!」

[◉◉◉◎]

배터리 잔량을 나타내는 4개의 LED 표시등. 전원 버튼을 누르자, 표시등 3개가 깜박거린다. 4개가 모두 깜박거리면 완충이니, 이 정도면 충분하다.

'배터리는 충분하고…. 동작 버튼이…… 이거였나….'

「삑! 찌직- 파악!!」

[◉◉○○]

"씨×!! 아……. 아, 놀래라. 이 씨… 비가 와서 그런가."

비가 와서 그런지 전기 충격기의 화력이 엄청나다. 하마터면 내가 기절할 뻔했다. 아…. 물론 나 자신을 기절시키기 위해 구매한 물건은 맞지만…. 그렇지만 부디 이 전기 충격기를 사용하게 되는 일은 없었으면 좋겠다.

'…뭐, 아무튼 전기 충격기도 이상 무.'

자, 모든 준비가 끝났다. 그렇다면.

"슬슬…. 마셔 볼까."

「딸깍! 벌컥-벌컥-벌컥-벌컥….」

"크으…….."

소주 한 병을 몽땅 들이부었다. 하지만 걱정 마라. 그동안 반복 숙달된 훈련으로 이 정도는 간에 기별도 가지 않으니까.

* * *

「딸깍! 벌컥. 벌컥. 벌…컥. 벌……컥……….」

"으우…."

　　　　　　　　　　　　*　*　*

「딸…깍! 벌…컥. 벌……컥. 벌……….」

"콜록! 콜록! 으와……. 꿀!"

「좌락-.」

　　　　　　　　　　　　*　*　*

「쨍그랑!!」

"더, 덤비라. 이정후!!! ……끅! 으아……."

고즈넉하게 올라온 취기, 흠뻑 젖은 내 머리카락을 미끄럼틀 삼아 빠르게 흘러내리는 빗물. 그동안의 고통이 싹 잊혀지는 듯한 기분이 든다.

"계획……. 나한테는 계획이 다 있따…. 꿀…! 이, 이대로만 하면……. 무조건 성공이다…."

중학생 이정후를 상대하기 위한 계획, 그리고 반드시 성공할 거라는 확신. 그렇다. 목적지를 향한 운전대는 내가 쥐고 있다. 그렇기에 지금의 나는 중학생 이정후와의 만남이 전혀 두렵지 않다.

"꿀! ……이, 이 쪽지만 전달하면……… 어…… 어라?"

분명 벤치 위에 올려 두었던 쪽지가 눈에 보이지 않는다.

"뭐… 무야…. 끅! ……떨어졌나."

"어?"

바닥에도 없다.

"어어?"

가방에도, 주머니에도 없다.

"어어… 없다………."

쪽지가…. 쪽지가 보이지 않는다.

"뭐야…. 꾹! 어디 간 거…."

"킥킥…킥. 뭐 찾아!?"

그때 누군가 얄미운 말투로 나에게 말을 걸었다.

고개를 돌려 벤치 뒤편을 바라보자, 늠름한 남자 경찰관 한 명이 보인다. 한 손으로는 파란색 우산을 쓰고, 다른 한 손으로는 뒷짐을 지며 살짝 짝다리를 짚고 서있다.

"……꾹!"

"뭐 찾냐고."

"어……. 예?"

물론 나는 사라진 쪽지를 찾는 중이다. ……아니 근데.

"아니 근데 왜 바, 반말이세요? 아이…. 경찰이 그래도 돼요?"

"킥킥…. 왜 그래 우리 사이에~."

"에?? …꾹! 누구…. 저 아세요?"

"당연히 알지."

"예? ……누구…세요?"

"킥킥킥…. 나? 너 친구~."

"…에? 칭구?"

우산에 가려져 얼굴이 보이지 않는다. 나는 고개를 푹 숙이고 눈을 위로 한껏 치켜올려, 의문의 경찰관을 더욱 자세히 관찰하기 시작했다.

"움……. 누구징."

농구선수처럼 훤칠한 키. 파란 경찰 제복이 잘 어울리는 직각 어깨, 쫙 찢어진 눈매에 금방이라도 베일 듯한 턱선…. 그런데…… 한 서른 중반? 아니, 초반? …친구라기엔 너무 어려 보이는데. 엄청난 동안인 건가? 아니면, 내가 엄청난 노안인 건가? …아니, 그것보다 나한테 이런 잘생긴 경찰관 친구가 있었나.

"즈기…. 죄송한데 누구세오?"

"킥…. 진짜 너무하네………. 씨×."

"에? 머, 뭔 발?? 아이 이 아저씨가 근데…."

"아저씨라니~. 너보다 훨씬 어린데."

"으에? 칭구라면서…."

"킥킥…. 그건 맞아."

"에에??"

"정후야, 내가 누군지 알려 줄까?"

정후? 내 이름을 알고 있다. 정말 내 친구가 맞는 것인가.

"…네. 아니, ……그래. 누, 누구세오? 아니…. 꾹! …누구야?"

"정말 알고 싶어?"

"…그, 그렇다니까?"

"그럼…. 내가 내는 퀴즈를 맞힐 때마다, 힌트를 하나씩 줄게. 어때~?"

"머, 뭐라고 퀴즈? …아이 끅! 지금 나랑 장난해!?"

"자~. 내가 우산을 들고 있는 손은 어느 손?"

남성은 내 말을 가볍게 무시하며 대뜸 문제를 내기 시작했다.

"…오……왼손? 끅! …아이 지금 뭐 하는….."

"오~. …정답. 킥킥……그래 정답이야~. 네 기준으로 볼 때는 오른쪽
이지만, 내 기준으로 볼 때는 왼쪽…. 그러니까 당연히 왼손이 정답이잖
아~. 킥…이렇게나 잘하면서. …그때는 왜 틀렸어?"

"이 미친놈이…."

「턱!」

"웃…!"

나는 경찰관의 멱살을 강하게 잡고, 내 쪽으로 있는 힘껏 끌어당겼다.

「타닥!」

무게 중심을 잃은 경찰관은 왼손으로 들고 있던 우산을 포기하고, 가
까스로 벤치를 잡아 넘어지는 몸을 지탱시켰다.

"끅! …너 누구냐고!!"

그러자 줄곧 장난기가 가득했던 경찰관의 표정이 순식간에 매서운 표
정으로 돌변하였다.

"…첫 번째 힌트. 중학생."

"…뭐…… 뭐? 주, 중학생?"

'중학생이라면…. 그 시절 나와 친구였다는 뜻인가? 그렇다면…. 오태수?'

"너……. 끅! 혹시 태수냐?"

"킥킥… 너무하네. …걔는 너무 못생겼잖아."

"그럼 누…."

가만…. 자꾸만 킥킥대는 이 얄미운 말투, 쫙 찢어진 눈매, 그리고 그 녀석이 자주 하던 이 정신 나간 퀴즈….

"…어? 설마 기억났나? …킥킥킥."

"이…… 이장훈?"

"오~ 정답."

"무… 뭐?"

"킥킥…. 정답이라고. 나야, 네 친구 장훈이~."

"억……!"

「스륵-. 타닥.」

나는 멱살을 풀고 벤치에서 번쩍 일어나, 뒷걸음질을 치기 시작했다.

"억… 아니, 장훈……. 꾹! 죽… 죽었는데…."

"야아~ 서운해. 죽었다니…. 이렇게 멀쩡하게 살아 있는데."

"지… 지랄하지 마!! 너 누구야!!"

거짓말이다. 이장훈은 이미 죽었다. 아주 오래전에 죽었다.

"너는~ 항상 그렇게 나를 죽이려고 하더라…."

"너, 너……. 누구냐고."

다시 보니 얄밉게 잘생긴 저 얼굴. 정말 중학생 시절 장훈이의 얼굴이 그대로 담겨 있다.

"또 너는…. 항상 그렇게 거짓말이나 하고. 저거 봐~. 하~나도 안 똑같잖아."

경찰관이 똑산을 손가락으로 가리키며 말했다.

"꾹! …머, 뭐?"

경찰관의 말에 다시 고개를 돌려 똑산을 바라보자, 고장 난 똑산의 모습이 보였다.

"어…. 어! ……어어!!"

똑산이 고장 났다. 정말 똑산이 고장 났다.

"킥킥…. 지금 나한테 집중할 때가 아닌 것 같은데?"

"…씨… 씨×. 쪽지…. 쪼, 쪽지…."

큰일이다. 변수 발생이다. 쪽지가 없다. 쪽지가 없으면 플랜 A와 B를
진행시킬 수 없다.

"이거 찾아~?"

경찰관이 지퍼백에 담긴 내 쪽지를 이리저리 흔들며 말했다. 그렇다.
우산까지 포기하며 뒷짐을 지고 있던 오른손에는, 내 쪽지가 들려 있었던
것이다.

"어… 어어? 그… 그거. …이리 내놔. 제발… 이리 줘……. 씨×!! 빨
리!!!!"

「타닥!」

나는 쪽지를 빼앗기 위해 벤치를 홀쩍 넘어갔다. 그러자 경찰관은 재
빠르게 뒷걸음질을 치며 나를 말리기 시작했다.

"어어!? 스톱!! 정말 괜찮겠어?? 네가 벤치에서 벗어나면 똑산이 돌아
올 텐데?? …킥킥킥킥."

"씹…."

그렇다. 똑산의 6번 원칙. 똑산의 원칙을 고려하지 못하고 이 미친 경
찰관에게 달려들 뻔했다. 하마터면 대참사가 발생할 뻔했다.

"……그, 그런데."

그런데 똑산의 원칙을 이 경찰관이 대체 어떻게 알고 있는 것인가.

"킥킥…킥킥킥……아, 이 스릴… 꼭 다시 느껴 보고 싶었어……."

변수… 변수 발생이다. 침착하자…. 이 경찰관은 지금 제정신이 아니다. 머리를 굴려라 이정후. 부디 정신을 차리고 찾아내야만 한다. 이 말도 안 되는 상황을 헤쳐 나갈 방법을.

"아저씨!~. 그러다 감기 걸려요!! 킥킥."

이 목소리는….

"서… 설마……."

맞다. 이…이장훈. 중학생 이장훈이다. 멀지 않은 거리에 터벅터벅 걸어오는 진짜 이장훈의 모습이 보인다.

"아니, 아저씨 씻는 방법이 조금 특이하시네요?"

태수의 모습도 보인다. 그리고….

"풉…. 더러워."

나를 보며 더럽다고 말하는 중학생 이정후까지.

「지-익.」

"(…플랜 C.)"

쪽지가 없기에 플랜 A와 B는 이미 물 건너갔다. 나는 플랜 C를 진행시키기 위해 가방에서 전기 충격기를 슬그머니 꺼내, 등 뒤로 숨겼다.

"킥킥…. 그건 뭐야. 설마 저 어린애들한테 그걸 쓰려고? 와… 잔인해라. 그러지 말고, 내가 좀 도와줄게."

그때 미친 경찰관이 또다시 시비를 걸어오며 호루라기를 입에 물기 시작했다.

「삐빅! 뻭!」

"너희들 지금 뭐 하는 거야! 지금 이 아저씨 놀리는 거야!?"

경찰관이 호루라기를 불며 중학생 이정후와 친구들을 야단치기 시작했다. …아, 안 돼.

"안 돼! 하, 하지 마!!"

"네?? 아니에요~. 아저씨 심심해 보여서 놀아 주는 거예요."

"이놈들이…. 이리 안 와!!"

"그만해! 제… 제발!!"

「삐빅!! 삐비빅!」

미친 경찰관이 또다시 호루라기를 불며 중학생 이정후와 친구들에게 매섭게 달려가기 시작했다.

"으악!! 도망가!"

그렇게 중학생 이정후와 친구들은 줄행랑을 치기 시작했다.

"으악!"

"아, 아니야! 안 돼!! 이정후!! 도, 돌아와. 제발!!"

중학생 이정후가 시야에서 사라져 간다.

"아… 아아……."

"되게 빠르네…. 킥킥킥. 미안, 못 잡겠다."

미친 경찰관은 중학생 이정후와 친구들을 잡는 것을 금세 포기하였다. 그렇다. 애초에 잡을 생각 따위는 없었던 것이다.

"어? 정후야, 거짓말이 아니었구나? 정말 똑같네."

벤치로 돌아온 경찰관이 똑산을 손가락으로 가리키며 말했다.

"아……… 아아…."

똑산이, 똑산이 돌아왔다. 즉, 세 번째 만남도…… 끝….

"씨… 씨×……. 꾹! 너 누구야!!!"

죽여 버릴 것이다. 갈기갈기 찢어 버릴 것이다.

"어? 말했잖아~. 네 친구 장훈이라니까? …킥킥."

"개소리 하지 마!!"

「타닥-. 휙!」

나는 전기 충격기를 꽉 움켜쥐고, 미친 경찰관을 죽이기 위해 순식간에 벤치를 넘어갔다.

"어어!? 스톱!! …영주!!"

"…억."

"하나뿐인 네 딸 영주. …킥킥. 못 본 지 오래됐지?"

경찰관이 재빨리 뒷걸음질을 치며 영주의 이름을 언급하였다. 그렇다 내 딸 영주. 미친 경찰관이 영주를 알고 있다.

"여…… 영주는 어떻게."

그때, 경찰관이 왼손 약지에 걸린 결혼반지를 내게 보여 주기 시작했다.

"킥킥… 킥킥킥킥. 낳아 주셔서 감사합니다~."

결혼반지…. 내 딸 영주….

"이… 씨×. 씨×!! 개 같은…. 영주… 영주 털끝 하나 건들지 마!!!"

"킥킥킥…킥…. 알겠어~. 쓥……근데, 너가 그런 말 할 자격이 있나?"

"머, 뭐?"

"영주…. 그냥 죽일까?"

"이런 씹…… 아… 안 돼. 그… 그러지 마…. 제발."

"뭐야, 분노 조절 잘하는데? 그래도 꼴에 아빠라고…. 킥킥킥… 정말 영주가 무사했으면 좋겠어?"

지금 이 경찰관. …아니, 경찰관이 아닐지도 모른다. 지금 이 남성은 제정신이 아니다. 단단히 미쳐 있다. 그리고…. 그리고 영주가 위험하다.

"그… 그래. 제발 영주만은…."

"그럼… 나랑 거래할래?"

"거, 거래?"

"그래~. 거래. 가는 게 있으면 오는 게 있어야지. 킥킥…. 그 전기 충격기…. 되게 좋아 보이는데?"

"이… 이거?"

"그래~. 그 전기 충격기. 그것만 순순히 내놓으면, 영주는 건들이지 않 겠다고 약속할게."

생각해라. 집중해라 이정후….

'전기 충격기를 건네주는 척, 이 남성을 기절시킬까? …그런데 기절시 키고 난 다음에는? …경찰에 넘겨야 하나? 경찰에 넘기면 어떻게 되는 거 지? 이 남성도 경찰인데? 경찰관 한 명을 기절시킨 건, 바로 내가 되는 건 데? …그럼 내가 잡혀가나?'

"뭐해? 킥킥…. 얼른 바꾸자니까~. 영주의 목숨이랑 그 전기 충격기."

정신이 혼미하다. 술기운이 너무 많이 오른 탓인가. 적절한 사고 판단 이 어렵다. 다만 한 가지 확실한 것은, 절대로 이 사이코패스 같은 남성의 심기를 건드리면 안 된다는 것이다.

"후우…… 알겠어. 꾹! 대, 대신 영주만큼은…."

"킥킥…. 잘 생각했어."

결국 나는 고양이에게 생선을 맡기듯, 남성에게 전기 충격기를 건네주 었다.

"대체 영주는…."

"잠시만. …뭐야. 이거 어떻게 쓰는 거야."

"…버튼만 누, 누르면 돼."

「삑!」

[◉●○○]

"안 되는데?"

남성이 배터리 잔량을 확인하는 버튼을 누르며 말했다.

그래, 굳이 이 미친 남성에게 전기 충격기의 사용법을 친절하게 알려 줄 필요는 없어 보인다.

"…어? 꾹! ……비가 와서 고, 고장 났나 본데?"

"에이 씨…. 뭐야."

"어쩔 수 없…."

"아~~. 이건가?"

"자… 잠깐!"

피해야 한….

「삑! 찌직-. 파악!!」

[◉○○○]

"으극……! …윽…극….."

"킥킥!!"

"윽……끄을….."

"오~~~. 잘 버티네?? 그래~. 기절하면 안 돼!! 일기를 아직 안 썼잖아! 일기는 쓰고 자야지!!"

「삑! 찌직-. 파아악!!!」

[◎◎◎◎]

"으근… *끄극*…………."

"킥킥킥킥!"

"……."

"킥킥킥킥킥킥!!"

"….."

년　　월　　일	날씨 :

2036 년 11 월 22 일	날씨 : 암운

일기가 누락되었다. 하필이면, 하필이면 어제,. 추적추적 비가 내리고, 단풍잎이

마구잡이로 떨어지는 11월에, 중학생 이정후를 만나게 될 확률이 가장 높은

중요한 시기에,.. 일기가 누락되었다.

단 한 번도 이런 치명적인 실수를 한 적은 없었다.

대체 왜,. 어제의 나는 일기를 작성하지 않은 것안가,,.

지금 바닥에 굴러다니는 빈 소주병은 세 병. 그렇다면 혹시,..

소주 3병을 몽땅 마셔 버린 탓에 인사불성이 되어 버린 것안가?

그래서 일기도 작성하지 못한 채, 한심하게 기절해 버린 것안가?

아니,. 아니다. 소주를 4병을 마셨던 날도, 심지어 5병을 마셨던 날도,

일기는 항상 기록되어 있었다. 그렇다면 대체 왜,..

대체 왜, 어제의 나는 일기를 작성하지 않은 것안가. 대체 왜,,.

그래,. 실수가 아니다. 분명,. 분명 내가 일기를 작성하지 못했던 그 피치 못할

원인이 반드시 존재했을 것이다. 그 원인을 기필코 찾아내야만 한다.

[현재까지 내가 찾아낸 단서들.]

 - 데굴데굴 굴러다니는 빈 소주병 세 병

 - 배터리가 방전된 전기 충격기

 - 사라진 쪽지

그래, 전기 충격기. 내가 기억을 잃기 전, 전기 충격기의 배터리 잔량은

분명 세 칸이었다. 그러나 지금 배터리는 방전되어 있다.

1회 사용에 약 배터리 한 칸이 줄어드니까,,. 적어도 3회 이상은 사용했다는 것.

테스트 작동으로 1회 사용했고, 나머지 2화는,,.

설마,.. 어제 중학생 이정후와 세 번째 만남이 이루어졌던 것안가?

그리고 어제의 나는 플랜 c를 진행시킨 것안가? 그래서 배터리가 방전된

것인가? 그렇다면,.. 정말 그렇다면 쪽지는 왜 사라진 것이지?

중학생 이정후가 순순히 쪽지를 받았다면, 플랜 A 혹은 B를 성공시켰다면,

전기 충격기를 사용하는 일은 없었을 텐데..?

~~그렇다면~~? 아,.. 아니야.

~~혹시~~ 아아,,.. 이것도 아니야.

도대체 왜,.. 왜,,. 왜,,,...

그래,.. 결론이 나왔다.

내가 어제 중학생 이정후를 만났건, 만나지 않았건,

나는 그저 이 벤치에서 다음 만남을 준비하면 될 뿐이다.

만약 다음 만남이 이루어지지 않는다면,

네 번째 만남이 이루어지지 않는다면. 그것은 바로 어제의 내가

세 번째 만남에서 과거를 바꿨다는 뜻이니까.

그렇다면 결국 쪽지를 가져간 중학생 이정후가 현정이를 구할 테니까.

만약 다음 만남이 이루어진다면,

세 번째가 되었건, 네 번째가 되었건, 다음 만남이 이루어진다면,.

계획대로 그 만남에서 중학생 이정후를 내 편으로 만들면 되니까.

그러니까.

나는 또다시 쪽지를 작성해 놓고,

나는 또다시 전기 충격기를 충전시켜 놓고,

나는 또다시,..

다음 만남을 하염없이 기다리기만 하면 된다.

9-1장. D-528

플랜 C 실행이다.

내 이름은 이정후. 꼬마 이정후의 이름도 이정후. 중학생 이정후도, 고등학생 이정후도, 그리고 나, 노숙자 이정후도, 모두 다 이정후다.

「벌컥… 벌컥……… 벌컥………….」

"크…. 달다…. 끅! 너~무너무 달다……!"

몽롱하다. 어지럽다. 지구가 빙빙 돌고 있다. 아, 원래 지구는 빙빙 도는 게 정상이다. 그럼 지금은 내가 돌고 있는 것인가.

"나는…. 돈다……. 나는 빙~빙 돈다…. 끅……!"

「툭. 덜그럭.」

바닥에 놓여진 술병 3병이 보인다. 3병 모두 한 방울도 남김없이 비어 있다. 그렇다. 내가 몽땅 마셔 버렸다.

"이…. 이 정도면 됐냐!! …끅! 아니야? 아니? 부족해??"

똑산에게 불만을 토로했다. 오늘도 술을 왕창 마셨지만 중학생 이정후를 만나게 해 주지 않았기 때문이다.

"개놈 새끼…. 끅! 너는 내가 지겹지도 않냐!! 씨×8년이다. 8년…!"

이곳에서 노숙을 한 지 벌써 8년째. 시간이 빠르게만 느껴진다. 8년의 시간 중 거의 절반은 만취 상태였기 때문이다.

"참⋯⋯. 세상은 수, 술에 참 관대해. ⋯⋯끅!"

이 세상에는 1차원적 쾌락을 쉽게 가져다주는 것들이 여럿 존재한다. 술, 담배, 마약, 도박 등등⋯. 이러한 것들은 큰 노력 없이도 즉각적인 보상을 얻을 수 있다. 그렇다. 즉각적인 쾌락, 보상⋯. 그래서인지 이러한 것들은 대부분 불법인 경우가 많다. 중독의 위험성이 너무 높으니, 건강에 좋지 않으니, 너의 인생이 망할 수도 있으니, 스스로를 통제하지 못할 것이니, 우리가 대신 막아 주겠다고, 국가에서 법으로 금지시킨 것이다.

하지만 아이러니하게도 마약에 관한 법률은 점점 강화되어 가지만, 대중매체에서는 술 광고가 떡하니 나온다. 인물 좋은 연예인들이 '너 마셔 볼래?'라는 표정을 지으며 적극적으로 권유한다. 나는 도무지 이해가 가지 않는다.

"술은 왜 안 막는데⋯? 끅! 씨×⋯. 술도 나쁜 거잖아."

나는 술 때문에 현정이를 구하지 못했다. 그렇다. 이 세상에 술이 존재하지 않았다면, 나는 중학생 이정후와의 첫 번째 만남에서 진작에 성공을 거두었을 것이다.

"국, 국가야⋯. 끅! 나 같은 사람들은 어떡하라고⋯. 어쩔 수 없이 마셔야만 하는⋯. 나 같은 사람들은 대체 어떡하라고⋯."

내가 만취 상태가 아니었더라면, 중학생 시절 만났던 노숙자 이정후가 만취 상태가 아니었더라면, 마약처럼 국가에서 술을 불법으로 정해 두었다면, 정말 그랬다면⋯. 지금의 내 모습은 조금 다르지 않을까.

"너희들이 술을 불법으로 정해 두었으면⋯. 내가 만취 상태가 아니었더라면⋯ 현정이를 살릴 수 있었다고⋯. 끅! 대체⋯. 대체 술에는 왜 그렇게 관대한 건데⋯⋯. 왜⋯."

그렇다. 알고 있다. 모두 한심한 핑계일 뿐이다. 2병 정도만 마셔도 중학생 이정후를 만나기에 충분하다는 것을 알고 있지만, 나는 3병을 몽땅 마셔 버렸다. …그렇다. 아무래도 알코올에 중독된 것 같다. 그것도 심각한 중독.

"아, 아니? 꾹…! 아니지…. 내 잘못은 아, 아니지…."

만취 상태가 되면, 내가 겪고 있는 고통들이 모두 사라지는 듯한 기분이 들었다. 네 잘못이 아니니까 괜찮다는 듯, 조금만 더 힘내라는 듯, 그렇게 유일하게 나를 위로해 주는 것이 술이었다. 사실 이 술 덕분에 지금껏 내가 이 벤치에서 버틸 수 있었다고 해도 절대 과언이 아니다.

"아, 아닌가…. 꾹! 내…… 내 잘못인가."

하지만 세상에 공짜는 없는 법. 나는 술에게 위로받은 만큼, 그 보상에 대한 대가를 지불해야만 했다. 그리고 그 대가는 바로 중학생 이정후를 놓친 것…. 현정이를 구하지 못한 것…. 그렇다. 한심하기 짝이 없다. 이런 내 자신이, 나조차 이해가 되지 않는다.

「탁. 탁…. 탁!」

"쓰읍… 끅! 후우……."

담배를 태우니 마음이 조금 진정되기 시작했다. 하지만 술이 그랬듯, 이 담배 또한 그 보상에 대한 대가를 지불해야만 하는 날이 분명 찾아올….

「촤아악…! 뚝…. 뚝….」

그때, 벤치 뒤편으로부터 물세례가 쏟아져 왔다. 그렇다. 물세례. 누군가 나에게 물을 뿌렸다. ……그렇다면.

"아저씨! 담배 그만 피세요. 그러다 죽어요! 큭큭…."

맞다…. 분명 이 목소리는 이장훈. 똑산…. 똑산을 확인해 보아야 한다.

"꾹! 고… 고장 났다."

똑산이 고장 났다. 그렇다면 이곳에 또 다른 이정후가 존재한다는 것. 그리고 중학생 이장훈의 목소리가 들리는 것으로 보아, 그 또 다른 이정후는 바로 중학생 이정후라는 것.

"(물세례…. 네, 네 번째 만남이다….)"

이것으로 중학생 이정후와 네 번째 만남, 마지막 만남이라는 것. …즉, 현정이를 살릴 수 있는 마지막 기회라는 것. 심장이… 심장이 금방이라도 터질 것만 같다. 침착해라…. 제발 침착해라 이정후.

"꾹! 후우…."

마음을 진정시키기 위해 담배를 한입 빨아들였지만, 물에 흠뻑 젖어 연기가 나오지 않는다.

「뚝…. 뚝….」

"윽… 끄윽…… 윽."

분노가 치밀어 오르지만 참아야 한다.

"킥킥…. 아저씨 시원해요? 샴푸 드릴까요?"

이장훈의 목소리가 가까운 거리에서 들려온다. 아니, 바로 벤치 뒤편이다.

"정후…. 정후 있니?"

나는 등을 돌린 채 대화를 이어 갔다. 세 번째 만남의 일기에 적혀 있듯, 내가 등을 돌리는 순간 이들은 도망을 갈 것이기 때문이다.

"네 아저씨. 아저씨가 좋아하는 정후도 데려왔어요."

그때 태수의 목소리가 들려왔다.

"(자… 장훈이 오른쪽에 태… 태수.)"

태수의 위치 파악도 성공이다. 그렇다. 혹시라도 플랜 C를 실행해야 하는 상황을 대비해, 이들의 위치를 정확하게 파악해 놓아야 한다. 중학생 시절, 노숙자 이정후 또한 마지막 만남에서 나를 잡기 위해 플랜 C를 실행했었지만, 사전에 위치 파악을 해 두지 않아 내가 아닌 장훈이에게 달려들었다.

"(…나, 나는 그 한심한 노숙자와는 다… 다르다……. 나는 성공한다….)"

"네? 뭐라고요 아저씨?"

"하하…. 끅! 거… 거짓말…. 정후 목소리가 드, 들리지 않는 걸?"

"저 여기 있어요! 그런데 오늘은 좀 얌전하시네요?"

성공이다. 내 목소리이다. 중학생 이정후의 목소리이다.

"(…태, 태수 오른쪽에 이… 이정후….)"

이것으로 이들의 위치 파악은 모두 끝이 났다. 왼쪽에 이장훈, 중앙에 오태수 그리고 오른쪽에 이정후다.

'오른쪽…. 오른쪽. 만약 플랜 C를 실행하면, 반드시 오른쪽을 잡는다….'

플랜 C를 위한 준비는 끝. 우선 침착하게 플랜 A를 진행시키자.

「지-익.」

가방 문을 호방하게 열고, 쪽지를 꺼내들었다.

"정후…. 끅! 정후야…. 여기 쪽…."

「촤아악…! 뚝…. 뚝….」

그때 물세례가 다시 한번 쏟아져 왔다. 분명…. 분명 물세례는 한 번이 끝이었는데…. 역시 가해자의 기억은 왜곡되는 법인가.

"앗…. 죄송해요. 냄새가 너~무 지독해서…. 아저씨 그렇게 냄새 나면 장가 못 가요! 여자들은 냄새 나는 남자 싫어하거든요."

태수가 나를 놀려 대기 시작했다. 그런데…. 쪽지가 몽땅 젖어 버렸다.

「뚝…. 뚝….」

"(…끄응…극… 으극…….)"

참아야 한다. 제발 이정후. 침착해라……. 그래, 괜찮다. 쪽지가 젖었다면, 이곳에서 있었던 모든 일을 말로 설명해 주면 된다. 물론 그렇게 한다면 중학생 이정후는 나와 똑같은 길을 걸어가지 못할 테지만….

"아저씨 좋아해 주는 …여자도 있어. 끅! 있어…. 있었는데…."

"네? 뭐야 아저씨 결혼했어요? 대박…."

중학생 이정후가 놀란 목소리로 질문했다. 그래, 우선 내가 미래의 이정후임을 증명해야만 한다.

"정후야…. 끅! 그 여자가 바로 너의…."

"결혼했으면서 여기서 뭐해요? 아저씨네 아줌마가, 아저씨 여기서 이러고 있는 거 알아요?"

태수가 내 말을 끊었다. 그렇다. 이들에게 발언권을 주어선 아니 된다.

"아마 모르겠지…. 끅!"

"왜 몰…."

"태수!! 오, 오른쪽 허벅지에…."

「촤아악…! 뚝…. 뚝….」

세 번? 물세례가 세 번이라고?

"왜 말을 끊고 그래요…. 아니, 아줌마가 왜 몰라요? 설마…… 아줌마 죽었어요?"

이번엔 중학생 이정후가……. 이 개××. 내가 누구 때문에 이 짓거리를 하고 있는데…. 너는 전기 맛 좀 봐야겠다. 플랜 C 실행이다.

"…윽… ㄲ   …."

나는 곧바로 가방에 있던 전기 충격기를 야심 차게 꺼내 들었다.

"헐…. 진짜 죽었…."

"오, 오른쪽!!!"

나는 잽싸게 등을 돌려 오른쪽에 있는 이정후에게 몸을 던졌다.

「삑! 찌지직-.」

"읏…!"

「우당탕-!」

성공적으로 전기를 한입 먹여 준 뒤, 본능적으로 안다리를 걸어 넘어뜨렸다.

"으악!!"

"씨…. 씨× 뛰어!!!"

태수의 명령에 나머지 두 명은 도망가기 시작했다. 모두에게 전기 맛을 보여 주고 싶었지만, 뭐…. 상관없다. 플랜 C를 성공하였다. 그래, 중학생 이정후를 잡았으니 성공이다.

"으윽…."

감전된 중학생 이정후가 꿈틀대기 시작했다.

"…씨… 씨×…."

곧바로 나는 두 손으로 중학생 이정후의 목을 강하게 조르기 시작했다.

"커헙! 컥!! 켁…!!"

당장이라도 죽여 버리고 싶은 마음이 굴뚝같지만, 죽기 직전까지만 고통을 줄 생각이다.

"너도…. 어디 한번 너도 고통을 느껴 봐…. 내가… 내가 이정후라고. 내가 너라고!! 이 악마 같은 새끼…. 아무것도 모르면서…. 이 개……, 어… 어라."

"컥!! 커헙……."

어… 얼굴이 다르다. 이런, 얼굴이 다르다. 이정후가 아니다. 대체 왜…. 명찰. 교복에 붙어 있는 명찰을 확인해 보아야 한다.

[이장훈]

이정후가 아니다. 이장훈이다. 대체 왜….

"아…! 아아아…."

분명 이정후는 오른쪽이었다. 그렇지만 나는 등을 돌렸다. 그렇다면…. 그렇다면 180도 등을 돌렸으니, 이정후는 왼쪽….

"커헉! 후우…. 후욱…. 컥!!"

목을 조르던 두 손을 풀어 주었다.

"……아… 아아…. 꾹! ……으…아…."

이 상황이 현실이라는 것이 도무지 실감나지 않는다. 마치 악몽을 꾸고 있는 것만 같다.

"후욱…. 살… 살려 주세요…."

장훈이가 살려 달라며 발버둥을 치기 시작했다.

"아… 오른쪽…. 외…왼쪽…."

"제발!"

「퍼억!」

"억…!"

장훈이는 있는 힘껏 발을 휘둘렀고, 장훈이의 발바닥은 정확히 내 왼쪽 광대에 적중하였다.

「우당탕-.」

나는 그대로 중심을 잃고 넘어졌다. 몽롱하다. 정신이 어지럽다.

"………아… 하, 하나도 안 아파….."

정수리가 바닥에 닿아있다. 온 세상이 거꾸로 뒤집혀 보인다. 하지만 지금 똑산은 거꾸로 보아도 별 상관이 없다. 완벽한 대칭이기 때문이다. 그렇다. 똑산이 다시 완벽한 대칭의 모습으로 돌아왔다.

「타닥! 타닥!」

"으악!!"

아무것도 모르는 장훈이는 살기 위해 도망을 치기 시작했다.

"큭…. 이장훈…. 큭큭…. 어디 한번 계속 도망가 봐라…. 꾹! 너 갇혔어……. 장고처럼…. 모, 못 돌아간다고…. 큭큭…."

똑산은 이미 돌아왔다. 그렇다. 장훈이는 이미 나의 시점에 갇혀 버린 것이다.

"큭큭…. 쌔, 쌤통이다…."

그렇다. 노숙자 이정후는 위치 파악을 하지 않았던 것이 아니었다. 그저 술에 취해 바보같이 오른쪽과 왼쪽을 헷갈렸던 것이었다. …조금 전 나처럼.

"그래서…. 꾹! 큭큭큭큭큭…. 아……이제 아, 알겠다."

그런데 이 상황은 정말 현실인 것인가. …정말 꿈이 아닌 현실이란 말인가.

"…이, 이제 나는…. 끅! 어떻게……."

1년…. 2년……. 그렇게 8년을 쏟아부은 노력의 결과가 나왔다. 이제 나는 현정이의 남편이 아니다. 영주의 아빠가 아니다. …나는, 나는 그저 알코올에 중독된 한심한 노숙자일 뿐이다.

2037 년 11 월 14일   날씨: 흐림

중학생 이정후와의 마지막 만남이 지나갔다.

그렇다, 네 번의 기회를 시원하게 말아먹었다.

이제 내가 만날 수 있는 또 다른 이정후는

미래의 이정후뿐이다. 그런데 과연 그에게

현정이를 살릴 수 있는 해결책이 존재할까?

아니, 그는 나처럼 현정이를 살릴 수 없는

이정후다.

그렇다 이제 현정이는 되살아날 수 없다,

내 멍청한 실수 때문에.

오른쪽과 왼쪽을 헷갈린 나 때문에,

왼쪽과 오른쪽을 헷갈린 나 때문에

오른쪽과 왼른쪽을 ~~~~ 왼 쪽 ~~~

오른 쪽 왼 쪽 ~~~ 때문에

~~ 나 때문에

9-2장. D-13

"이정후… 그만…, 이제 그만해."

2039 년 2 월 16 일	날씨 : 소나기

할멈이 세상을 떠났다. 그리고 장례식이 끝나자마자

내가 발걸음을 옮긴 곳은 다름 아닌 이곳, 벤치였다.

그리고 벤치로 돌아오는 길, 내 머릿속에 든 생각은 바로,..

' 혹시 할멈의 장례를 치르는 동안, 현정이를 살릴 해결책을 가지고 있는

미래의 이정후가 벤치에 왔다 갔다면..? '

' 할멈의 장례 때문에 그 만남을, 그 소중한 기회를 놓쳤다면..? '

그렇다. 지금의 난 단단히 미쳐 있다.

사이코패스? 소시오패스?

이 세상 그 어떤 정신질환을 대입하여도 도무지 납득이 되지 않는

잔인한 생각이다.

그렇다. 아무래도 뇌가 고장 나 버린 것 같다.

물론 의학에 관한 지식은 명석하지 않지만, 나의 뇌에서 슬픔, 죄책감

따위의 감정을 담당하는 그 어느 부분이 확실하게 고장 난 것 같다.

그렇다. 난 그냥 노숙자 아저씨가 아니다. 미친 노숙자 아저씨이다.

내가 죽으면 반드시 내 영혼은 지옥불로 떨어질 것이다.

그렇게 영원히 고통받을 것이다. 분명 그럴 것이다. 아니, 그래야만 한다.

내 이름은….

"에휴…."

「탁…! 탁…탁……탁!」

"쓰읍… 하아……. 아… 씨× 추워."

「스윽-. 바스락-. 스윽-. 바스락-.」

야심한 새벽, 주변의 고요함 탓인지 내 몸을 뒤척일 때마다 들려오는 기분 나쁜 마찰음이 자꾸만 귀에 거슬린다.

"아…… 아아!! 시끄러워!!!"

그렇다. 지금의 나는 마치 한 평생을 가져다 바친 대통령 선거에서 단 한 표 차이로 낙선한 대선 후보처럼, 극도로 예민한 상태이다. …뭐, 충분히 그럴 만도 하다. 나는 이 벤치에서 무려 10년이란 시간 동안 단 하루도 빠짐없이 고통받았으니 말이다. 10년…. 그래, 자그마치 10년이다. 물론 더 이상 현정이를 되살릴 기회가 없다는 것은 기정사실이지만, 나는 여전히 이 벤치에 스스로를 감금시켜 놓은 상태이다.

"씁… 하아…."

하지만 그렇다고 해서 나에게 어떠한 해결책이 있는 것은 아니다. 현정이를 되살릴 수 있는, 이 상황을 보란 듯이 역전시킬 수 있는, 그 희망찬 해결책 말이다. 그렇다. 지금의 내겐 어떠한 해결책도, 그 해결책을 찾아낼 방법도, 그것을 찾아낼 힘도, 아무것도 존재하지 않는다.

"쓰읍… 후….."

그럼에도 불구하고 내가 포기하지 않는 이유는 단 하나, 어차피 포기해도 돌아갈 곳이 없기 때문이다. 그렇다. 나를 낳아 주신 부모님도, 키워 주신 할머니도, 그리고 현정이도…. 나만 홀로 남겨 두고 이기적으로 세상을 떠났다. 그렇다. 아무리 포기하고 싶어도, 정말 포기한다고 하여도, 내가 돌아갈 수 있는 곳은 이 세상에 없다는 것이다.

"쓰읍… 하아……."

아, …돌아갈 곳이 한 곳 남아 있긴 하다. 그렇다. 지금쯤 어엿한 성인이 되었을 하나뿐인 내 딸 영주…. 그렇지만…. 그렇지만 그곳은, 이제는 더 이상 내가 돌아갈 수 없는 곳이다. 사고 발생 후 2년, 이 벤치에서 10년. 그렇게 영주를 외면한 지 무려 12년이다…. 물론 내가 어릴 적 겪었던 그 상처를, 가족의 빈자리를, 영주에게 대물림해 주고 싶지 않았기에 선택했던 길이었지만, 그 길은 실패했다. 엄마의 빈자리를 채워 주려다 아빠로서의 역할조차 해 주지 못한 것이다. 그렇다. 나는 영주의 얼굴을 볼 자격도 없고, 그럴 용기도 나지 않는다.

"쓱… 하아….."

또 세상을 외면한 채 10년이란 시간을 혼자 지내다 보니, 다시 사회의 구성원이 되어 세상을 살아갈 나의 모습을 상상하면 그저 괴리감이 들 뿐이다. 그렇다. 이제는 이 노숙 생활이 나와 가장 어울리는 생활이 되어 버린 것이다.

그래. 이게 내 모습이다. 이게 바로 이정후의 모습이다. 나는 지금 이곳이, 이 벤치가 너무나도 익숙하고 편안하다.

"쓰읍… 후우….."

또 혹시 모르는 것이다. 아직 중학생 이정후와 세 번째 만남이 이루어지지 않은 것일 수도 있다. 세 번째 만남보다 네 번째 만남이 먼저 이루어진 것일 수도 있다. 서로의 시점이 다른 것은 당연한 사실이니까. 그러니이 벤치에서 그저 이렇게 하루하루를 살아가다 보면, 언젠가 세 번째 만남이 이루어질 수도 있다.

또, 또 혹시 모르는 것이다. 중학생 이정후가 아니더라도 또 다른 이정후, 미래의 이정후가 해결책을 가지고 이 벤치를 찾아올 수도….

"쓰으…. 흑… 흐윽……."

어라. 눈물도 자주 흘리다 보면 습관이 되는 것인가. 딱히 슬프지는 않지만 또다시 습관성 눈물이 나기 시작했다.

"아… 아아…. 여, 영주야…. 흑… 으윽…… 미안해…. 아빠가 정말 미안해….."

…그렇다. 사실 습관성 눈물이 아니다. 괜찮다며, 익숙하다며 나의 뇌를 세뇌시키기에 지금 나는 너무나도 슬프다. 당장이라도 죽고 싶을 만큼 힘들다. …그렇다. 도무지 이 노숙 생활이 적응이 되지 않는다. 하루하루가 지옥 같다. 춥고, 외롭고, 배고프고, 고통스럽다.

"아…… 흑…. 흐윽…. 미, 미안해. 할멈….."

…그렇다. 사실 모두 핑계다. 돌아갈 곳이 없는 게 아니다. 영주에게 돌아갈 자격이 없는 것이 아니다. 그래, 나는 아직 포기하고 싶지 않은 것

이다. …아마 죽을 때까지 포기하지 않을 것이다. …그렇기에. 그렇기에 영주와 할멈에게 더욱 미안하다.

「치익-.」

"으……아… 정말……… 저, 정말… 미안…. 흐윽………."

「…터벅. …터벅. …터벅. …터벅.」

고요했던 새벽이 나의 울음소리와 누군가의 발걸음 소리로 채워지기 시작했다. 누군가의 발걸음 소리는 아주 조금씩, 서서히 커지더니, 벤치 근처에서 소리를 감췄다.

"이제 그만…."

그렇다. 이 새벽을 채우는 소리는 오직 나의 울음소리와 누군가의 발걸음 소리뿐이었다. …그렇다면 지금 이 목소리는 나를 향한 목소리인 것인가.

"이정후… 그만…. 이제 그만해."

"서… 설마……."

고개를 들자 고장 난 똑산의 모습이 보인다. 야심한 밤이라 뚜렷하게 보이지는 않지만, 똑산 주변의 건물들이 환하게 빛나고 있어, 똑산이 고장 났다는 그 사실만큼은 확연하게 알아볼 수가 있다.

"이… 이정후?"

그렇다. 또 다른 이정후가 찾아온 것이다. 심지어 지금의 나는 술을 단한 모금도 하지 않았는데 말이다.

"그래…. 등은 돌리지 않는 것이 좋겠어. …나는 미래의 이정후다. 그리고 지금의 난, 네가 상상했던 모습과는 많이 다를 거야. 그러니까…. 그러니까 실망하고 싶지 않다면, 등을 돌리지 마."

미래의 이정후. 미래의 이정후다. 나는 재빨리 등을 돌려 그 모습을 확인하였다.

"…어……."

"역시…. 콜록! 콜록! …들을 생각조차 않는구나."

노숙자다. 미래의 이정후는 나보다 수십 배는 더욱 야윈 노숙자의 모습을 하고 있다. 혹시 나에게 시각을 후각으로 바꾸는 요상한 초능력이라도 생긴 것인가. 이 녀석의 생김새를 보는 것만으로 지독한 악취가 느껴진다. 온몸에 덕지덕지 묻은 형형색색의 음식물 자국, 수북한 흰머리, 그리고 주름이 가득한 야윈 얼굴로 힘없이 재채기를 하는 그 한심한 모습은 쓰러지지 않고 서 있는 게 신기할 정도이다. 만약 꼬마 아이에게 백지와 크레파스를 쥐어 주고 노숙자를 그리는 숙제를 내어 준다면, 완성된 그 그림은 십중팔구 이 녀석의 모습과 판박이일 것이다.

그렇다. 이 한심한 녀석에게 이 상황을 해결해 줄 해결책 따윈 곧 죽어도 존재하지 않을 것이다.

"실망이 크겠지만…. 아니, 마음껏 실망해라."

"당신은…. 대체 몇 년 뒤의 이정후야. 올해로 몇 살이냐고."

"나는…. 올해로 쉰아홉. 그러니 11년 뒤의 네 모습이다."

"쉰아………. 후우…. 그렇다면. …현정이는? 현정이를 살릴 방법은 있는 거야? 제발…. 있어야 해……. 제발…."

"아니, 그런 건 없어."

"뭐…?"

"해결책 따위는…… 없다고."

"아니, 그럼 그 나이 처먹도록 대체 뭘 한 거야!"

"노숙 생활을 이어 갔지. …이 벤치가 아닌, 다른 곳에서."

"다른 곳…? 대체 어디서. 대체 왜…."

"우리가 처음 이곳에서 노숙을 시작했던 날을 기억해? 콜록! 콜록! …병원을 박차고 나와 택시를 타고 이곳에 처음 온 날."

"…그래. 당연히 기억하지."

"그때 우리에게 담배 구걸하시던 노숙자 한 분 뵜었지?"

"무슨……. 아."

그렇다. 기억난다. 10년 전, 나에게 담배를 구걸했던 노숙자 아저씨. 굵직한 목에 코가 뭉뚝했던 그 노숙자 아저씨.

"그… 우리랑 말다툼했던 그 아저씨 말하는 거야?"

"그래 그분. …그런데 말다툼이라니. 우리가 일방적으로 욕설을 퍼부은 거지."

"아…. 아무튼. 기억나."

"그 노숙자 아저씨를 이 벤치에서 다시 만났어. 그리고 함께 이곳을 떠났지."

"이곳을 떠나다니…? 혹시 똑산의 새로운 원칙을 찾은 거야?"

"아니. 말 그대로 이곳을 떠났다고. 모든 것을 포기하고."

"…뭐?"

"모든 것을 포기하고, 성님과 함께 행복한 노숙 생활을 이어 갔지."

"뭐…? 뭐 씨×…. 성님…? 지금 장난해?"

"그놈의 분노 조절…. 진정해."

"진정은 무슨 진정!! 영주는…. 우리 영주는! 다 포기했으면 영주에게 돌아가야 하는 거 아니야? 영주는 어떻게 되었는데!!"

"걱정 마. 다행히도 영주는 아주 행복하게 잘 살고 있으니."

"그럼… 그럼 왜! 영주가 아닌 그 노숙자 새끼랑! …개 같은 서론 깔지 말고 빨리 얘기해."

"당연히 영주를 찾아갔었지. 그래, 11년 전, 내가 딱 지금 너의 나이였을 때. …콜록! 콜록! ……영주의 집주소를 힘겹게 알아내고, 집 문 앞까지 찾아갔었어. 깔끔한 신축 아파트에 고급진 유모차들…. 떨리는 마음으로 초인종을 누르려던 그때, 문 너머로 아주 행복한 가족의 웃음소리가 들려왔어. 우리와 현정이, 그리고 영주가 하하호호… 웃고 떠들던 그때 그 시절처럼 말이야."

"그, 그래서…. 영주를 만난 거야??"

"아니…. 나는 도무지 그 초인종을 누를 수가 없었어. …도무지 그 행복에 찬물을 끼얹을 수가 없었어. 이미 한 번 영주의 행복을 망쳐 놓고…. 대뜸 찾아와 다시 한번 영주의 행복을 망칠 수는 없었어."

"이런 병…."

"그때 영주의 남편, 우리의 사위가 쓰레기를 버리기 위해 문을 열고 나왔어. 널찍한 직각 어깨에 큰 키, 쭉 찢어진 눈이 매력적인 훈훈한 미남이더라고."

"그… 그래서!"

"나를 보며 당황한 표정을 짓길래…. 그냥 청소부라고 대충 둘러대고, 도망치듯 이 벤치로 다시 돌아왔지."

"뭐…?"

"시간이 흘러 영주는 그곳이 어울리고, 나는 이곳이 어울리는 사람이 되어 버렸으니까."

"……."

"그렇게, 지금까지 성님과 함께 우리에게 어울리는 노숙 생활을 해 온 거야. …영주는 우리가 없어도 행복한 가정을 꾸리고 씩씩하게 잘 살아가고 있어. 그러니까 영주를 찾을 생각은 죽어도 하지 마."

"이 한심한 겁쟁이 새끼! 그 초인종을 눌렀어야지!! 들어가서 무릎을 꿇던, 싹싹 빌던, 그때부터라도 영주에게 버팀목이 되어 줬어야지! 그 나이 처먹도록 그 한심한 노숙자 새끼랑 인생을 처 낭비하고 있…."

"그럼 어떡해!!! 12년 만에 돌아온 아빠가 노숙자라면, 그 딸의 마음은 생각해 본 적 없어? 그리고…. 성님은 한심한 노숙자 새끼가 아니야! 남의 인생을 그렇게 함부로 폄하하지 마. 너는 나고. 나는 너야. 내 인생이 네 인생이라고. 지금 네 자신의 인생조차 이해하지 못하는 네가, 남의 인생을 이해할 수 있다고 생각해?"

"…씨×! 난 달라! 난 너랑 달라! 난 적어도 포기는 안 해. 어떻게 포기해 이 이기적인 새끼야! 말라 비틀어 죽어도 여기서 죽어야지! 현정이가 죽었다고 이 개××야!! 난 절대 포기 못 해!!"

"말했잖아. 너는 나야. 너 또한 똑같이 행동할 거라고. 결국 너 또한 내 나이가 된다면, 이곳을 찾아와 나와 똑같은 말을 하게 될 거라고."

"지랄! 지랄하지 마! 이 한심한 노숙자 새끼…. 난 너랑 달라."

"그렇게…. 그렇게 생각해서. 너는 다를 것이라 생각해서. 단 한 번이라도 다른 행동을 한 적이 있어? …콜록! 콜록! …단 한 번이라도 과거를 바꾼 적이 있냐고."

"씨×…. 씨×!!! 그따위 말이나 하려고 이곳에 온 거야? 도와주지는 못할망정?"

"…그래. 이제 그만…. 이제 그만 포기하라고. 어차피 너 또한 나처럼 될 테니까. 이제 그만 고통받고, 더 이상 아파하지 말라고. …현정이만…… 죽은 사람만 고통받는 게 아니잖아…. 우리같이 세상에 덩그러니 남겨진 사람들이 받아야 할 고통들도 있는 거잖아. …그리고 우리는 그 고통을 평생 동안 받아 왔잖아. 충분히 힘들었잖아."

"……닥쳐. 한심한 새끼…. 당장 내 눈앞에서 사라져 버려."

"…그래. 내가 무슨 말을 하던, 지금의 너를 설득하지는 못하겠지. 과거의 나 또한 그랬으니."

"꺼지라고……."

"하지만 너 또한 포기하는 그 순간이 분명 찾아올 거야. …콜록! 콜록! 그때 성님을 만나게 된다면 꼭 성님을 따라가. …많은 위로를 받고, 그동안 우리가 겪은 고통들을 하나둘씩 잊게 해 주시니까. …그래. 성님을 따라가는 것. 그것이 우리의 영화에서 우리가 유일하게 할 수 있는 후회 없는 선택이야."

"꺼지라고!!"

「퍽-!」

알고 있다. 이 한심한 미래가 내 미래가 될 것이라는 것을…. 그래서 때렸다. 주먹으로 이 한심한 이정후의 얼굴을 강하게 때렸다.

"……더, 더 때려도 돼. 너는 그럴 자격이 있으니."

"으…. 이…씨×…."

미치도록 분하지만, 더 이상의 주먹은 나가지 않았다. 내가 느꼈던 고통들을 지금 내 앞의 이정후 또한 똑같이 느꼈을 테니 말이다. 그 고통들이 얼마나 아프고 괴로운지, 나는 알고 있기 때문이다.

"사라져 버려."

나는 이 한심한 녀석을 없애기 위해 벤치로부터 벗어나기 시작했다.

「터벅. 턱. 터벅. 턱.」

그렇다. 똑산의 5번 원칙. 똑산의 시야에서 내가 사라진다면, 똑산은 다시 완벽한 대칭의 모습으로 돌아오고, 우리는 각자의 시점으로 돌아가게 될 것이다. …그래, 그때 그 하얀 셔츠를 입고 있던 이정후처럼. 사라져 버릴 것이다.

「터벅. 턱. 터벅터벅.」

벤치 앞 도로를 순식간에 건너갔다. 이제 이 상가 건물 코너를 돈다면 똑산은 돌아올 것이다. 그리고…. 그리고 저 한심한 이정후는 벤치에서 사라질 것이다.

「터벅터벅. …턱. ……터벅.」

막상 상가 건물 코너 근처로 다가서자, 당차던 발걸음이 느려지기 시작했다. 물론 아무 짝에도 쓸모없는 또 다른 이정후이지만, 나는 아직 포기하지 않았기 때문이다.

'제발…. 차라리 장난이라고…. 사실 현정이를 되살릴 해결책이 있다고…. 큰소리로 나를 불러줬으면….'

「터……벅….」

한 걸음. 이제 한 걸음만 더 가면, 똑산은 돌아오고, 벤치에 있는 또 다른 이정후는 영영 사라질 것이다.

'하아⋯⋯. 그래, 아무 짝에도 쓸모없어.'

나는 마지막 발걸음을 옮겼다.

「턱. ⋯터벅⋯터벅.」

그렇게, 나는 몸을 돌려 다시 벤치를 향해 발걸음을 옮겼고, 희미하지만 완벽한 대칭으로 돌아온 똑산의 모습이 보였다.

"씨×⋯ 으윽⋯⋯."

그리고⋯. 역시나 조금 전 만났던 미래의 이정후 또한 벤치에서 사라졌다.

"후우⋯."

그렇다. 다시 시작이다. 다시⋯. 또다시⋯. 기다림 시작이다.

「⋯터벅. ⋯터벅. ⋯⋯터벅.」

나는 다를 것이다⋯. 나는⋯⋯.

또 다른 이정후를 만났다.

그러나 흉측스레 야윈 얼굴에 피골이 상접한 그의 형편없는 모습은,

차마 두 눈을 뜨고 바라보기가 힘들 정도였다.

하지만 내가 그에게 주먹을 날렸던 이유는, 그 형편없는 모습 때문이 아니었다.

그렇다면 왜 . . . . .

그가 현정이를 살릴 수 있는 이정후가 아니었기 때문에 ?

그에게 현정이를 살릴 해결책이 없었기 때문에 ?

음 . . . 이 또한 아니다.

그렇다면 도대체 왜 ?

그래 . . . 내가 주먹을 날렸던 그 이유는 바로, 그가 포기했기 때문이다.

그렇다. 포기한 것을 자랑인마냥 떠들어 대던 그의 입술이,

그 푸석푸석한 입술이 미치도록 얄미웠던 것이다.

그래. 나는 그와 다르다. 나는 . . . 나는 포기하지 않을 것이다.

그래. 나는 포기해서는 안 된다.

그런데 . . . . 나는 그와 다른데. 나는 . . . 나는 포기하면 안 되는데 . . .

왜 이렇게 고통스러운지 모르겠다.

9-3장. D-day

"나 이제…. 그만할까?"

| 2039 년　　4 월　　20 일 | 날씨 : 점차 흐려짐 |

일주일 전, 쉰아홉의 이정후를 만났다.

그런데 ,.. 그런데 자꾸만 그의 얼굴이 눈앞에 아른거린다.

'나는 이제 행복해.' 라고 써 있던 그 한심한 얼굴이 말이다.

그와의 만남에서,. 그의 얼굴을 보며 ,,.

나는 과연 어떤 감정을 느꼈던 것일까.

그렇다. 세상에는 수백, 수천 개의 감정들이 있다.

그리고 그 수많은 감정들 중, 그의 얼굴을 보며 내가 느꼈던 가장

솔직한 감정을 뽑는다면, 그 감정은 바로 ,..

'부러움.'

그렇다. 부러웠다.

참담한 노숙 생활을 나보다 무려 11년은 더 했던 이정후였지만,

나는 그가 부러웠다.

모든 것을 포기하고 한심한 인생을 살아가는 이정후였지만,

나는 ,. 나는 사실 그가 부러웠다.

그렇다. 나도 ,.. 나도 이제 그만 ,.. 그만하고 싶다.

나도 이제 그만 아프고 싶다. 나도 이제 그만 ,... 고통받고 싶다.

그만 ,. 제발 그만 ,,..

「위잉-. 이이잉.」

간만에 미용실에서 이발을 받고 있다.

"손님, 옆머리는 이 정도면 괜찮으실까요?"

나보다 10살은 더 어려 보이는 여성 미용사가 나에게 말을 걸었다.

"…어……. 홀… 훌륭합니다."

"네? 하하…. 네…. 감사합니다…."

좌불안석, 가시방석이다. 너무 오랫동안 세상을 등진 채 살아가다 보니, 타인과 평범하게 대화하는 방법을 잊어버렸다. 부디 미용사가 다시 말을 걸지 말아 줬으면 좋겠다.

***

"삼만 육천 원입니다~."

"………."

미용을 마치고 계산하기 위해 현금을 꺼내기 시작했다. 그런데….

"…손님?"

"아…. 삼만 육천 원……. 여기…요."

흔한 동네 미용실이었지만, 가위질 몇 번에 삼만 육천 원을 요구하였다. 내가 노숙 생활을 하는 동안 인플레이션이라도 발생한 것인가. 그게 아니라면…. 혹시 내가 노숙자라서 돈을 더 부른 것인가. 아니, 그런데 노숙자라면 깎아 줄 생각을 해야 정상 아닌가.

"감사합니다~. 좋은 하루 되세요~."

"………."

「위잉-. 턱.」

드디어 미용실을 빠져나왔다.

"후우…. 흐으……."

막혔던 숨통이 드디어 트이기 시작한다. 어서 벤치로 돌아가 담배 한 대를 피워야겠다.

"가볍네. 옷도, 머리도, ……마음도."

비록 명품은 아니지만 새로 구매한 옷을 입고, 미용실에서 이발도 하였다.

"피부도 좀 괜찮아 보이는데…. 쓰흡. 기분 탓인가."

그렇다. 나는 다시 세상에 적응하기 위해 편의시설을 이용하기 시작하였다. 만약 내가 노숙 생활을 포기한다면 영주에게 돌아가야 할 테지만, 꼬질꼬질한 옷차림에 미용실 하나 혼자 못 다니는, 그런 한심한 노숙자의 모습으로 돌아가고 싶지는 않기 때문이다.

「탁…. 탁…. 탁…. 탁!」

"쓰읍… 후우……."

벤치에 돌아오자마자 담배를 물었지만, 라이터가 말썽을 부렸다. 간신히 불은 붙었지만, 라이터 역시 새로 하나 구매하는 편이 좋겠다.

"쓰읍… 후우…. 똑산아, 새 옷 어때. 잘 어울려? 이발도 좀 했는데…."

똑산에게 질문을 던졌지만, 역시나 돌아오는 대답은 없었다.

"음…."

새 옷차림에 멀끔하게 이발한 나의 모습을 본 똑산이 어떤 기분을 느끼고 있을지가 궁금하다. 이제 포기할 생각이냐며 코웃음을 치고 있을지, 조금만 더 버텨 보라며 아쉬움을 느끼고 있을지 말이다.

"나 이제…. 그만할까?"

이번에는 나 스스로에게 질문을 던졌다. 과거의 내가, 노숙 초창기의 이정후가, 지금의 나를 본다면 어떠한 감정을 느낄지가 궁금하기 때문이다. …아마 13일 전에 만났던 미래의 이정후에게 내가 주먹을 날렸듯이, 과거의 이정후 또한 나를 보며 원망스러운 감정을 느낄 것 같다.

「치익….」

'과거의 이정후에게 그동안 이곳에서 있었던 일을 모두 얘기해 준다면, 그 녀석은 과연 나를 이해해 줄까?'

「…부웅….」

그때 차량의 배기음이 희미하게 들려오기 시작했다.

"…요즘도 이런 배기음을 내는 차가 있나?"

고개를 돌리자, 저 멀리로 유행이 한참 지난 하얀색 SUV 한 대가 보였다. …그래, 아마 30년은 더 된 차량일 것이다.

'옛날에 내가 타던 차량 똑같이 생겼네…. 아직도 저런 차가 굴러다니다니….'

"가만…… 흰색 SUV? 설마…. 또… 똑산."

똑산이 고장 났다.

"이…. 분명 이정후다. 또 다른 이정후의 차량이다!!"

내 존재를 알려야만 한다. 나는 황급히 벤치 위에 올라가 미친 듯이 방방 뛰기 시작했다.

「…부웅!」

갑자기 차량의 속력이 빨라졌다.

"안 돼!! 여기!!!! 제발 이정후!!!!!"

나는 벤치에서 내려와 있는 힘을 다해 소리를 지르며 손을 격렬하게 흔들었다.

「부웅-.」

'맞다…. 분명 그날이다. 사고 당일, 36살의 이정후다.'

어느새 차량은 벤치 근처로 다가왔고, 조수석에 앉아 있는 36살 이정후의 모습이 분명하게 보이기 시작했다. 하지만 차량은 도무지 속력을 줄일 생각을 하지 않았다.

"멈춰…. 제발!! 아, 안 돼!!!!"

하필이면 운전석이 상가 건물 그림자에 드리워져, 운전자의 형체가 보이지는 않지만, 분명 내 아내, 현정이가 운전대를 잡고 있을 것이다. …그래. 기필코 저 차량을 멈춰 세워야만 한다.

"씨…."

그런데…. 대체 어떻게. …방법이, 방법이 없다. …그래. 몸이라도 던져야 한다.

「타다닥!」

나는 순식간에 도로로 뛰어나가 두 눈을 질끈 감고, 차량을 향해 몸을 던졌다.

"으잇…!"

「끼익…………!」

"으윽………."

…아무런 고통이 없다. 대체 왜…. 오직 도로 노면의 차디찬 냉기만이 느껴질 뿐이다.

「스윽.」

질끈 감았던 눈을 게슴츠레 뜨고 주변을 확인했다.

"아… 아아…."

고요하다. 방금까지 존재했던 또 다른 이정후의 차량은 마치 한줌의 먼지처럼 사라져 버렸다.

"아… 원칙……. 6번 원칙."

그렇다. 똑산의 6번 원칙. 또 다른 이정후가 모두 벤치에서 벗어나면,

똑산이 돌아온다.

"제발….'"

나는 벌떡 일어나 주변을 확인했다.

"이런…. 이, 이런….'"

역시나 또 다른 이정후와 차량은커녕, 개미 한 마리조차 보이지 않는다.

"씨… 씨×.'"

다시 완벽한 대칭의 모습으로 돌아온 똑산의 모습이 보인다.

"이게 뭐야…. 똑산아, 이게 무슨……. 사람 가지고 장난치냐고!!! 이게 뭐야!!!'"

분노가 치밀어 오른다. 아무래도 똑산은 나를 장난감 삼아 가지고 노는 것이 분명하다.

"개……. 아… 똑산아, 이건…. 이건 아니잖아…. 아니, 똑산님…. 제발 한 번만요…. 제발 한 번만 다시 만나게 해 주세요. 제발….'"

나는 들끓는 분노를 가까스로 억누른 채 간절하게 빌었다.

"…제발….'"

하지만 똑산은 또다시 나를 무시하기 시작했다.

"개씨×…. 씨×…. 씨×!!! 제발!!! 한 번만 이 개××야!!!!'"

목이 터져라 분노를 표출했지만, 똑산은 완벽한 대칭을 이루며 역겨운 모습으로 나를 쳐다볼 뿐이었다.

"하아…. 후……후우……. 큭…큭큭…. 오냐. 오, 오냐….'"

더 이상 당하고 있지만은 않을 것이다. 그래, 확 불을 질러 버릴 것이다. 그동안의 설움을 모두 되갚아 줄 것이다.

「터벅. 턱턱턱. 터벅.」

* * *

나는 10L짜리 플라스틱 기름통에 휘발유를 가득 채우고, 똑산을 찾아
갔다.

"훅…후욱…. 헉….."

산중턱에서 가쁜 숨을 돌리던 중, 무성한 풀숲 사이로 작은 평지가 보
였다. 그래, 저곳이 좋겠다.

"큭…. 히히…."

더러운 거미줄을 무시하고, 얽히고설킨 나뭇가지 사이를 지나, 원하던
목적지에 도착했다.

「콸콸콸… 콸콸…….」

가져온 휘발유를 몽땅 부어 버렸다. 이곳저곳에 대충 흩뿌렸다.

"히…. 너도 맛 좀 봐라 이 개××야."

주머니에 있던 라이터를 호기롭게 꺼내들었다.

"그냥…. 그냥 같이 죽자!!"

「탁…! 탁……! 탁…! 탁!탁!탁!탁!탁!탁!탁…!」

라이터를 키려 수십 번, 수백 번 시도했지만 하늘도 나를 가지고 장난
치는 것인가. 라이터의 수명이 하필이면, 하필이면 지금 끝나 버렸다.

"으…. 으아아!!!"

쓸데없이 광활한 하늘로 라이터를 있는 힘껏 집어 던졌다.

"씨×!!! 아………!!!!! 아아….."

후회. 죽도록 후회스럽다.

"으아!!!! 아아!!!! 씨×!!!"

내가 어릴 적, 똑산을 좋아하지 않았더라면.

"아아아!!!! 아!!!"

오래된 차량을 제때 바꿨더라면.

"씨×!! 씨×!!!"

현정이를 혼자 냅두지 않았더라면.

"씨……."

중학생 이정후를 잡았더라면.

"으……으윽…."

영주와 함께 시간을 보냈더라면.

"으아…아……."

할멈을 조금이라도 챙겼더라면.

"윽……."

지금 나는. 지금. 우리는….

「풀썩-.」

그렇게 한참 동안 울분을 터뜨린 나는, 기름으로 온통 축축해진 풀숲에 대자로 드러누웠다.

"하아…."

그러자 복잡하게 얽히고설킨 무성한 나뭇잎과 나뭇가지 사이로, 강렬한 한 줄기의 햇빛이 스며들어왔다.

"아… 햇빛."

그 한 줄기의 햇빛은 정확히 내 얼굴을 비추기 시작했다.

"풉…."

참으로 가증스러운 한 줄기 빛이다. 그래. 희망 고문이다. 결국 한 줄기의 빛이란, 내가 처음으로 생각했던 의미가 옳았다.

"저 빛 한 줄기가 뭐라고…. 결국……. 결국 모두 수포로 돌아갔구나. …더 이상 원망할 감정도, 분노할 힘도, 후회할 마음도 내게 남아 있지 않아. 그냥 이렇게…. 이렇게 누워 있다 보면, 언젠가…. 언젠가 죽겠지……."

포기했다. 힘없이 두 눈을 감았다. 드디어, 드디어 12년의 노숙 생활이, 내가 받아야 할 고통들이, 모두 끝났다.

* * *

「사륵-. 사락-. 쨱… 째액…. 사락-.」

시간이 얼마나 지났을까. 모든 것을 포기한 채 태평하게 두 눈을 감고 있으니, 그동안 무심코 지나쳤던 자연이 새삼 느껴지기 시작했다. 기름 냄새를 보란 듯이 덮어 내는 잔잔한 풀 내음이, 경쾌하게 지저귀는 새소리가, 고통으로 얼룩진 내 마음을 포근히 다독였다.

"으…."

그제야 나는 눈을 떠 주변을 바라보았다. …초록색. 마음이 편안해지는 초록색이다. 그토록 원망했지만, 무척이나 경이롭게도, 이곳은 푸르다.

"그렇구나. 똑산은 여전히 푸르구나."

점점 변해 가고 망가져 가는 나와는 달리, 똑산은 내가 어릴 적 보았던 그 모습, 빛나게 푸르던 그 모습과 똑같았다.

"나도 더 이상 변하지 않을래. 더 이상 망가지지 않을래. 더 이상 상처 받지 않을래. …지금 이대로, 이대로 같이 있자. 아무런 걱정도, 생각도 하지 않고. 그냥…. 그래, 그냥 이대로……."

9-4장. D+2

나는 그저 아픈 게 너무 싫다.

◆

내 이름은 이정후. 나이는 마흔 여덟. 직업은 노숙자. 나는 오늘……
죽는다.

"하암…."

이곳은 내가 어릴 적 좋아하던 벤치. 내 인생을 망하게 한 장소이자,
내 인생이 끝나는 장소이다.

"흐음…."

높고 두꺼운 나뭇가지를 지지대 삼아 바람에 살랑살랑 흔들거리는 밧
줄이 눈에 보인다. 그렇다. 내가 죽기 위해 매듭지어 놓은 밧줄이다.

「스윽-. 툭! 툭!」

나는 그 밧줄을 이리저리 강하게 잡아당겨, 그 견고함을 테스트해 보
았다. 아주 어릴 적 시도했던 자살 시도처럼, 지지대가 부러져 자살에 실
패할 수도 있기 때문이다.

"음…."

꽤나 튼튼하다. 아니, 이 밧줄에 목을 매달고 벤치에서 뛰어내리는 순
간, 나는 반드시 죽는다.

"후우…."

똑산의 무성한 풀숲 속에 이틀 동안이나 누워 있었지만, 인간의 생명력은 생각 외로 질겼다. 물론…… 나만 남겨 놓고 떠난 그들을 제외하고….

아무튼 그리하여 한시라도 빨리 내 목숨을 끊어 내기로 결정하였고, 그 장소로 벤치가 적합하다고 생각한 것이다.

"똑산아… 두 눈 크게 뜨고 잘 보아라."

「탁-.」

벤치 위에 올라가 밧줄을 손에 움켜쥐었다.

「사악-. 쑥-.」

곧이어 타원형 매듭 속으로 내 머리를 쑥 집어넣었다. 이제 벤치에서 뛰어내리면, 나는 죽는다. 그래. 더 이상의 고통은 없다.

"후우… 하아……."

「타악! 텁!」

숨을 몇 번 돌리고, 두 눈을 질끈 감으며 벤치에서 뛰어내렸다.

"………으익. …끅."

어라. 지금 이 신음 소리는 내가 내는 소리가 아니다.

"끅… 끄응….."

고개를 숙이자, 나를 두 팔로 꽉 둘러 안고 힘겹게 버티고 있는 한 남성이 보인다.

"왜! 시방 왜 그래유!!"

"어… 놓으세요……. 저 죽으려고….”

"아니 그걸 누가 몰라서 그래유!? …긍께 왜 죽으려고 하냐구!”

이 구수한 충청도 사투리. 굵직한 목에 뭉뚝한 코. …분명 미래의 이정후가 말해 주었던, 그 노숙자이다.

「툭.」

노숙자는 나를 번쩍 들어 벤치 위에 다시 올려놓더니, 애써 묶어 놓은 매듭을 하나둘 풀어내기 시작했다.

"저… 혹시, …성님?”

"이? 죽다 살아나서 뭐라는 거….”

"풉…. 또 실패네. 또.”

"이이? 단단히 미친 사람이구만 이거?”

「스륵.」

노숙자는 순식간에 묶여 있던 매듭을 모두 풀어내더니, 밧줄을 돌돌 말아 나에게 건네주었다.

"자, 받어유. 그짝 목숨 줄.”

"…네?”

"받으라니깐!?”

"아… 네.”

"이거 버릴 거유~. 아님 간직할 거유.”

"무슨….”

"아 빨리 말혀유!!”

"버…버릴게요.”

"이~. 그려?"

그러자 노숙자는 대뜸 벤치 옆 커다란 돌덩이를 집어 들었다.

"…웃쪄~. 이놈으로 그짝 머리를 내려칠 테니깐…. 가만있어요잉?"

「후웅!」

"어! 자… 잠깐!"

나는 반사적으로 두 손을 들어 머리를 방어했다.

"이이? 왜 막어. 그짝 목숨 줄 버린다믄서."

"아니…."

"다시, 버릴 거유~. 간직할 거유."

"이게 무슨…."

"버린다고? 이이~."

「후웅!」

나는 또다시 반사적으로 손을 올려 머리를 방어하였다.

"자, 잠깐!! 아 대체 왜 그러시는데요!!!"

"그짝은! 그짝은 왜 그래유!! 목숨 줄 버린다매! …그런데 왜 막냐고. 내가 당신 목숨 대신 버려 준다는디!"

"아니……흑…. 그냥. …제발 그냥 내버려 두세요…."

"대답혀! 왜 막냐고!!"

"제발… 흐윽…."

"맞으면 아프니께! 그러니께, 아프기 싫으니께 막은 거 아니여유?"

"흑…."

"그라믄, 아프기 싫으면, 그 아픔을 버려야지. 왜 그짝 목숨을 버려유! 왜 그걸 헷갈리냐고!"

"흐윽… 윽……. 너무 아파요. 미치도록…. 윽…. 정말 미치도록 아파
요….."

그렇다. 나는 그저 아픈 게 너무 싫다.

"인석아…. 잘 들어. 니는 지금 사는 게 싫은 게 아니여. 아픈 게 싫은
거지. 긍께… 지금 니 속에 있는 아픔은 버리고, 목숨은 간직혀. 알겄냐?"

"…윽… 훅…."

"아잇! 그만 울고 대답혀!"

"예…. 간… 간직할게요."

"휴……. 얼른 니 목숨 줄 가방에 끄잡아 넣고, 나 따라와. 소주나 한잔
허게."

"……윽."

"이이? …뭣 혀. 얼른!!"

"…예."

"술값은…. 니가 내라잉. 목숨값."

10장. 후회를 바꾸는 방법

과거의 것을 바꾸기 위해,
미래가 바뀌어야 한다…. 아이러니하다.

내 이름은 이정후. 한창 공부에 관심이 많을 고등학교 삼학년이다. 그리고 지금은 짧지만 소중한 3교시 쉬는 시간. 나는 책상에 앉아 몇 가지 수학 문제를 풀고 있었다. …그러나, 내 친구 태수가 방해를 시작하였다.

"이정후 너 지금 뭐 하냐…? 설마, 공부하는 거야?"

태수가 내 책상을 살짝살짝 흔들며 나를 약 올렸다.

"끄응…. 고삼이 공부하는 게 뭐, 이상하니? 미안한데 좀 꺼져 줄래?"

"왜 안 하던 짓을 하고 그래…. 혹시 어디 아파?"

"안 하던 짓을 해야, 내 미래가 조금이라도 바뀔 것 같아서? 아쉽지만 몸은 멀쩡해."

"헐…. 지랄 말고, 담배나 피러 가자."

그때 옆자리에서 상황을 지켜보던 김현정이 태수에게 말을 걸었다.

"야 오태수. 이정후 담배 내가 뺏었거든? 그러니까 혼자 피고 혼자 일찍 죽어라? 애 공부하는 거 안 보여?"

"잘한다 김현정! 태수야, 네 친구는 공부가 너~무너무 하고 싶다!"

김현정과 나의 공세에 태수는 조금 당황한 기색을 보였다.

"뭐…. 뭐야……. 이정후 담배를 네가 왜 뺏어가. 그리고 너희 둘이, 언제 그렇게 친해진 거야? 대체 어떻게 하루 만에? 뭐야? …그러다 연애라도 하겠다?"

"응, 그러려고. 나 현정이랑 어제부터 1일이야. 아이 부끄러워."

"아 뭐래! 미쳤어? 내가 왜 너랑 1일이야! 확 경찰에 신고해 버린다. 너?"

"…내가 미치겠다. 예쁜 사랑하렴."

"야! 오태수! 아니, 아니라니까!"

그렇게 태수는 미간에 주름을 잔뜩 잡으며 교실 밖으로 나갔다.

"풉…. 야 이정후."

"응?"

"근데 진짜…. 너 왜 갑자기 공부해?"

"…현정이 너도 공부를 하잖니? 나도 중산고등학교 학생이란다."

"참나…. 보기는 좋네."

"아, 나도 물어보고 싶었어. 너는 왜 그렇게 공부를 열심히 해?"

"나? 나는………. 그냥."

김현정이 한참 동안 뒷목을 긁적거리다 대답했다.

"…그냥? 그게 뭐야."

"뭐 대단한 이유가 있어. 그냥 하는 거지."

"진짜 그냥…?"

"그래 그냥."

"헐…. 신기하네. 나는 그게 안 돼. 나는 내가 무언가를 하려면, 반드시 납득이 되는 이유가 있어야만 해."

"납득? 풉…."

"뭐야. 왜 웃냐?"

"너는 태어날 때 계약서에 사인하고 태어났니? 납득이 되어서?"

"헐…. 김현정 너, 지금 그거 농담한 거면 정말 큰일…."

"아, 아무튼. …지금은 납득이 되어서, 그래서 갑자기 공부하는 거야? 아이고~ 우리 정후를 납득시킨 이유가 뭔지 들어나 보자!"

김현정이 한쪽 팔로 턱을 괴며 얄밉게 질문했다.

"……어제 너를 보면서 느꼈어."

"어?"

"어제 노래방에서. 너 손목시계에서 알람 울리자마자 공부하러 간다고 도망갔잖아."

"어…? 아…. 너무 갑자기 도망갔나."

"사실 처음엔 조금 짜증났는데, 생각해 볼수록 되게 멋있는 행동이었던 것 같아서."

"엥? 풉…. 그게 뭐가 멋있어."

"뭐랄까…. 나는 무언가를 시작할 때, 부정적인 생각부터 들거든. 음…. 무언가를 하는 과정에서 내가 쏟아부어야 할 시간들, 노력들, 그리고 내가 받게 될 정신적 스트레스들, 또 실패하였을 때 찾아오는 상실감…. 그런데 너는 이런 부정적인 생각들을 전혀 하지 않는 것 같아 보여서."

"내가? 그런가…?"

"그래. 알람 울리자마자 고민도 안 하고 바로 나갔잖아."

"아…. 근데 그건 꼭 알람 때문은 아닌…. 어. 그렇지."

"아무튼 나도 이제는 그만 놀고…. 너처럼 문제를 푼 사람이 되고 싶다."

"문제를 푼 사람? …혹시 이거 말하는 거야? 수학 문제?"

김현정이 내 책상 위의 문제집을 가리키며 말했다.

"이것도 그렇고…. 꼭 이런 문제가 아니더라도."

"…뭐라는 거야. 알아듣게 좀 말해 봐."

"……아 몰라. 나중에 말해 줄게."

"아 씨 뭐야…. 뭐, 아무튼 우리 양아치 정후가 공부를 한다니, 기특하네."

"양아치…?"

"풉…. 꼭 양아치들은 양아치라고 부르면 발끈하더라."

"아놔…."

"미안~. 모르는 거 있으면 물어보던가!"

김현정은 그렇게 만족스러운 표정을 지으며, 다시 펜을 잡고 공부를 시작했다.

'아오 이걸 진짜 확……. 어… 음…….'

김현정의 옆모습을 째려보던 그때, 오뚝한 코가 눈에 들어왔다.

'코가 원래 이렇게… 오뚝했나? 성격은 이상하지만…. 확실히 얼굴은….'

"아 참. 너 그거 들었어…?"

그때 김현정이 집었던 펜을 금방 다시 내려놓으며 말을 걸었다.

"어!? …뭑. 뭐."

"아니, 어제 먹자골목 근처에서 차 사고 났었잖아. 엄청 크게."

"아…. 그런데?"

"이 씨…. 야! 그런데라니! …그거 급발진 사고래! 아주머니 한 분이 운전하셨다는데…. 결국 그 자리에서 즉사하셨대…."

이런…. 내가 느꼈던 불안감은 결국 현실이 되었다. 어제 나를 칠 뻔했던 그 차량의 운전자는 결국 사망한 것이다.

"뭐!? 저… 정말? 헐……. 어쩐지!! 그 좁은 길에서 그렇게 빨리 달릴 일이 없는데…. 나 까딱하면 그 차에 치일 뻔했잖아……. 깻잎 한 장 차이로 간신히 스쳐 지나갔다니까?"

"아…. 그래서 그렇게 화가 나 있던 거였냐?"

"아, 그건 아니야. 차 사고 나자마자 너무 놀라서 몸이 얼음처럼 굳어버렸는데, 그때 어떤 아저씨가 나를 밀치고 도망갔다니까? 살짝 밀친 정도가 아니라 있는 힘껏. 여기……. 여기 보여? 상처 난 거?"

나는 교복 바지를 걷어 올리며, 어제 사고 현장에서 무릎에 생긴 상처를 김현정에게 보여 주었다.

"이 씨…. 지금 너 상처가 중요하냐? 어떡해…. 불쌍한 아주머니. …난 그렇게 죽으면 정말 너무 억울할 것 같아."

"무섭다…. 브레이크 밟아도 안 멈추는 건가?"

"당연하지! 바보야, 그러니까 사고가 났겠지."

"음…. 그러면, 그 길 주변에 널린 게 나무인데…. 그냥 나무에 가져다 박으면 멈추는 거 아닌가?"

"뭐!? 그 상황에 그게 쉬울 것 같냐!"

"어? 아니…. 왜 화를 내고 그래…."

"아니 너가…. 자꾸 멍청한 소리하니까 그러지!"

"뭐? 아니, 그러면…."

「땅-동-댕-동-.」

김현정과 티격태격하며 자웅을 겨루다 보니, 어느새 수업 시작을 알리는 종소리가 당차게 울리기 시작했다.

「드르륵. 턱.」

이윽고 담임 선생님께서 시간을 칼같이 지키시며 교실로 들어오셨다.

"안녕 철없는 어린이들? 오늘 웅변 당번 나와."

우리 반 담임 선생님의 교과목은 국어. 선생님께서는 자신만의 특별한 교육 방식이 있다. 그 방식은 바로 웅변. 선생님께서는 항상 수업을 시작하시기 전에 우리에게 웅변을 시키신다. 주제는 자유이며 웅변 당번은 교탁에 서서 1~2분 정도 짧게 웅변을 하고 들어와야 한다. 웅변 당번은 하루에 한 명씩, 1번부터 오름차순으로 순번이 돌아가며, 오늘은 17번이 웅변을 할 차례이다.

"웅변 당번? 왜 안 나와?"

번호가 5번인 나는 편안하게 마음을 내려놓고 있었다.

"보자… 오늘이……. 17번 차례네? 17번 누구야?"

"태수요!"

나는 태수가 쉬는 시간에 담배를 피러 간 뒤, 아직 교실로 들어오지 못했다는 것을 알고 있어, 조금 전 나를 방해한 것에 대한 복수를 시작하였다.

"아이쿠. 오태수! 웅변 시작."

"쌤! 태수 없어요!"

"뭐? 태수 어디 갔어."

"헐…. 태수 아직도 정신을 못 차렸나 봐요!"

"태수 이 자식…. 이정후! 너가 태수랑 제일 친하니까 그냥 너가 나와서 해."

"네…? 저 5번인데요?"

"시끄러워. 부반장은 가서 태수 잡아 오고. 이정후 웅변 시작."

"아니…! 쌤! 제, 제가 태수 잡아 올게요! 어디 갔는지 알아요!"

"아~ 그래? 그럼 웅변 끝내고 가면 되겠다. …얼른! 빨리 수업 시작해야 돼."

"네…?"

"이정후 웅변 시작."

아뿔싸…. 역시 가만히 있으면 반이라도 가는 법이다. 굳이 내가 나서지 않았어도, 선생님께서는 태수가 없다는 것을 금방 알게 되었을 텐데….

"(풉…. 개웃겨.)"

그때 김현정이 나를 비웃기 시작했다.

"(하지 마라…)"

나는 복화술로 김현정에게 경고를 주었다.

"(야, 아까 그거 얘기해~. 문제를 푼 사람이 되고 싶다며.)"

김현정이 얄미운 표정을 지으며 말했다.

"하아…."

그렇게 나는 할 수 없이 교탁으로 터벅터벅 걸어나갔다.

"자, 자. 집중! 정후 시작한다~."

내가 교탁에 서자 선생님께서는 친구들의 이목을 나에게로 집중시켰다.

'역시 이건 적응이 안 돼….'

나는 친구들에 비해 웅변을 꽤나 잘하는 편이지만, 이 자리는 언제 서도 너무나 떨린다.

"정후, 천천히 해도 돼."

"아…. 네."

후…. 그래, 문제를 풀어 버리자.

"그…. 모든 사람들의 인생에는…. '문제'라는 것이 반드시 존재합니다. …지금 저에게 풀어야 할 웅변이라는 문제가 있듯이, 우리가 풀어야 할 수학 문제, 국어 문제 혹은 친구들과 인간관계에서의 문제, 연인 사이에서의 문제 등, 크고 작은 문제들이, 또 우리가 인생에서 앞으로 풀어 나가야 할 문제들이 너무나도 많습니다.

그래서인지 사람들은 문제가 생기면 대부분 부정적인 생각들을 머릿속에 떠올리곤 합니다. 문제를 푸는 과정에서 스트레스를 받아 하고, 정답이 아닐까 봐 걱정하고, 또 불안해하고…. 결국 그래서 세상에는 문제를 풀지 않은 사람과 문제를 푼 사람. 이렇게 두 종류의 사람들이 존재한다고 생각합니다.

물론…. 저는 문제를 풀지 않은 쪽에 속해 있습니다. 저는 문제가 생기면 도망치고, 회피했습니다. 그 결과, 제 인생에는 이미 너무나 많은 후회가 쌓여 버렸습니다.

…그러나 저와는 다른 삶을 살아온 한 친구가 있었습니다. 그 친구는 문제를 풀었고, 또 문제를 풀고 있고, 또다시 문제를 풀 것입니다. 저는 그 친구를 보며 문득 궁금해졌습니다. '대체 무슨 이유로 저렇게 끊임없이 문제를 풀어 나갈까?' …결국 저는 그 친구에게 직접 질문을 해 보았습니다. '너는 왜 그렇게 문제를 열심히 풀어?' …그러자 제게 돌아온 충격적인 대답은 바로 '그냥'이었습니다. 그 친구는 문제를 그냥 푼다고 말했습니다. 문제를 부정적인 개념으로 받아들이지 않고, 그저 자신이 밟고

올라갈 '발판' 정도로 생각한 것이었습니다. …네, 결국 제가 후회를 쌓아 왔던 동안, 그 친구는 발판을 쌓아 왔던 것이었습니다. 문제를 풀지 않으면 후회가 쌓이지만, 문제를 풀어낸다면 발판이 쌓이는 것이었습니다.

그렇다면, 제 인생에 이미 쌓여 버린 후회들은… 뭐, 어찌할 수 없지만…. 더 이상의 후회들을 막기 위해, 이제는 발판을 쌓기 위해, 저는 앞으로 문제를 푼 사람이 되고 싶습니다.

그러니…. 가장 중요한 시기인 고등학교 삼학년 지금 이맘때에, 여러분들은 문제를 풀지 않은 사람이 될지, 문제를 푼 사람이 될지를 잘 고민해 보시고 선택하시길 바랍니다."

"………."

친구들의 반응이 뜨뜻미지근하다. 내 웅변이 별로였나?

"……바… 박수."

나는 부끄러움이 몰려와 친구들의 박수를 유도했다.

"와…. 뭐 해! 애들아 박수!!"

선생님께서 내 박수 유도에 동참해 주셨다.

"우와!!!!"

"와!!"

'어라…?'

친구들이 가요대전에서 1등한 가수를 본 듯, 한참 동안 환호성을 지르며 박수갈채를 쏟아부었다.

"갑작스러운 웅변이었는데 어떻게 이 정도로…. 이건 재능이다 재능!! 정후가 공부는 못해도 웅변 하나는 기가 맥힌다니까?"

선생님의 기분이 꽤나 좋아 보이신다.

"아…. 하하…."

"정후! 역시 너는 크게 될 놈이여. 씩씩하게 자리로 들어가."

"…넵."

그렇게 자리에 돌아와 앉자, 옆자리에서 고개를 푹 숙이고 손가락 장난을 하고 있는 김현정이 보였다.

"(…헐. 혹시 부끄럽냐? 그 친구야?)"

나는 복화술을 사용해 김현정을 놀려 대었다.

"……."

김현정은 애써 내 시선을 회피하였다.

"정후! 중요한 게 하나 더 있는데, 혹시 선생님이 덧붙여도 될까?"

선생님께서 내 웅변에 살을 덧붙여 주고 싶어지셨나 보다.

"…네."

"자, 정후는 문제를 풀지 않은 과정에서 여러 가지 후회들이 생겨났다고 말했어. 그렇지?"

"네에~."

반 친구들이 한 목소리로 대답하였다.

"그렇다면 이미 쌓여 버린, 지난 후회들을 없애는 방법은 없을까?"

선생님께서 말씀을 이어 가셨다.

"다시 태어나면 돼요!"

반 친구 중 한 명이 장난기 섞인 목소리로 대답하였다.

"호호…. 다시 태어나도 아마 똑같은 후회를 반복할걸? …자, 결론부터 말해 줄게. 후회를 없애는 방법 따위는 이 세상에 없어. 뭐, 타임머신이 있는 것도 아니고, 우리는 절대 과거로 돌아가지 못하니까. …하지만! 이 후회들을 다른 것으로 바꿀 수는 있다? 그 다른 것이 뭐냐. 바로 '최선의 선택'이라는 것이야. 수많은 선택지 중, 너희가 선택할 수 있는 최~선의 선택. 왜냐면 너희들의 과거는 하나지만, 미래는 하나가 아니기 때문이야.

이게 무슨 말이냐. 자, 지금의 시점에서 정후가 무슨 짓을 해도 중산고등학교 학생이었다는 과거는 바뀌지 않아. 그러니 '중산고등학교 학생 이정후'라는 하나의 과거밖에 없다는 뜻이야. 하지만 미래는 어떨까? 정후가 미래에 웅변가가 될 수도 있고, 나처럼 선생님이 될 수도 있고, 아니면 쫄딱 망해서 노숙자가 될 수도 있는 거야! 그러니 아직 정해지지 않은 정후의 미래는 하나가 아니라는 거지. 지금부터 정후의 행동에 따라 각자 다른 모습의 수~많은 미래의 이정후가 존재하겠지.

그렇다면, 그 수많은 모습의 정후 중에서, 가장 돈을 많이 벌고, 가장 멋있고, 가장 성공한 모습의 정후가 분명 존재할 거잖아? 각자 다른 모습을 한 미래의 정후가 100명이 있다면, 그중에서도 분명 1등이 존재하니까. 그렇다면, 정후가 될 수 있는 미래의 수많은 모습 중에서 가장~ 잘나가는, 그 최선의 이정후가 되려면 정후는 앞으로 어떻게 해야 할까?"

"지금부터 죽어라 공부해야죠!"

조금 전 장난기 섞인 목소리로 대답하였던 친구가 또다시 대답하였다.

"죽어라 공부한다! 또? 뭐, 자기 관리를 한다…. 책을 읽는다…. 아무튼 정후가 할 수 있는 행동 중, 가장 최선의 선택지를 계속해서 골라야겠지? 그치? …그렇게 가장 좋은 선택지만을 고르고 골라서, 정후가 될 수 있는 모습 중 최고의 모습이 되었어! 자⋯. 그렇다면 이제 그 정후의 인생을 되돌아보면, 정후는 살면서 자신이 할 수 있었던 선택 중, 가장 최선의 선택만 쏙~쏙 골라낸 정후가 되겠지? ⋯여기서 잠깐, 그럼 정후가 가지고 있던 후회들은? '중산고등학교 이정후'가 선택한 과거의 후회들은? 그래, 그것들은 더 이상 후회가 아닌, 가장 최고의 모습이 되기 위해 반드시 골라야만 했던 최선의 선택이 되어 버리는 거야. 그 선택을 했기 때문에 최고의 모습이 될 수 있었으니까! 후회들이 비로소 자신이 할 수 있었던 최선의 선택으로 바뀌는 거라고!"

선생님의 말씀이 일리가 있다. 내가 될 수 있는 모습 중, 최고의 모습이 만약 억만장자라면⋯. 내가 정말 억만장자가 되어 과거를 되돌아보았을 때, 그동안 쌓인 후회들은 모두 결국 억만장자가 되기 위해 반드시 선택해야만 했던, 최선의 선택으로 보일 테니. 그 후회를 했기 때문에, 그 선택을 했기 때문에, 결국 억만장자가 될 수 있었을 테니.

"그러니 중요한 것은, 과거의 너희들이 아닌 미래의 너희들이라는 거야! 과거의 후회들을 최선의 선택으로 바꾸는 것은, 과거가 아닌 미래의 너희들 자신이니까. 참 신기하지 않아? 과거의 것을 바꾸기 위해, 미래가 바뀌어야 한다니 말이야."

과거의 것을 바꾸기 위해, 미래가 바뀌어야 한다⋯. 아이러니하다.

"큼! 크흠! 그러니까, 이제 수업 시작하면 열심히 들어야겠지? 너희들의 후회를 최선의 선택으로 바꾸기 위해서?"

"네에⋯."

반 친구들의 대답 소리에서 급격하게 맥이 빠진 것이 티가 난다. 역시 수업이란 것은 마법의 단어인 것 같다.

「드르…르륵…드륵…….」

어라? 그때 태수가 제 발로 교실을 기어들어왔다.

"아이고 배야…. 앗! 정말 죄송합니다. 화장실 좀 다녀오느라…. 그… 과민성 대장 증후군이라고…. 참, 골치 아프네요. 아후…."

뭐? …무슨 증후군?

"태수 이 씨…. 빨리 빨리 안 와? 들어가 앉아."

"네…."

이토록 매끄럽게 넘어가다니…. 오태수 저 똘똘한 녀석.

"끄응…."

어라라? 그런데 김현정의 표정이 심상치 않다. 마치 입이 근질근질거리는….

"야, 오태수! 이정후가 다음엔…."

어… 설마!

"같이 피러 가자는데?"

"이런 씹…!"

성부와….

"뭐!? 뭘 펴? …오태수, 너 이리 와 봐."

성자와….

"아니…. 쌤."

성령의 이름으로….

"이 씨. 빨리 안 와!?"

죽어라 오태수. 아멘.

"아…아니…."

'오태수 따라갔으면 정말 큰일 날 뻔했다….'

그렇다. 태수에게 복수를 하려다 되려 웅변을 하게 된 후회가, 비로소 최선의 선택으로 바뀌는 순간이다.

그렇다. 후회를 바꾸는 방법. 후회를, 최선의 선택으로.

11장. 남겨진 사람의 마음

우리의 영화에서 우리가 유일하게 할 수 있는,
후회 없는 선택을 알려 주고 싶다.

◆

내 이름은 이정후. 나이는 쉰아홉. 직업은 어디든 갈 수 있는 자유로운 노숙자이다.

"웃차~."

오늘은 중산역 7번 출구이다. 우리는 대충 생긴 신문지를 신중하게 깔고, 출구 외벽을 등받이 삼아 자리에 앉았다.

"정후 이놈아 뭣 혀~. 어서! 짠~."

"하하. 네 성님. 짠~."

「벌컥…. 벌컥…….」

"크…."

"크…으…."

술이 쓰다. 하지만 기분은 좋다.

"콜록! 커헉! …으…. 콜록!"

"이이? 상태가 많이 안 좋은데? 죽을 거면 저…쪽 가서 죽으라잉? 술맛 떨어지니께."

"풉…. 막상 저 죽으면 대성통곡하실 거면서…."

"잉? 무슨 소리…. 안 그래도 안주 부족한디…. 입 하나 줄어들면 나야 좋지 뭐~."

사실 나는 폐암에 걸렸다. 그렇다. 그동안 미친 듯이 담배를 피워 댄 것에 대한 대가가 찾아온 것이다.

"그…… 성님, 폐암이래요. 저. …한 달 안에 죽는대요."

"잉? 폐, 폐암…? 아니, 죽다니! 병원에서 주사 안 놓아 주던?"

"제가 싫다고 했죠. 우리 같은 노숙자가 돈이 어디 있어요."

"이 사람 봐라…. 도대체 어느 시대에 살고 있는 거야? 한 이틀 일당이면 충분해! 요즘은 주사 한 방 놓으면 폐암 정도는 뚝딱이라고!"

"됐어요."

시간이 흘러 의료 기술은 발전에 발전을 거듭했고, 폐암정도는 주사한 방으로 손쉽게 치료할 수 있는 경지에 도달하였다. 마치 감기처럼 말이다. …그래. 그래서 나는 그 주사를 맞지 않았다. 한때는 불가능이라 평가받았지만, 나와는 달리 포기하지 않은 그 의료 기술이 너무 얄밉기도 하고, 무엇보다 더 이상 이 세상에 미련 따위는 없기 때문이다.

"야 이 모질아! 자… 여기. 이거면 충분할 거야."

성님이 주머니에서 꼬깃한 지폐를 주섬주섬 꺼내기 시작했다. 그렇다. 성님은 내 가족이나 다름없다. 무려 11년간 노숙 생활을 함께해 왔다.

"…성님, 벌써 11년이네요."

"이? 뭐가."

"저희 같이 노숙 생활한 게…."

"키야~ 그르냐? 완전히 베스트 프랜드구만!"

"품…. 성님, 근데 저희 벤치에서 만났을 때 있잖아요."

"이이? …아~. 정후 니가 나한테 욕지거리했을 때?"

"아…. 그때 말고요. 저 죽으려고 했을 때요…."

11년 전, 나는 벤치에서 자살 시도를 했었다. 벤치에서 노숙을 하는 과거의 내가, 비참하게 죽어 있는 자신의 미래를 보게 된다면, 나처럼 고통받지 않고 일찍이 포기할 것 같았기 때문이다.

"이~. 갑자기 그때는 왜?"

"…아직도 이해가 잘 안 가요. 왜 저를 거두어 주신 거예요?"

"흐음…… 기냥. 불쌍하잖여…."

그렇다. 벤치에서 나무에 목을 매달고 뛰어내리던 그때, 성님이 나를 구해 주셨다.

"아니, 근데 성님 그때 분명히 저 알아봤잖아요. …콜록! 콜록! …제가 성님한테 욕했던 사람이라는 거…. 알고 있었잖아요."

"이…. 기지. 대충 알고 있었지…."

더 오랜 과거, 내가 그 벤치에서 노숙을 처음 시작할 때, 처음으로 성님을 만났었다. 성님은 나에게 담배 한 대를 부탁했고, 그 당시 분노에 가득 차 있던 나는 처음 보는 성님에게 불같이 화를 내었었다.

"그런데 왜…. 제가 밀지 않았어요?"

"이? 음……. 그기… 밀긴 했다만…. 다 사정이 있것지…. 을매나 힘들었으면…. 내한테 그리 노숙자라고 욕지거리하더만, 지가 거기서 그러고 있는 사정이 분명 있것지…. 그렇게 생각했지."

"아…."

그때 나는 미래의 이정후가 내게 해 주었던 조언이 생각났고, 성님을 한번 따라가 보기로 마음먹었다. 그리고 그렇게…. 지금껏 성님과 함께 행복한 노숙 생활을 이어 온 것이다. 그렇다. 나만 남겨 두고 떠난 그들과는 달리, 성님은 11년 간 단 한 번도 내 곁을 떠나지 않았다.

"그럼, 무슨 사정이 있어 보였는데요?"

"이? 흠……. 그건 당연히 내가 알 턱이 없제. …근디, 살다 보니까… 그 사정이란 놈은, 나중에 들어도 딱히 상관이 없더라고."

"음… 나중에 들어도 상관이 없다. …쓰읍. 그런가요."

"정후, 너 믿음이란 걸 줘 본 적이 있냐?"

"네?"

"그냥…. 아무런 사정도 듣지 않고, 아무런 조건 없이 네 사람을 그냥 믿어 본 적이 있느냐고."

"그냥요? 아…. 저는 그냥이란 것이 없어요. 저는 제가 납득이 되어야만 이해가 가고, 믿음이 가는 스타일이거든요."

"그러믄서. 그땐 나를 왜 따라왔어?"

"…네?"

"그때 내 행동이 납득이 되지 않으니까. 왜 그랬냐고, 지금 나한테 물어본 것 아니여?"

"아…. 그렇네요…."

그렇다. 나는 미래의 이정후의 조언도, 성님의 행동도 납득이 가지는 않았지만, 그저 그냥…. 그렇다. 그냥 한번 믿고 따라갔었다.

"그래서 결과가 어땠냐? …그냥 나를 믿어 본 결과가."

"…후회 없는 선택이었어요. 제 인생에서 거의 유일하게…."

"푸하하! 그르냐? 짠 쳐! 짠!"

"아, 네. 짠…."

「벌컥…벌컥…….」

"크으⋯."

"크⋯."

"⋯⋯정후야. 참 살다 보니까 별일이 다 있고 기지? 그러니까⋯. 가끔은 그게 필요하더라. 너한테만 별일이 있는 게 아닐 수도 있으니까⋯. 한 번쯤⋯. 단 한 번쯤은 도~무지 이해가 가지 않더라도, 그저 그 사람의 있는 그대로의 모습을 그냥⋯ 믿어 주는 것도 필요하더라⋯."

"그냥 믿어 주는⋯. 참⋯. 정말 그렇네요."

성님은 왕년에 잘나가던 복싱선수였다. 하지만 성님이 20년을 함께해 온 코치가 그동안 세금 평계를 대며, 성님의 파이트머니를 상당수 빼돌렸다는 소식을 듣게 되었고, 성님은 큰 충격을 받아 술에 빠져 살기 시작했다. 그렇게 성님은 더 이상 운동을 할 수 없는 몸이 되었고, 결국 복싱을 접게 되었다. 하지만 시간이 흘러 진실이 밝혀졌고, 사실 성님과 그 코치는 누군가의 함정에 빠졌던 것이었다.

"아무튼! 얼른 이 돈 가지고 주사 맞고 와! 술맛 떨어지니께⋯."

"품⋯. 싫어요~. 저는 그냥 성님이랑 술이나 퍼 먹다가 이 세상 뜨럽니다."

"이 사람이! 니만 죽으면 끝이야!? 남겨진 사람 마음도 생각해야지! 참⋯ 보면 볼수록 이기적이라니까."

"남겨진 사람⋯. 그 남겨진 사람 마음⋯. 제가 제일 잘 알 거 같은데⋯."

"크흠⋯. 아무튼 이 사람아."

남겨진 사람⋯. 노숙자 이정후, 지금도 그 어느 시점의 노숙자 이정후는 자신의 미래는 꿈에도 모른 채, 현정이를 구하기 위해 벤치에서 하루하루를 버티며 엄청난 고통을 받고 있을 것이다.

"흐음…. 성님, 저 죽기 전에 가야 할 곳이 생겼네요."

"에라이 똘갱아! 그 몸으로 어딜! 병원부터 가라니까!"

"그…. 벤치 있잖아요. 금방 갔다 올게요. 성님."

"이이? 갑자기 거길 왜!"

"하하…. 금방 올게요."

"…에이 싯× 몰러. 가다 자빠져 뒤지든 알아서 혀!"

"풉…. 역시 내 마음 이해해 주는 사람은 이 세상에 성님밖에 없다니까."

내가 벤치에서 만났던 미래의 이정후는 쉰아홉 살. 그리고 지금 내 나이는 쉰아홉. 그러니 분명 지금쯤 그 벤치를 찾아가면, 마흔여덟 살의 노숙자 이정후를 만날 수 있을 것이다. 그 시절 미래의 이정후가 내게 조언해 주었듯, 나 또한 과거의 이정후에게 똑같은 조언을 해 주고 싶다. 그렇다. 우리의 영화에서 우리가 유일하게 할 수 있는, 후회 없는 선택을 알려주고 싶다.

"이눔아, 가방은…. 안 챙겨가?"

"가방요? 아…. 괜찮아요."

미래의 이정후, 쉰아홉의 이정후는 분명 가방을 메고 있지 않았다. 그러니 나 또한 가방을 메지 않고 가야, 마흔여덟의 이정후를 만날 수 있을 것이다. 그래, 똑같은 모습. 그것이 똑산의 원칙이니까.

"또 그 표정 나왔구먼. 열심히 머리 굴리는 표정."

"하하…."

"정후야…. 보아하니, 또 네 머릿속에 무언가 강한 확신이 들어버린 것 같은디…. 물론 확신이란 것이, 좋은 것이긴 하다만…. 네 놈은 그 확신을 너무 맹신하는 경향이 있어…. 그 확신들이, 네 생각들이, 모두 정답은 아닐 수도 있는 게야."

"…네, 성님."

알고 있다. 내 확신들이, 생각들이, 모두 정답은 아니라는 것을. 지금
껏 항상 그래 왔으니….

'음….'

그렇다면, 정말 그렇다면…. 과연 내가 찾았던 똑산의 원칙들은, 모두
정답일까. 과연 그 벤치에서 내가 했던 노력들은…. 모두 의미가 있는 노
력들이었을까.

"아…. 가방……. 그냥 챙겨 갈게요."

생각이 바뀌었다. 나는 그때 그 미래의 이정후와는 달리, 가방을 메기
시작했다. …문득 테스트 한 가지를 해 보고 싶어졌기 때문이다. 그렇다.
똑산의 4번 원칙을 정확히 테스트해 보고 싶어졌다.

「텁-.」

"생각이 바뀌었나 벼? 다신 여기 안 올라구?"

"아하하…. 아니에요. 꼭 올게요."

똑산의 4번 원칙, 과거의 내가 보았던 미래의 이정후와 완전히 똑같은
모습을 해야 만남이 성사된다는 것이다. 그렇기에 나는 중학생 이정후를
만나기 위해 노숙을 하고, 만취 상태가 되었었다. 그렇다. 나는 지금 그것
이 궁금하다. 만약 그때 내가 만취 상태가 아니었어도, 내가 보았던 노숙
자 이정후와 다른 모습으로 그 벤치에 있었어도, 과연 중학생 이정후를
만나게 되었을지 말이다.

만약 지금 내가 파란색 가방을 메고, 그 벤치에서 마흔여덟 살의 이정
후를 똑같이 만나게 된다면, 내가 분석한 똑산의 4번 원칙은 틀린 것이

된다. 그렇다면⋯ 모습이 아니라 시점이 중요한 것이라면⋯. 미래의 이정후와 굳이 똑같은 모습이 아니더라도 그 나이, 그 시점이 되면, 자연스레 과거의 이정후를 만나게 되는 것이라면⋯. 내가 그동안 벤치에서 노숙을 했던 것도, 중학생 이정후를 만나기 위해 만취 상태가 되었던 것도, 모두 아무 의미 없는 노력이 되어 버린다.

"후⋯. 콜록! 콜록! ⋯저 금방 올게요?"

"⋯몰러."

"하하⋯. 알겠어요, 대신! 오는 길에 주사도 맞고 올게요."

성님에게 인사를 올리고, 과거의 이정후가 있을 벤치를 향해 발걸음을 옮겼다.

'내가 죽게 되면, 하늘에서 현정이의 얼굴을 조금이라도 떳떳하게 바라볼 수 있도록⋯. 부디⋯. 내가 겪었던 고통이, 무의미한 고통은 아니길.'

12장. D-13

'…암막 커튼이란,
대체 무엇을 의미하는 것일까….'

"꺼지라고!!"

「퍽-!」

고요한 새벽과는 다소 어울리지 않는 타격음이 울려 퍼졌다. 그러나 이 타격음은 이미 한 번 들어 본 적 있는 소리이다. 그렇다. 나는 벤치에 도착해 과거의 이정후, 마흔여덟 살의 이정후를 만났고, 결국 이 녀석에게 주먹을 한 대 맞았다.

그렇다. 미래의 이정후가 맞았듯이, 나 또한 똑같이 맞았다. 결국 과거에 내가 날렸던 주먹은 나에게로 똑같이 돌아왔다. 그리고 내가 그랬듯, 지금 이 녀석은 내가 미치도록 원망스러울 것이다.

"……더, 더 때려도 돼. 너는 그럴 자격이 있으니."

"으…. 이…씨×…."

과거의 이정후가 나를 매섭게 노려보며 주먹을 다시 한번 움켜잡았지만, 더 이상의 주먹은 내게 날아오지 않았다.

"사라져 버려."

과거의 이정후가 당찬 발걸음으로 걸어 나가기 시작했다. 똑산의 시야에서 벗어나려 하는 것이다. 그렇게 한다면 똑산은 제 모습으로 돌아오

272

게 되고, 내가 이 벤치에서 사라지게 될 테니 말이다.

「터벅. 턱. 터벅. 턱.」

'그래, 곧 끝난다⋯. 조금만 더 고생해라⋯. 그리고 나처럼 성님을 꼭
따라가⋯.'

「터벅. 턱. 터벅터벅.」

과거의 이정후가 벤치 앞 도로를 순식간에 건너갔다.

「지직⋯직.」

그때 한 줄기의 빛이 힘없이 깜빡거리며 이곳 벤치와 나를 비추기 시
작했다. 힘없이 깜빡이는, 아주 작은 빛 한 줄기였지만, 이 깜깜한 새벽에
초라하게 서 있는 나를 밝혀 주기에는 충분했다.

'뭐야⋯.'

고개를 들어 그 빛의 출처를 알아보니, 단 한 번도 켜진 적이 없었던
벤치 옆 가로등에 불이 들어온 것이 보였다.

'참나⋯. 한 줄기 빛. 미친 듯이 나를 따라다니는구나.'

상관없다. 이제는 끝이다. 저기 당차게 걸어가고 있는 과거의 이정후
는 변함없이 건물 코너를 돌 것이다. 그럼 똑산은 돌아올 테고, 과거의 이
정후는 사라질 것이다. 그렇다면, 모든 것이 끝이다. 항상 나를 따라다니
던 한 줄기의 빛도, 저 녀석의 의미 없는 고통도, 모든 것이 끝이 난다.

'그래⋯. 이제 정말 끝이야.'

그렇게, 그렇게 나는 주사를 맞고 성님에게로 돌아가면 된다.

「터벅터벅. …틱. ……터벅.」

당차게 걸어가던 이정후의 발걸음이 눈에 띄게 느려지기 시작했다. 내가 과거에 그랬던 것처럼, 오랜 기다림 끝에 이루어진 나와의 만남이 내심 아쉬운 것이다.

'역시나 저 녀석에게 한 줄기의 빛이란, 잡지 못해 아쉬운 소중한 기회일 뿐이구나…. 현정이…. 현정이는 참 똑똑했는데…. 머리가 멍청한 내가 아닌, 현정이가 나와 같은 상황을 겪었더라면, 한 줄기 빛을 잡는 것에 성공했을까?'

사고 당일, 현정이에게 한 줄기 빛의 의미를 물어본 적이 있다.

'아. 암막 커튼….'

그렇다. 내게 돌아온 대답은 암막 커튼이었다. 그때 현정이는 나에게 암막 커튼을 걷어야 한다고 말했었다. 한 줄기의 빛에 중점을 두는 것이 아닌, 더 많은 빛이, 더 많은 기회가 들어올 수 있도록 말이다.

'참…. 말이 쉽지…. 한 줄기의 빛을 잡는 것도 이토록 버거웠는데…. 결국 그것마저도 잡지 못했는데….'

내게 한 줄기 빛의 의미란 기회였다. 이 벤치에서 또 다른 이정후를 만날 수 있는, 현정이를 되살릴 수 있는 기회였다.

'그렇다면 현정이가 말했던 암막 커튼이란, 대체 무엇을 의미하는 것일까…. 그리고 내가 그 암막 커튼을 걷어 내려면, 어떠한 행동을 해야 하는 것일까…. 또 암막 커튼을 걷어 내었다면, 무슨 일이 발생하는 것일까….'

암막 커튼을 걷어 내는 것은, 더 많은 빛을 들여보내는 것. …그리고 내게 그 빛의 의미란, 바로 기회. 그렇다면, 내가 이 벤치에서 암막 커튼을 걷어 내는 것이란, 또 다른 이정후를 만날 수 있는, 현정이를 구할 수 있는 더 많은 기회를 들여보내는 것.

'후우…. 그러니까, 그 더 많은 기회를 대체 무슨 수로……. 어… 어 어…. 잠깐, 분명 저 녀석….'

분명 저 녀석의 멀지 않은 미래에 다시 한번 똑산이 고장 나게 될 것이다. 36살의 이정후가 현정이와 함께 차를 타고 이 길을 지나갈 것이다.

「터…벅…….」

'그렇다면…. 만약 그때까지, 36살의 이정후가 이곳에 올 때까지, 똑산이 고장 난 상태로 나와 저 녀석이 함께 이 벤치에 상주한다면…? 그럼 저 녀석과 36살 이정후의 만남이 성사될 때, 나에게도 한 번의 기회가 더 주어지는….'

"이… 이정후!!"

나는 황급히 과거의 이정후를 소리쳐 불렀다.

"……왜! 왜!! 이 아무 짝에도 쓸모없는 새끼야!"

마지막 발걸음을 옮기려던 과거의 이정후는 내 목소리를 듣고 간신히 발걸음을 멈춰 세웠다. …그리고. 그리고 나에게 큰소리로 호통을 쳤다.

'이… 이럴 수가…. 과거가 바뀌었다. 그래…. 처음으로 과거를 바꿨다.'

정말 고등학교 시절 담임 선생님의 말씀이 옳았다. 정말 미래의 것이 바뀌니, 과거의 것이 바뀌었다.

'그런데…. 내가 지금 이래도 되는 걸까…? 두 번 다시 고통받지 않겠다고 결심했는데…. 망가지지 않겠다고 결심했는데…. 이러려고 이곳에 온 게 아닌데…. 이제야 모든 것이 끝이 나려고 하는데…. 그렇지만…. 그렇지만 처음으로 과거를 바꾸는 데 성공했다. 나에게…. 나에게 한 번의 기회가 더 주어졌다. …그렇다면, 딱 한 번. 마지막으로 딱 한 번만 더….'

"가…. 가지 마! 일단…. 일단 돌아와! 나에게 해결책이 있어!!"

"씨…. 씨×…. 거, 거짓말이면 죽여 버릴 거야!"

「턱턱턱턱턱.」

과거의 이정후가 그 어느 때보다 당찬 발걸음으로 다시 벤치를 향해 걸어오기 시작했다. 아니, 거의 뛰어오기 시작했다.

"후…. 말해. 그 해결책이 뭔데."

잠시 후 과거의 이정후는 내 코앞에서 걸음을 멈춰서더니, 흥분된 억양으로 나에게 해결책을 물었다.

"너…. 너 오늘이 며칠이야."

과거의 이정후에게 오늘의 날짜를 물었다.

"오늘이…. 4월 13일. 39년 4월 13일."

39년 4월 13일…. 그렇다. 과거의 내가 36살 이정후의 차량을 놓쳤던 날은 39년 4월 26일이었다. 그렇다면…. 지금 이 녀석의 시점은, 정확히 36살의 이정후가 오기 13일 전.

"잘 들어…. 네 기준으로 지금부터 13일 뒤에 또 다른 이정후, 36살의 이정후가 이곳으로 올 거야. 그것도 현정이와 함께 차를 타고."

"36살…? 과거잖아. 말도 안 되는…. 이미 과거의 이정후와의 만남은 모두 끝났어. 더 이상 만날 수 있는 과거의 이정후는 없다고."

"아니. 나도 그렇게 생각했었지만, 너에게는 한 번의 만남이 더 남아 있어. 우리가 36살 때…. 사고 당일의 우리와 현정이는 현금을 인출하기 위해 이 길에서 편의점을 찾았었지."

"그래! 그러니까…. 그때의 만남은 고등학생 이정후와 꼬마 이정후와
의 만남이 전부였다고."

"들어 봐…. 그때 현정이는 화장실이 급해, 이 좁은 길목에서 속력을
올렸었지."

"그래."

"그때 보험 사기를 치기 위해 우리 차량을 향해 뛰어든 남성…."

"이 멍청아! 그 남성은 우리가 아니야!"

"…충분히 못 알아볼 만해. 멀끔하게 이발을 하고, 새 옷도 입고 있었
으니…. 하지만 그것은 정확히 13일 뒤 너의 모습이야."

"뭐…? 내가 왜…."

"나와의 만남 이후로 포기를 하고 싶은 마음이 생기게 돼. 그래서 영주
에게 돌아갈 경우를 대비해, 세상에 적응하려 하기 시작한 거야. 미용실
도 가 보고…. 옷도 새로 사 보고…."

"자… 잠깐! 그래, 그렇다면…. 정말 그 남성이 13일 뒤 내 모습이라면,
왜 차량을 향해 뛰어든 건데? 나는 똑산의 5번 원칙을 이미 알고 있다고.
내가 벤치에서 벗어나면 안 된다는 걸 알고 있다고!"

"…대체. 대체 벤치에서 얼마큼을 벗어나야 똑산이 돌아오는데? 10센
치? 1미터? 10미터? 알고 있어? 그 정확한 거리를 알고 있냐고."

"………."

"그것을 판단하고 있을만한 상황이 전혀 아니었어. 너무 갑작스레 일
어난 상황이었다고. 죽이 되던 밥이 되던, 나는 그 차량을 멈춰 세워야만
했다고."

"…그래서. 결국 너는 차량을 향해 뛰어들었지만…. 똑산이 돌아오게 되었고, 그래서 차량도, 36살의 이정후도 모두 사라져 버렸다…. 이거야?"

"그래…."

"참…. 말도… 말도 안 돼…."

「탁탁…. 탁!」

"쓰읍… 후…."

과거의 이정후가 허탈한 표정으로 담배를 피우기 시작했다.

「텁. 파악!」

나는 곧장 그 담배를 빼앗아 바닥에 내던져 버렸다.

"…뭐야!?"

"콜록! 콜록! …윽…. 담배는 절대 피우지 마."

그렇다. 얼마 남지 않은 나의 수명을 위해 간접흡연도 허락할 수 없다.

"뭐야 왜…. 설마 너 담배 끊은 거야?"

"아니…. 여전히 피우고 있지. 하지만 지금부터 끊어야 해."

또 다른 이정후와의 만남까지는 앞으로 13일. 그리고 내게 남은 수명은 한 달 남짓이다. 혹여나 13일 안에 나의 수명이 다해 버린다면 그것이야 말로 대참사 발생이다. 지금 내가 주사를 맞기 위해 병원을 다녀온다면 똑산이 돌아올 테고, 내 눈앞에 있는 과거의 이정후가 사라지기 때문에, 어떻게 해서든 이 벤치에서 13일을 버텨 내야만 한다. 그렇기에 금연은 필수적이다.

"담배는 대체 왜…. 똑산의 원칙과 관련된 거야?"

"아니. ……사실 폐암에 걸렸어. 남은 수명이 한 달 남짓이야. 13일 안에 내가 죽어 버리면 큰일이니, 너도 금연해야 해. 간접흡연 또한 내 수명을 갉아먹을 수 있으니."

"뭐? 폐암? ……하긴. 우리가 이 벤치에서 한 것이라곤 흡연밖에 없으니…. 역시 미래에도 폐암은 치료가 힘든가 보네…."

"……아니, 가능해. 그것도 주사 한 방으로…."

"…뭐? 아니, 주사 한 방…?"

"그래 주사 한 방…. 우리와는 달리 의료 기술은 포기하지 않고 계속해서 발전해 갔어. 콜록! 콜록! …결국 주사 한 방으로 폐암 정도는 아무렇지 않게 치료가 되는 지경에 도달하였지."

"하. 주사 한 방이라니. ……그런데, 나는 포기한 적이 없는데? 왜 우리야. 포기는 너 혼자 한 거고…."

이 녀석과의 규칙을 몇 가지 정할 필요가 있어 보인다. 사실 아까부터 계속 반말을 해 대는 것이 조금 거슬렸다.

"아무튼 그…. 담배 말고도 몇 가지 규칙을 정해야겠어. 그래도 13일 동안 이곳에 같이 있을 거니까."

"참…. 그놈의 규칙, 원칙. …뭔데."

"…우선 반말은 하지 마."

"반말? ……나? 내가 나한테 반말하는 게 뭐 어때서…."

"그렇긴 하지만…. 아무래도 내가 너보다 11살이나 나이가 많잖아?"

"음…. 그건 그렇네. 그래, 뭐…. 사실 나도 반말하면서 조금 어색하긴 했으니…. 특별히 존댓말은 해 줄게. 아… 해 줄게요."

"그래…. 참 고맙다."

"…또 있어…요?"

"뭐가?"

"규칙이요."

"음······. 아니, 아직은. 혹시 너도 필요한 규칙이 생각나면 말하도록 해."

"뭐, 그럴게요."

"좋아···. 이제 현정이를 구할 계획을 세워 보자고."

"뭐야. 계획이 다 있던 거 아니었어? ···아, 아니었어요?"

"······앞으로 계획을 세울 시간은 있지."

"후···. 알겠어요."

그러지 않겠다고 굳게 다짐했지만, 또다시 이 벤치에서 노숙을 시작하게 되었다. 또다시 현정이를 구하기 위해서···. 하지만 이번만큼은 정말 다르다. 암막 커튼을 걷어 버렸고, 더 이상 혼자가 아니다.

그래. 이번 기회에, 우리는 반드시 현정이를 살린다.

똑산의 원칙

1번. 또 다른 이정후와 만날 수 있다.
   (또 다른 이정후 : 과거 또는 미래의 이정후)

2번. 똑산이 고장 나면 또 다른 이정후를 만나게 된다.
   (또 다른 이정후와 만났을 때마다 일률적으로 발생했던 공통점.)

3번. 벤치가 아닌 다른 장소에서의 만남도 가능하다.
   (고등학생 이정후와 36살 이정후는 사고 현장에서 부딪혔다.)

4번. 내가 만났던 미래의 이정후와 ~~똑같은 모습~~ 완전히 똑같은 시점이 되어야, 과거의 이정후를
   만날 수 있다.
   (그렇기에 노숙자 이정후도 나를 만나기 위해 노숙자의 모습을 했던 것.)

5번. 똑산의 시야에서 또 다른 이정후가 벗어나면, 똑산이 돌아온다.
   그렇게 똑산이 돌아오면, 또 다른 이정후는 각자의 시점으로 돌아간다.
   (상가 건물 코너를 돌았던 하얀 셔츠 이정후가 사라짐.)

6번. 또 다른 이정후가 모두 벤치에서 벗어나면, 똑산이 돌아온다.
   (중학생 이정후와 첫 번째 만남에서의 일기.)

7번. 또 다른 이정후 주변의 사물, 생명체는 다른 시점으로 이동이 가능하다.
   (꼬마 시절 사라진 지우개,
   중학생 시절 사라진 이장훈, 노숙 시절 사라진 장고.)

12-1장. D-8

"그런데…. 좀 이상하지 않아요?"

우리의 규칙,

1. 한국의 유교 사상에 따라 48살 이정후는 59살 이정후에게
   반드시 존댓말을 사용한다.
   (반박 시 매국노.)

2. 흡연은 절대 금지한다.
   (노인네의 건강 고려.)

3. 숙면 시간 : 48살 이정후 - 12:00 ~ 20:00
              59살 이정후 - 00:00 ~ 08:00
   (숙면 시간 반드시 엄수. 혹시라도 졸음이 오면 바로바로 깨울 것.)

나, 48살 이정후는 위 규칙을 어길 시,
숙면시간 3시간을 삭감할 것을 하늘에 맹세합니다.   (서명)

나, 59살 이정후는 위 규칙을 어길 시,
48살 이정후에게 반말할 것을 하늘에 맹세합니다.   (정이정후)
      존댓말

"…콜록! 콜록! ……으윽. 콜록!"

"뭐야. 괜찮아요?"

과거의 이정후가 나에게 안부를 물었다.

"윽…. 버틸 만해."

내게 남은 수명은 한 달이었다. 하지만 병원 침대가 아닌 이 벤치에서 노숙을 하며 지낸다면, 그 한 달은 2주가 될 수도, 일주일이 될 수도 있다. 그렇다. 없던 생명도 생겨나는 따스한 봄날이지만, 빌어먹을 폐암은 내 수명을 빠르게 갉아먹고 있다.

"증상이 더 심해진 것 같은데요…? 거의 다 왔어요…. 8일만…. 8일만 더 버텨요 우리."

과거의 이정후가 나를 격려해 준다. 그렇다. 8일. 앞으로 8일 뒤면 36살의 이정후가 현정이와 함께 차를 타고 이 길을 지나갈 것이다.

"살다 살다…. 나 자신에게 위로를 받다니…. 콜록! 콜록! …윽. 고맙다…."

"품…."

"그러고 보니, 우리는 항상 남에게 위로받을 생각부터 했구나…."

"…네?"

"따지고 보면 나를 가장 많이 알고 있는, 나를 가장 완벽하게 이해해 줄 수 있는. 콜록! 콜록! …그러니까 나를 가장 잘 위로해 줄 수 있는 사람은, 정작 나 자신인데…."

"흐음…. 뭐, 맞는 말이에요. 우리를 위로해 주는 건 오직 술밖에 없다면서… 항상 징징대기만 했지 우리가 스스로를 위로해 주었던 적은 없으니까요…."

"만약 술이 아닌, 우리가 먼저 스스로를 위로해 주었더라면… 어쩌면 현정이는…."

"아아! 그만!! 왜 지나간 얘기를 하고 그래요…. 분위기 축 처지게…."

"후우…. 그래, 미안하다. 지금 우리가 집중해야 하는 것은 8일 뒤니까…. 콜록! 콜…. 으윽…."

"으휴 노인네…. 괜찮아요? 그러게 말 좀 그만하고, 제발 그냥 좀 쉬세요…."

"뭐? 노인…. 콜록! 윽…."

"그런데…. 주사는 왜 안 맞은 거예요? 주사 한 방이면 치료가 된다면서요. 아…. 역시 가격이 어마무시하게 비싸려나…."

"가격은 생각보다 저렴해. 하지만…. 말했잖아. 우리…. 아, 나와는 다르게 의료 기술은 포기하지 않았다고. 나는 그런 의료 기술이 너무 부럽고 또 얄밉기도 했고…. 비록 나는 실패하고 너는 성공했지만, 너에게 도움 따위는 받지 않겠다…. 뭐, 그런 신념? 비슷한 거지."

"아니, 하다못해 의료 기술에 시기 질투를 한다고요? 차암나…. 그… 신념이랑 고집은 한 끗 차이인 거 알아요? 제가 보기에 그건 그냥 고집 같은데요….”

“…나도 알아. 사실 너와의 만남이 끝나면 주사를 맞으려고 했어.”

“다행이네요. 고집이 그렇게 세진 않아서.”

“뭐?”

“아…. 죄송해요. 하하….”

“…걱정 마. 8일 정도는 거뜬히 버틸 수 있으니….”

사실 이것 또한 고집이다. 자신 있게 말했지만, 지금의 몸 상태로는 단 하루도 버티기가 힘들 것 같다. 증상이 하루가 다르게 심해진다. 온몸을 바늘로 찌르는 것만 같다.

“그런데…. 좀 이상하지 않아요?”

“…뭐가?”

“저는 지금 폐암에 걸리지 않았잖아요. 또 폐암에 걸린 미래의 제 모습을 두 눈으로 보고 있으니…. 앞으로도 흡연을 할 생각이 전혀 없고요. 그런데 왜 그쪽은 여전히 폐암에 걸려 있는 거예요?”

“뭐라는 거야…. 콜록! 콜록! …윽….”

“그러니까 제 말은, 왜 그쪽이 지금 폐암에 걸려 있는 상태냐는 거죠. 과거를 바꿨는데 말이에요…. 그쪽은 제 미래의 모습이잖아요. 그렇다면 과거인 제가 담배를 끊으면, 미래인 그쪽은 폐암에 걸리지 않는 게 정상 아니에요?”

듣고 보니 정말 그렇다. 이 녀석은 11년 전, 과거의 내 모습이다. 그러니 이 녀석이 앞으로도 계속 흡연을 하지 않는다면, 11년 후, 미래의 모습인 내가 폐암에 걸릴 이유가 없다.

설령 흡연이 아닌 다른 원인으로 폐암에 걸리게 된다고 하여도, 지금

보다는 몸의 상태가 좋아져야 정상일 것이다. 11년 동안 비흡연한 폐가, 11년 동안 흡연한 폐보단 훨씬 건강할 테니 말이다.

결론은 이 녀석이 담배를 끊었으니, 나 또한 훨씬 건강해져야 한다는 것이다. 즉, 과거가 바뀌었으니 미래 또한 바뀌어야 한다는 것이다.

"정말 그렇네…. 왜 내 증상은 그대로인 것이지? 분명 과거인 너는 담배를 끊었는데 말이야…."

"그러니까요! 과거의 이정후가 바뀌었으면, 미래의 이정후도 바뀌어야 하잖아요. 우린 똑같은 이정후니까!"

대체 왜…. 나는 건강해지지 않는 것인가.

"…테스트를 하나 해 봐야겠어요."

"어? 무슨…."

"손가락 하나만 잘라 볼게요."

"…어? 미쳤어? 아니, 금단 현상이라도 온 거야?"

"아…. 너무 극단적인가요."

"그래…. 손가락은 좀 그렇고…. 무슨 테스트를 하려 하는지는 알겠어. …아, 점. 우리 왼쪽 손목에 점 있잖아. 그걸 지금 뽑아 봐. …물론 흉은 지겠지만, 내 손목에 있는 점도 사라지면 되는 거 아니야?"

"맞아요. 흉이 지거나, 없어지거나, 아무튼 모양이 변하겠지요."

"…잠시만. 날카로운 게."

우리는 함께 점을 뽑을 날카로운 물건을 찾기 시작했다.

"없네…."

"이거는 좀 그래요…?"

과거의 이정후가 낡은 벤치 사이로 날카롭게 튀어나온 날카로운 나무 판자 끝을 손가락으로 살살 만지며 의견을 내었다.

"…점만 뽑으면 됐지! 손목까지 자를 필요는 없잖아…."

"아…."

"그냥 이빨로 뜯어. 조금 아프긴 하겠지만…."

"윽…. 네."

과거의 이정후는 누런 앞니로 점 주변의 살점들을 살짝살짝 물어뜯기 시작했다.

"씁…. 으…. 따가워. …아 뭐 해요! 그쪽 손목이나 잘 보고 있어요."

"아. 그래…."

나는 집중하여 손목에 있는 점을 주시하기 시작했다.

"읏…. 됐어요. 다 뜯었어요. 어때요? 좀 변한 게 있어요?"

"음……. 아니. 전혀. 똑같아…."

"네? 봐요."

과거의 이정후는 내 왼쪽 손목을 냉큼 잡아당기더니, 자신의 왼쪽 손목 옆에 가져다 대었다.

"정말이네요…. 그렇다면…."

"그래. 과거의 네가 바뀌어도, 미래의 나는 바뀌지 않는다…."

"대체 왜죠…."

"…혹시 우리가 다른 객체가 되어 버린 거라면?"

"네?"

"왜 있잖아…. 멀티버스? 비슷한 거…. 5일 전, 내가 너를 멈춰 세우고 과거가 바뀐 그 순간부터, 너와 나는 다른 객체가 되어 버린 것이 아닐까?”

“그러니까…. 저랑 그쪽이 다른 사람이 되었다는 거예요?”

“그래…. 예를 들어 왼쪽과 오른쪽 길이 있다면, 나는 왼쪽 길로 걸어간 이정후이지만, 너는 오른쪽 길로 걸어간 이정후가 되어 버린 것이지.”

“음…….”

“왜…. 내 손목에 있는 점이 뿅! 하고 없어질 줄 알았냐?”

“……네?”

“어? 뭐가….”

“아…. 아니에요…….”

“왜?”

“…아, 그냥 살점 뜯은 부분이 조금 쓰라려서요.”

“뭐야…. 콜록! 콜록! …윽…. 콜록!”

“좀 쉬세요….”

“윽…. 콜록! 후우….”

고통이 또다시 찾아왔다. 하지만 이번 고통의 끝에는 분명 그에 해당하는 보상이 존재할 것이다. 앞으로 8일. 8일만 더 고통을 견뎌 내면 된다.

그래, 나는 이 고통에 대한 대가를 반드시 보상받을 것이다.

12-2장. D-4

“너 지금 나 의심하냐…?”

◆

"헉! 잠깐⋯⋯!!"

문득 과거의 이정후가 눈이 휘둥그레진 채로 생각에 잠겼다.

"저희⋯. 못 만나는 거 아니에요? 36살의 이정후⋯."

"⋯⋯."

눈치 채지 못하길 바랐지만, 과거의 이정후가 문제점을 찾은 듯하다.

"똑산의 4번 원칙⋯. 4일 뒤의 저는 이발도 하고 새 옷을 입고 있었다
면서요. 하지만⋯. 지금의 저는 그 이정후의 모습과 다르니까⋯. 36살의
이정후를 만날 수 없잖아요⋯. 제가 지금 미용실 다녀올 수도 없는 노릇
이고⋯."

이 녀석이 잘못 알고 있는 똑산의 원칙이 있다. 바로 똑산의 4번 원칙
이다. 나는 내가 보았던 쉰아홉의 이정후와 다른 모습으로, 파란색 가방
을 메고 이곳에 왔다. 하지만 변함없이 이 녀석을 만나게 되었다. 그러니
똑산의 4번 원칙은 틀린 것이다. 미래의 이정후와 다른 모습이어도 상관
없다는 것이다. 그저 그 시점이 중요할 뿐이다.

"후우⋯."

나는 절대로 이 녀석에게 똑산의 4번 원칙이 틀렸다는 사실을 말해 주

고 싶지 않았다. 이 녀석이 그 사실을 알게 된다면, 그동안 자신이 이 벤치에서 겪었던 고통들이 모두 무의미한 고통이었다는 것을 알게 되기 때문이다. 그렇다. 나는 이 녀석의 노력을, 그 고통들을 의미 있게 해 주고 싶었다. 하지만…. 하지만 이 녀석은 내 바람과는 달리 눈치를 채 버렸다.

"만약 제가 지금 미용실을…."

"사실…. 너가 잘못 알고 있는 똑산의 원칙이 있어."

"……네?"

"그…. 4번 원칙. 우리가 보았던 미래의 이정후와 완전 똑같은 모습을 해야, 과거의 이정후를 만날 수 있다는 원칙이었지."

"그렇죠…."

"하지만 그 원칙은 틀렸어. 모습이 중요한 게 아니야. 우리가 보았던 미래의 이정후와 똑같은 시점에 이곳에 오면, 그 모습이 달라도 과거의 이정후를 만날 수 있어."

"모습이 달라도 만날 수 있다고요? …그걸 어떻게 알아요?"

"나는 이곳에 가방을 메고 왔지. …콜록! 콜록! …하지만 내가 마흔여덟에 보았던 쉰아홉의 이정후는 가방을 메고 있지 않았어."

"………."

"그러니 너가 어떠한 모습이던, 4일 뒤에 우리는 36살의 이정후를 만나게 될 테니까 걱정하지…."

"잠깐, 그러고 보니 그 가방에는 뭐가 들었어요?"

"어? 이 가방은 왜. 나도 잘 몰라. 일기장이랑…. 뭐, 별 거 안 들었을 걸?"

"보여 줘요."

왜인지 공기의 흐름이 어색해졌다.

'설마 이 녀석…. 지금 나를 의심하는 건가? 대체 왜….'

"당연히 보여 줘야지. …자."

나는 서둘러 내 가방을 넘겼다.

「지익-. 턱. 터덕. 턱.」

"…이건 뭐에요?"

과거의 이정후가 내 가방에서 밧줄 한 뭉텅이를 꺼내들었다.

"아…. 그 밧줄이 아직도 있네. …11년 전 내가 이곳에서 죽으려고 했을 때 사용했던 밧줄이야. 그리고 그때, 성님이 나를 구해 주셨지. 이미 한 번 말했었잖아?"

"……씨×."

"뭐야…. 왜 그래?"

"아니, 이상하잖아요. 이 가방을 군이 챙겨 온 것도, 11년 전 사용했던 밧줄을 아직도 가지고 있는 것도, 똑산의 원칙이 틀렸다는 걸 알고 있었으면서 지금까지 저에게 말하지 않은 것도…."

"뭐? 아니…. 그 가방은 그냥 짐일 뿐이야. 있어도 되고 없어도 되는…. 평소에 잘 사용하지도 않는다고. 콜록! …으윽. 그 가방에 뭐가 들어 있는지도 잘 몰라! 내가 가방을 챙겨온 것은, 그저 똑산의 원칙을 테스트해 보기 위해…."

"다 포기했다면서요. 11년 동안 성님인가 뭔가 하는 사람이랑 행복한 노숙 생활을 보냈다면서요. 그럼 계속 그렇게 행복하게 살다가 죽지…. 왜 이 벤치에 다시 온 거예요? 군이 테스트까지 해 보면서?"

"그건…. 말했잖아. 우리 인생에서 유일하게 할 수 있는 후회 없는 선택을 너에게 알려 주고 싶었다고. 그런데 암막 커튼의 의미를 깨달은 바람에…."

"………."

과거의 이정후가 미간에 주름을 잡으며 고개를 휙 돌렸다.

"너 지금 나 의심하냐…? 아니…. 내가 너를 속여서 좋을 게 뭐가 있는데 대체…."

"…아직 제가 모르는 똑산의 원칙이 또 있어요?"

"아니. 이제 더는 없어. 정말이야."

"…그럼 알겠어요."

알겠다며 대답은 하지만, 표정에는 여전히 불만이 가득하다.

"하아…. 도대체 갑자기 왜 그러는데! 콜록! 콜록! …그래 미안하다. 똑산의 원칙을 말해 주지 않은 건, 다 너를 위해서였어. 너가 그 원칙이 틀렸다는 것을 아는 순간, 너가 이곳에서 했던 모든 노력과 고통들은 아무런 의미가 없어지잖아. …그동안 이곳에서의 노숙도, 중학생 이정후를 만나기 위해 만취 상태가 되었던 것도, 말 그대로 모두 똥개 훈련이 되어 버린다고! 그냥…. 영주와 할멈의 곁에 있다가, 중학생 이정후를 만나기 위해, 그때 잠깐 이 벤치에 방문했으면 되는 거였다고! 이 사실이 미치도록 억울하지 않아? …그래서, 그래서 나는 너의 노력과 고통들을 의미 있게 해 주고 싶었어…. 정말 그게 다야!"

"……네."

"생각을 해 봐. 내가 너를 속여서 대체 무슨…. 콜록! 콜록! …윽…. 콜록…!"

"허…. 폐암은 확실해요? 또 나중에 가서 '사실…. 폐암은 거짓말이었고…. 똑산의 원칙을 너가 잘못 알고 있고….' 이러는 거 아니에요?"

"뭐?"

"제가 이런 말까지는 안 하려고 했는데, 지금 제가 똑산의 시야에서 사라져 버리면, 그쪽은 영영 현정이를 살릴 기회가 없다는 거. 알고 있죠? 제가 멋대로 사라지면, 그쪽은 끝이라고요. 끝."

"너! 너…. 지금 그걸 말이라고…."

당장이라도 멱살을 쥐어 잡고 싶지만 참아야 한다. 그래, 반드시 이 오해를 풀어야만 한다. D-day, 36살의 이정후가 오기까지 단 4일밖에 남지 않았다. 혹시라도 변수가 발생하는 것을 막기 위해, 차질 없이 계획을 실행하기 위해, 서로에 대한 신뢰가 무너져서는 안 된다.

"그래, 정말 미안하다…. 내 의도가 어떻든, 똑산의 원칙을 숨긴 것은 사실이니…. 콜록! 으윽…. 콜록! 콜록!"

"하…. 여기. 물 드세요. 물."

「벌컥-. 벌컥-.」

"후……. 고맙다."

"아무튼, 기분 나쁘게 말한 건… 저도 죄송해요."

"아니야…. 충분히 서운할 만했어. 심지어 우리는 똑같은 사람이니까 그 서운함이 배로 느껴졌을 거야. 자신의 몸이 뜻대로 움직이지 않으면, 도무지 이해할 수 없으니까…. 그래서 자신과 가까운 사람일수록, 작은 행동에도 큰 서운함이 느껴지잖아. 그 사람을 자기 자신에게 대입하기 때문에."

"그렇죠…. 그래서 현정이랑 자주 싸웠었죠…."

"…그랬었지. 아, 참. 근데 너…. 뭐라고 변명할 생각이야?"

"뭘요?"

"그…. 낚싯대…. 우리가 4일 뒤에 만날 현정이는 낚싯대 때문에 화가 단단히 나 있는 상태거든."

"아 맞다…. 그런데 뭐라고 못 하지 않을까요? 저희가 이 벤치에서 얼마나 고통받았는데…."

"아니…. 상대는 김현정이야…."

"아…. 그렇네요."

"풉…. 산 넘어 산이구나…."

성공이다. 분위기를 바꾸는 것에 성공했다.

"그런데 저희… 현정이뿐만 아니라, 어쩌면… 다른 사람도 살릴 수 있지 않을까요?"

"……."

"제가 생각을 해 봤는데…. 이제는 방법을 알았잖아요. 그리고 저희가 만나게 될 36살의 이정후는 아직 꼬마 이정후와 고등학생 이정후를 만나기 전이고…. 그럼 어쩌면 엄마도…. 아빠도, 우리 할멈도…. 아, 그리고 장훈이도. 모두 다 살릴 수 있지 않을까요?"

"그건 위험해."

"네? …왜요?"

"나도 그 생각을 해 본 적은 있다만…. 과거를 그렇게 많이 바꿔 버리면, 영주가 이 세상에 없는 존재가 될 가능성이 있어. …과거를 잘못 바꾸면, 영주가 이 세상에 태어나지 않을 수도 있다고. 하얀 셔츠를 입고 있던 이정후를 봤잖아…. 과거가 뒤엉킨 모습을…. 함부로 이것저것 건드려선

안 돼. 인간의 욕심에는 끝이 없는 법이라고."

"그건 알아요. …그렇지만 아예 불가능한 일은 아니잖아요."

"불가능일지 아닐지는 모르지…. 하지만 일단…. 일단 우리는 현정이를 살리는 것에 집중하자고."

"…네. 그런데, 정말 그 하얀 셔츠를 입고 있던 이정후는 대체 뭘까요?"

"그건 나 역시 의문이야. 콜록! 콜록! …우리의 과거에 없던 일이니까."

"저희가 4일 뒤에 만날 36살의 이정후…. 혹시 그 이정후의 미래의 모습이 아닐까요? 저희가 현정이를 구하고, 그 이정후의 미래를 바꿔 줄 테니까요."

"음…. 그럴 수도 있지…."

"후우…. 정말 그렇다면, 저는 인정 못 해요."

"인정 못 하다니?"

"저희가 이곳에서 얼마나 고통받았는데요…. 그 새끼는 아무것도 하지 않고 현정이랑 잘 먹고 잘 사는 거잖아요. …그건 억울하죠."

"뭐? 아니…. 우리잖아! 남도 아니고, 자기 자신이잖아…. 그런데 그게 억울해…?"

이해할 수 없다. 확실히 이 녀석은 나와는 성격이 많이 다르다. 성님 덕분에 내 성격이 많이 유해진 것인가.

"아무리 저 자신이라고 해도…. 그 이정후는 현정이를 가질 자격이 없어요."

"풉…. 자격이 없어? 그럼 뭐, 죽이기라도 하게? 너 자신을?"

"……몰라요. 아니, 그쪽은 정말 하나도 억울하지가 않아요?"

"당연하지. 억울해할 필요가 뭐가 있어."

"어떻게 그래요?"

"음…. 아, 나도 성님에게 비슷한 질문을 한 적이 있어. 금수저들, 혹은 운 좋게 성공해 멋진 손목시계를 차고 지나가는 사람들을 볼 때마다, 지금 우리가 이렇게 노숙자가 된 것이 너무 억울하지 않냐고. …누구보다 고통받고, 누구보다 열심히 노력을 해 본 사람들인데 말이야. 성님도 우리처럼 정말 열심히 살았던 분이었거든."

"그래서 그 사람이 뭐라고 대답했는데요?"

"다시 나에게 질문하더라고. 저 손목시계처럼, 너가 한 노력에 대한 보상을 지금 당장 받게 된다면, 기분이 어떨 것 같냐고, 억울함이 사라질 것 같냐고. …그래서 나는 당연히 억울함이 사라질 것 같다고 대답했지. 우리가 원하는 보상은 현정이니까. 미치고 펄쩍 뛸 만큼 좋을 것 같다고 대답했지. …그러자 성님은 다시 나에게 질문했어. 그렇다면 아무런 노력도 하지 않았지만 손목시계를 가지게 된, 보상을 얻게 된 사람의 기분은 어떨 것 같냐고."

"…무덤덤하겠죠?"

"맞아. 나도 그렇게 대답했었어. 무덤덤하고 그 손목시계가 전혀 소중하지 않을 것 같다고. …그러자 성님은 말했어. 만약 너 또한 똑같은 손목시계를 가지는 날이 온다면, 똑같이 보상받는 날이 온다면, 그때부터는 미치고 펄쩍 뛰는 그 감정을 느껴 보지 못한, 그 운 좋은 사람이 너를 보며 억울해지기 시작한다고. 똑같은 손목시계를 찼지만, 너가 느끼는 그 벅찬 감정을, 그 사람은 느낄 수 없을 테니까. 그러니 너무 억울해하지 말라고. 너는 보상이란 것의 소중함을 알고, 그곳에서 오는 벅찬 감정을 느낄 수 있는 사람이니까."

"음…."

"그러니까, 콜록! …윽. 콜록! …우리가 4일 뒤에 보상을 받게 되면, 현정이를 구한다면, 36살의 이정후에게 우리가 억울함을 느낄 필요가 없다는 거지. 우리는 보상에서 오는 그 감정을 만끽할 수 있고, 현정이의 소중함을 더 잘 아는 사람이 될 테니까."

"…묘하게 설득이 되네요."

"그래…. 아직도 억울해?"

"뭐…. 따지고 보면 자기합리화 같지만, 조금 나아진 것 같긴 해요…."

"그래. 그게 중요한 거야. …조금이라도 나아지는 것이."

그렇다. 우리는 노력에 대한 보상에서 오는 그 감정을 만끽할 준비가 되어 있다. 그래, 4일 뒤, 우리는 드디어 그 감정을 느끼게 될 것이다.

우리의 규칙

1. 한국의 유교 사상에 따라 48살 이정후는 59살 이정후에게
   반드시 존댓말을 사용한다.
   (반박 시 매국노.)

2. 흡연은 절대 금지한다.
   (노인네의 건강 고려.)

3. 숙면 시간 : 48살 이정후 - 12:00 ~ 20:00
              59살 이정후 - 00:00 ~ 08:00
   (숙면 시간 반드시 엄수. 혹시라도 졸음이 오면 바로바로 깨울 것.)

☆ 서로에게 거짓말하지 않는다.

나, 48살 이정후는 위 규칙을 어길 시,
숙면시간 3시간을 삭감할 것을 하늘에 맹세합니다.   (서명)

나, 59살 이정후는 위 규칙을 어길 시,
48살 이정후에게 ~~반말~~할 것을 하늘에 맹세합니다.   (서명)
        존댓말

12-3장. D-day

솔직히 조금은, 부럽다.

| 2050년   5월   20 일 | 날씨 : 오늘까지만 흐림 |

가방에 들어 있던 목숨 줄을 꺼내, 한참 동안 만지작거렸다.

내 목숨을 끊으려 했던 이 밧줄,.. 문득 그날 성님의 말씀이 기억난다.

그렇다. 아픔은 버리고, 목숨은 간직하라 하셨다.

그래 ,,. 아픔은 버려야 하는데 ,,.

미련이 남았던 것인가. 고집이 센 나는 그 아픔 또한 버리지 않았다.

그렇다. 현정이를 잃었다는 아픔,.

그 아픔을 못 버려, 다시 이 벤치에서 노숙을 시작하게 되었다.

그리고 그 결과,,. 아픔을 버리지 않았더니, 아픔을 간직했더니,

어느새 그 아픔은 소중한 기회로 바뀌어있었다.

그렇다. 현정이를 살릴 수 있는 소중한 기회가 내게 한 번 더 주어졌다.

어쩌면,. 정말 어쩌면.

아프다는 것이 꼭 나쁜 것만은 아니지 않을까.

아파야, 근육은 더욱 단단해지고. 아파야, 울고 울며 더욱 어른스러워지니까.

그렇다. 나는 아팠고, 또 죽도록 아팠기에,..

그렇기에 내일, 현정이를 볼 수 있게 되었다.

그렇다. 드디어 내일, 그 아름다운 얼굴을 다시 볼 수 있게 되었다.

그래 ,.

'버릴 만큼 아팠지만, 간직할 만큼 사랑했다.'

내일 현정이를 보게 되면, 이 말을 꼭 전해 주고 싶다.

▽

"콜록…! 컵…! ……콜록! 콜록!! 으….."

온몸이 찢어질 듯 아프다. 하지만 오늘 이 고통은 끝이 난다. 이렇게 딱딱한 벤치 위에 누워 자는 것도 이제 끝이라는 말이다. 그렇다. D-day, 오늘이 왔다. 드디어 오늘이다.

"일어났어요? …오늘은 조금 일찍 깨워 봤어요."

"아이 씨…. 풉. 그래 오늘은 이해한……. 어!?"

"큭…. 안 움직이죠?"

온몸이 밧줄로 칭칭 감겨져 있다. 이리저리 몸을 움직여 보았지만, 내가 유일하게 할 수 있는 동작은 그저 꿈틀대는 것뿐이다.

"대충 묶을 걸 그랬나…. 노인네 힘도 없는데….."

기운 빠진 자세로 벤치 옆 바닥에 앉아 있던 과거의 이정후가 소름 끼치는 말투로 혼잣말을 시작했다.

"……뭐?"

"그 나이 먹도록 현정이를 구하지 못한 이유가 있네요. 아무리 나라지만 역시…. 멍청해. 저는 아무리 생각해도 이해가….."

"야!! 장난…. 장난치지 말고. 지금 당장 이거 풀어. 당장!! …콜록! 콜록! 윽….”

“아이 씨…. 시끄럽네. 그래도 확실히 똑같은 사람이라 그런지, 생각하는 것도 똑같네요?”

지금 이 녀석의 눈빛. 장난 따위가 아니다. 얇지만 붉은 핏줄들이, 흰자가 거의 보이지 않을 정도로 촘촘하게 올라와 있다. 마치… 감염된 좀비처럼 말이다.

“아니…. 지금 뭐 하는 거야? …미쳤어?”

“휴우…. 세상에 믿을 사람 하나 없다더니. 하마터면 자기 자신한테 뒤통수 맞을 뻔했잖아요…. 이 테이프로 제 입 막으려고 한 거죠? 시끄러우면 붙이려고.”

「찌익-! 찌익-!」

과거의 이정후가 내 몸 위에 사뿐히 올라타더니 곧바로 테이프를 길게 뜯어내고, 그것을 내 입가에 마구잡이로 붙여 대기 시작했다.

“뭐 하는…. 콜록…! 커억…!! 컵…. 훅…. 후욱….”

“으… 더러워. 그러다 폐암 옮겠어요. 얌전히 있어 봐요…. 깔끔하게 붙여 줄게.”

“하지…. 읍…! 으읍!! 푸학…!”

“씨× 가만히 있으라니까!!”

「짝!」

내가 이리저리 몸을 비틀어 대며 반항하자, 이 미친 녀석은 내 뺨을 강하게 후려쳤다.

「찌익-! 찍-!」

“아…. 읍…!! 우읍!”

"후⋯. 됐다. 자, 말해 봐요."

"읍⋯!! 으읍⋯!!"

"이정도면 잘 붙었네⋯. 됐어요. 쉬세요 이제."

대체 나에게 왜 이러는 것일까. 대체 왜.

「탁. 탁. 탁⋯!」

분명 내 눈앞에서 저수지로 던져 버렸던 담배가, 과거의 이정후의 주머니에서 나왔다.

"쓰읍⋯ 후우⋯⋯."

곧이어 과거의 이정후는 규칙을 어기고 아무렇지 않게 담배를 태우기 시작했다.

"아침에 묶으려고 한 거예요? 아니면 오늘 새벽? 정말⋯. 흐윽⋯. 흑⋯⋯. 너무한 거 아니에요?"

묶으려 한다니. 내가 왜. 대체 무엇을.

'설마⋯. 내 가방에 있던 이 밧줄 때문에?'

"읍⋯! 으읍!!"

내 예상이 맞다면, 지금 이 녀석은 단단히 오해를 하고 있다. 그래, 이 밧줄을 자신을 포박하기 위해 가져온 것으로 단단히 착각하고 있는 것이다. ⋯그런데 테이프는? 내 것이 아닌데?

"쓰읍⋯ 후⋯. 하긴, 그 나이 먹도록 현정이가 얼마나 그립고, 얼마나 가지고 싶었겠어요⋯. 그런데⋯⋯. 이건 아니잖아요⋯. 흐윽⋯. 생판 남도 아니고⋯. 자기 자신이잖아요⋯. 흡⋯. 내가⋯. 내가 얼마나 힘들었는지, 당신이 제일 잘 알잖아요⋯. 그런데 대체⋯. 대체 사람이 어떻게 그럴 수가 있어요….”

‘현정이…?’

그래. 당연히 현정이를 가지기 위해, 살리기 위해. 지금 우리가 이곳에서 이 짓거리를 하고 있는 게 아닌가.

“생각할수록 정말 악마가 따로 없네. …당신이 그런 인간이라면, 나 또한 그런 인간인 거겠죠?”

벤치가 낡아 날카롭게 튀어나온 나무판자가 보인다.

‘이것으로 단숨에 포박에서 벗어날 수 있을까? …아니, 벗어난다고 하여도, 지금 내 힘으로 이 녀석을 제압시킬 수 있을까? …침착하자. 일단 보류다. 더 확실한, 다른 방법을 생각해 보자.’

“쓰읍… 후……. 보여 줄게요. 우리가 그렇게 갈망하던 현정이가 어떤 모습으로 다시 죽게 되는지.”

‘뭐…? 현정이가 죽다니. 이 녀석 설마….’

“흐윽……. 당신 눈앞에서 톡톡히 보여 줄게요. 저는 우리 둘 다 현정이를 가질 자격이 없는 사람이라고 생각해요. 우리는 죽어야 마땅해요. 저 똑산이…. 우리가 만날 때마다 저 똑산이 고장 나는 이유를 드디어 알 것 같아요. 하, 하나도 아니고…. 악마가 둘이나 있으니…. 너무 역겨워서!! 흐윽…. 차마 보고 있기가 너무나도 역해서…. 그래서 고장 나는 거예요. 흑…. 이제 알겠어요?”

“읍…! 으읍!!! 읍!!!”

‘제발…. 오해야. 내가 너를 배신해서 뭐 하냐고. 도대체 무슨 이유로…. 대체 뭘 위해서….’

“쓰읍… 후우…. 우선 36살 이정후를 죽이고, 그다음은 …현정이에요.

…죽은 사람 살려 내서 우리 같은 인간이랑 다시 살게 하는 게, 그게 더 고문이잖아요. 그렇죠? …그리고 당신은 세 번째로 죽여 줄게요. 한 사람의 더러운 욕망 때문에 모두가 쓸쓸하게 죽어 가는 그 모습을, 당신의 그 두 눈으로 꼭 봐야만 해요."

'이런 미친 새끼….'

찾아내야 한다. 찾아내야 한다. 이 포박에서 벗어나, 이 녀석을 제압시킬 방법을. 기필코 찾아내야만 한다.

"당신도 눈치챈 거죠? …결국 현정이는 하나뿐이라는 사실을."

'뭐? …하나뿐이라니.'

"그때 테스트해 볼 때…. 눈치챘잖아요. 제가 점을 뽑았지만, 그쪽 손목에 있는 점은 사라지지 않았다…. 제가 담배를 끊었지만, 그쪽 건강은 전혀 나아지지가 않았다…. 즉, 과거가 바뀌어도 미래는 바뀌지 않는다…. 그러니까 36살 이정후가 사는 시점의 현정이를 구한다고 해도, 우리가 사는 시점의 현정이는 '뿅!' 하고 되살아나지 않는다는 거겠죠. 그쪽 손목의 점도, 폐암도, '뿅!' 하고 사라지지 않은 것처럼."

이…. 이 무슨 말도 안 되는 억측인가. 나는 이따위 생각을 해 본 적 없다.

"읍…. 읍!"

"쓰읍……. 후…. 그러니까 혼자 차지하려고 했던 거잖아요. 장고와 장훈이가 저희의 시점에 갇혀 버린 것처럼, 현정이를 당신 시점에 가두려고 했던 거잖아요. …36살의 이정후와 저의 뒤통수를 치고, 혼자 현정이를 독차지하려고 했던 거잖아요. 그래서 처음에 똑산의 원칙도 숨겼던 거고…. 밧줄과 테이프도 챙겨 온 거잖아요…. 이 악마 같은 새끼야…."

「치익-.」

과거의 이정후가 천천히 자리에서 일어나더니, 내 목덜미에 자신이 피던 담배를 지지기 시작했다.

"읍!!"

엄청난 고통이다. 하지만 지금 이 정도의 고통은 전혀 충격적이지 않다. 그저 이 녀석이 이런 오해를 하고 있다는 사실이 미치도록 충격적일 뿐이다.

"그렇게…. 그렇게 현정이를 가지게 되면, 영주와 현정이가 당신을 인간으로 볼 것 같아요? …다시 화목했던 예전으로 돌아갈 수 있을 거라 생각했던 거예요? …멍청한 새끼."

결국 또다시 변수 발생이다.

'아…. 결국…. 또 이렇게 실패하는 것인가.'

"그런데…. 가장 역겨운 것은…. 저 또한 당신과 똑같은 생각을 했다는 거예요. 우리는 똑같은 사람이니까…. 똑같은 악마니까. 하지만 그 생각을 도무지 실행으로 옮길 수가 없었어요. 당신이 얼마나 고통받았는지 아니까. …그런데 어젯밤, 당신이 밧줄을 만지작거리는 모습을 보았어요. ……저는 생각했죠. 아…. 내가 선수를 치지 않으면, 결국 내가 당하겠구나…. 그래서 묶었어요. 멍청한 당신보다 한발 빠르게 실행에 옮겼죠."

'밧줄…. 아아… 어젯밤 일기를 쓰던 중, 밧줄을 만지작거리던 것이 패착이다….'

"하지만 얼마 후, 꽁꽁 묶여 있는 당신의 모습을 보고 있으니, 이루 말할 수 없는 자괴감이 치밀어 올랐어요. 현정이? …씨×. 이제 다 필요 없어요. 저는 인간으로 죽을 거예요. 당신은 악마지만, 나는…. 나는 인간으로 죽을 거라고."

'정말…. 정말 이렇게 또 실패하는 것인가……'

아니, 아니다. 고지가 코앞이다. 분석…. 분석해라 이정후. 물이 99도
까지 끓어올랐다. 마지막 1도를 마저 끓여 내야만 한다. 이 상황을 해결
할 방법을 기필코 찾아내야만 한다.

'그래, 가방에 일기….'

가방에 내가 쓴 일기가 있다. 이곳에서 13일 동안 내가 작성한 일기를
이 녀석이 본다면, 자신이 지금 오해를 하고 있다는 사실을 알게 될 것이
다. 그래, 이 녀석에게 일기를 보여 줘야만 한다.

'딱…. 딱 한마디만 할 수 있다면……. 그래.'

조금 전 확인해 두었던 날카로운 나무판자가 다시 보였다. 이거면 충
분하다.

"읍!!"

「슥. 스윽. 슥!」

송곳같이 뾰족한 나무판자 끝부분에 내 입을 미친 듯이 비비기 시작했
다. 입이 모두 찢어져 버려도 괜찮다. 테이프를 뜯어내고, 딱 한마디만 할
수 있으면 된다. 더도 말고 딱 한마디만.

"뭐, 뭐… 발악하지 마!!"

과거의 이정후가 나를 막기 위해 달려들었다.

「푹-. 찌직-! 우당탕!」

성공이다. 테이프가 조금 뜯겨, 나무판자에 입을 꽂아 넣었고, 그 상태
로 바닥에 굴러떨어졌다. 그 덕에 입 주변의 살점과 함께 테이프가 충분

히 뜯겨져 나갔다.

"푸! …푸우! ……푸하! …허억. 일기! 가방 안에 일기가 있어!! 한 번만 봐…. 컥! …커헙!"

"닥쳐…. 닥…치라고……."

과거의 이정후가 순식간에 내 몸 위에 올라타더니, 내 목을 강하게 조르기 시작했다.

"켁… 크엑…."

숨이 막힌다. 미치도록 고통스럽다.

"어디서 발악을 해! 너는 그럴 자격 없다고!"

"컥! …억……."

시야가 흐려진다. 이제 나는 정말 죽는 것인가. 미치도록 억울하다. 나는 아직 보상받지 못했다. 나도 보상받고 싶다. 나도 현정이가 보고 싶다.

"………윽."

…그래. 그래, 괜찮다. 내가 할 말은 분명하게 전했다. 부디 이 녀석이 오해를 풀고, 꼭 현정이를 구해 주기를….

"……."

＊ ＊ ＊

"콜록! 콜록! …윽….."

아무런 기력이 없다.

"아…. 햇빛."

강렬한 햇빛에 눈이 부신다. 이곳은 천국인가. 아니, 아마도 지옥일 것이다. 하지만 어째서 깜깜해야 할 지옥에 강렬한 햇빛이 비추는 것인가.

"뭐, 뭐야! 대체 어떻게…. 정말 끈질기네. 수명도 얼마 남지 않았다면서…. 역시 폐암도 거짓말이었어."

과거의 이정후의 목소리가 들린다. …아, 다행이다. 아직, 아직 죽지 않았구나.

"그래, 이참에 물어볼게요. 일기…. 이 일기까지 조작한 거예요? 나 하나 속이려고?"

내 입에 테이프를 다시 붙여 놓지 않았다. 오해가 풀린 것인가. …아니다. 여전히 몸은 묶여 있다. 아직 오해가 풀리지 않았다.

"…현정이는. 현정이는 어떻게 됐어."

"걱정 마세요. 아직 안 왔어요."

"하아…. 다행이다. 정말 다행이야. 콜록! 콜록! …윽. …일기는. ……일기는 다 읽어 본 거야?"

"네, 읽어 봤어요. 사실 그래서 되게 혼란스러웠어요. 정말 나만 못된 생각을 했던 건지…. 하지만 방금 당신이 깨어난 것을 보고, 다시 마음을 굳혔어요. 결국 폐암도 거짓말이었잖아요."

"제발…. 제발 그만해…. 지금이라도 늦지 않았어."

"…아니요. 설령 제가 정말 오해한 게 맞아도, 이제 더 이상 되돌릴 수 없어요. 저는 틀렸어요…. 저는 악마예요."

"아니야! 충분히 너가 오해할 만한 상황이었어!"

"…아니, 아니지. 당신이 틀렸을 수도 있잖아요?"

"아…. 제발 좀 그만하라고!!"

"뭐여! 이…. 이게 뭐여! 어째서…."

이 익숙한 목소리. 너무나 정겨운 이 사투리. …분명 성님이다. 나는 서둘러 성님의 목소리가 들려오는 곳으로 고개를 돌렸다.

"서…성님!! 성님…."

"뭐야…. 저 사람이에요? 그 성님이란 사람이?"

정말 성님이 맞다. 성님이 눈을 동그랗게 뜨고, 나와 과거의 이정후를 번갈아가며 보고 있다.

"시방 이게 뭔…. 아니 이게 뭐여!!"

"성님! 설명은 나중에 드릴게요. 저… 저 녀석 막아야 해요!"

"뭣이? 아니 저… 저놈. 니 10년 전이랑 판박이라니께!"

"그놈의 성님, 성님…. 당신이 우리를 살리지만 않았어도, 우리는 인간으로 죽을 수 있었는데. …죽어 버려."

「쩌저적-.」

과거의 이정후가 벤치에 붙어 있던 날카로운 나무판자를 단숨에 뜯어내더니, 곧이어 성님에게 쏜살같이 달려들기 시작했다.

"저… 정후야. 뭐여! 그만!"

「휘익-. 훅-. 휘익-.」

"으악!!"

과거의 이정후는 괴성을 지르며 나무판자를 마구잡이로 휘둘러 대었지만, 성님은 재빠르게 뒷걸음을 치며 손쉽게 회피하였다.

"익⋯. 에잇 몰러!"

「퍼엉-!」

살면서 처음 들어 본 엄청난 타격음이 울려 퍼졌다. 성님은 번개처럼 빠른 주먹을 날렸고, 그 주먹은 과거의 이정후의 왼쪽 턱에 강하게 적중하였다.

"억⋯⋯!"

「쿠웅-.」

턱을 맞은 과거의 이정후는 마치 도미노가 쓰러지듯, 천천히 몸이 기울더니, 벼락 맞은 고목나무처럼 바닥에 쓰러졌다.

"⋯정후야! 아니, 요것도 정후고, 저것도 정후고⋯. 시방 뭐여!"

"성님⋯."

"몸에 그건 뭐여! 얼굴은 또 왜 그 모양이고!"

"흑⋯. 흐윽⋯."

농도가 짙은 눈물이 흐르기 시작했다. 하지만 그동안 내가 흘렸던 눈물과는 종류가 다른 눈물이다. 그리움의 눈물도, 죄책의 눈물도, 외로움의 눈물도, 분노의 눈물도 아니다. ⋯그렇다. 이 눈물은 바로 안도의 눈물이다.

***

　나는 성님에게 이곳, 벤치에서 있었던 일들을 모두 말해 주었다. 결국 성님은 밧줄로 과거의 이정후를 꼼꼼히 묶어 두었고, 나와 함께 벤치에 앉아 숨을 돌리기 시작했다.

　"성님…. 진짜 잘하시네요."

　"이? 뭐가."

　"복싱… 되게 잘하시네요."

　"그럼 뭐 한디. 결국엔 노숙자가 노숙자 때려눕힌 건디."

　"…감사합니다. 그리고 정말 죄송합니…."

　"하지 말어."

　"아… 넵…."

　"…정후 니는 뭐 소싯적에 잘하는 거 없었냐잉?"

　"네? 저는 딱히…. 아, 학창 시절에 웅변에 재능이 좀 있었어요."

　"이이? 웅변? 니가?"

　"왜요…. 그래서 나름 담임 선생님께서 좋아하셨어요."

　"참…. 그런 재능이 있으면서 왜…."

　"…왜요?"

　"아니, 그른 재능이 있는 놈들이, 입으로 먹고 살아야 될 놈들이…. 밧줄로 몸을 쫌매고, 입에 테이프 부챠 놓고 지랄하는 것이 암만 생각해도 이상하잖여. ……요상한 취향이 있는 것도 아니고."

　"아…."

생각해 보니 정말 그렇다. 이 녀석이 나와의 대화를 단절한 이유는 무엇일까. 분명 이 녀석 또한 웅변에 재능이 있을 텐데 말이다. …그래, 밧줄. 오해다. 우리는 서로 간에 오해가 있었다. 그렇다면, 그 오해가 생긴 이유는 무엇일까.

"참나…. 이해가 안 가는구먼."

이해…. 그래, 이해. 우리는 서로를 이해하려 하지 않았다. 과거의 이정후는 내가 밧줄을 만지고 있던 이유를 이해하지 못했고, 나는 과거의 이정후가 그런 내 모습을 보며 느끼게 될 마음을 이해하지 못했다.

'그렇다면….'

오해를 풀고, 이 녀석의 마음을 되돌릴 방법을 깨달았다.

"성님…. 저는 소싯적에 문제를 푸는 사람이 되고 싶었어요."

"이? 뜬금없이 뭔…."

나는 과거의 이정후의 몸에 묶인 밧줄을 하나둘 풀어내기 시작했다.

"이이? 지금 뭣 허는 겨! X빠지게 묶어 놓은 걸 어째서! 저 새끼 눈깔 못 봤어?? 완전 회까닥 돌았다니께??"

"괜찮아요. 성님."

"안 괜찮어!!"

"…혹시 눈 딱 감고 저 한 번만 이해해 주시렵니까? 성님이 그랬잖아요. 그냥 한 번 믿어 주는 것도 필요하다고."

"이해는 개뿔…. 에휴…. 아 몰러 나는! 니 몸이니께 니 맘대로 혀. 대신! 저 새끼 깨고 나서 또 지랄하거든, 니가 직접 치고박던지 둘이서 나뒹구르던지 알아서 혀. 난 몰러."

"하하…. 네 성님. 그럴게요."

「석-. 서억-. 훅! ………풍덩!」

밧줄을 모두 풀어내고, 그것을 뭉뚱그려 잡아 저수지로 있는 힘껏 던져 버렸다.

"콜록! 콜록! …후우…. 윽…….."

밧줄 하나 푸는 것에도 힘이 벅차다. 이제 정말 수명이 얼마 남지 않은 것 같다. …아니, 간신히 숨을 붙들어 매고 있다는 표현이 더 적절하다.

'부디 조금만…. 조금만 더 버텨 주길….'

***

"웅…. 아으…….."

이 신음 소리는 내가 낸 것이 아니다.

"야단났구먼."

"…어? 씨… 씨x 뭐야!!"

그렇다. 과거의 이정후가 깨어났다. 벌떡 일어나 뒷걸음질을 치더니, 그 자리에 멈춰 선 채로 눈을 동그랗게 뜨며 자신의 몸을 더듬기 시작했다.

"큭…. 잘 움직이냐?"

"아니…. 왜…. 나를 묶어 놓지 않은 거야?"

"정후야. …우리 어릴 적 아버지가 해 주신 말씀, 기억나?"

"닥×! 왜…. 왜 나를 묶어 놓지 않은 거야! …뭐, 이제 저 사람이 있으니까, 힘으로 나를 막을 수 있을 거 같아?"

과거의 이정후가 성님을 째려보며 잔뜩 경계하기 시작했다. 하지만 성님의 주먹을 한 번 경험해 본 탓인지 그저 경계만 할 뿐, 다시 무작정 덤벼들 생각은 없어 보인다.

"나는 너를 이해하고 있으니까."

"이해는 무슨 이 악마 같은 새끼야!"

"우리가…. 우리가 왜 아직까지 현정이를 살리지 못한 줄 알아? …어릴 적 우리 아버지도, 정신병원에서 의사 선생님도, 택시기사님도, 지금 내 옆의 성님도, 모두……. 우리에게 먼저 이해라는 것을 주었어."

"갑자기 무슨…."

"그런데 우리는…. 반대로 우리는 단 한 번도 이해를 주지 않았어. 심지어…. 심지어 자기 자신조차 이해하지 못했지. 꼬마 아이는 자신을 꾸중하는 아저씨를 이해하지 못했고, 아저씨는 우유를 버리는 꼬마 아이를 이해하지 못했어."

"시끄러워!!"

"고등학생은 사과하지 않는 아저씨를 이해하지 못했고, 아저씨는 뜬금없이 사과를 원하는 고등학생을 이해하지 못했지. 또 중학생과 노숙자, 그리고 지금 너와 나. …서로를 이해 못 한 우리들은 오해를 풀어 갈 대화 한 번 나누어 보지 못했고, 결국 후회로 가득 찬 인생만 남게 되었지. 단 한 번이라도. …어릴 적 그렇게나 웅변에 뛰어난 재능을 가지고 있었던 우리가…. 단 한 번이라도 서로를 이해해 주고 대화를 나누었더라면…."

"닥쳐… 닥……. 나를 묶었어야지…. 정말 나를 배신할 생각이었으면,

나를 묶었어야지……. 이 멍청한…."

"괜찮아…. 아직 늦지 않았어. 그래, 후회를 최선의 선택으로 바꾸는 방법. 우린 배웠잖아."

"……결국… 정말 결국 나만…."

"괜찮아. 나는 너를 이해하고 있어."

"결국 나만 나쁜 놈이잖아…."

"시간이 없어. 콜록! 커헙! 으윽…. 제발 이정후…. 이제 슬슬 또 다른 이정후가 올 때가 되었어."

"나는…. 나는 현정이를 죽이려고 했어. 그런 나를… 36살 이정후가 과연 이해해 줄까?"

"그건…. 그 이정후의 판단에 맡기자고. 이해란 받는 것이 아닌 서로 주는 것이니까."

"……."

"워매 간지러…. 느그 둘이 그러다 뽀뽀까지 하것다잉?"

"하하…. 그러게요. 또 성님 덕분에 살았네요."

"으…흐윽…."

48살 이정후의 좀비 같던 눈빛이 길 잃은 사슴의 눈망울로 돌아왔다.

'이렇게나 쉬운 것을….'

그렇다. 우리는 서로를 다그칠 필요도, 서로에게서 도망갈 필요도, 서로를 묶거나, 원망할 필요도 없었다. 우리에게는 그저 단 한 번, 상대방을 있는 그대로 믿어 주는 이해가 필요했던 것이다. 그렇다. 나는 그동안 이해가 아닌 분석을 하려 했던 것이다.

「…부웅….」

그때, 차량의 배기음이 희미하게 들려오기 시작했다.

'왔다….'

고개를 돌리자, 저 멀리로 하얀색 SUV 한 대가 보인다. 그렇다. 드디어 온 것이다. 36살의 이정후가.

"와… 왔어! 이정후! 콜록! 윽…. 얼른!!"

"아… 알아!"

과거의 이정후는 우리가 사전에 만들어 놓은 팻말을 잽싸게 챙겨 들고 도로를 향해 뛰어나갔다.

"나도 도울 것이 있겠구만."

성님도 우리를 돕기 위해 도로를 향해 걸어나갔다.

[정지. 전방 100m 도로 공사 중]

조금은 긴장한 자세로 도로에 선 과거의 이정후가 팻말을 머리 위로 번쩍 들어 올렸다.

'제발…. 제발…….'

과거의 이정후가 팻말을 살짝살짝 흔들기 시작했다. 차량이 점점 다가올수록, 심장이 점점 빠르게 뛰기 시작한다.

「…웅…….」

'줄… 줄어든다!'

됐다. 과거를 바꿨다. 원래라면 지금쯤 현정이는 화장실이 급해, 차량의 속력을 올렸을 것이다. …하지만 지금, 속력이 점차 줄어들고 있다.

'제발…. 제발 멈춰라…….'

「……끼…익.」

"돼… 됐다!!"

차량은 비상 깜빡이를 틀더니, 과거의 이정후와 가까운 거리에 정차를 하였다.

「터벅. 턱턱.」

곧바로 과거의 이정후와 성님은 총총걸음으로 차량을 향해 다가갔다.

「똑. 똑. 똑」

"저… 저기요. 협조 부탁드립니다!"

과거의 이정후가 조수석 차량의 창문을 똑똑 두들기며 연기를 시작했다.

「지-잉.」

창문이 내려가자 조수석에 앉아 있는 젊은 이정후의 모습이 어렴풋 보인다.

'36살…. 그때 그 모습이다.'

내친김에 운전석에 있을 현정이를 보기 위해 머리를 이리저리 흔들었지만, 아쉽게도 상가 건물의 그림자에 가려져 보이지 않는다.

"여기…………해요?"

"네. 지금 요 앞 도로에서 고, 공사가 진행 중입니다."

"아니…………잖아요."

이정후와 이정후가 대화를 나누고 있다. 하지만 36살 이정후의 목소리는 너무 희미하게 들려, 무슨 말을 하는지 도통 알아들을 수가 없다.

"그…. 그런데 뒷바퀴가 심하게 고장 난 것 같은데…. 혹시 사고라도 나셨어요?"

"네!? 뒷바퀴요?"

이번 것은 확실하게 들렸다. 36살 이정후가 놀란 목소리로 대답했다.

「철컥-.」

예상했던 대로 36살 이정후가 조수석 문을 열고 급히 내렸다.

"대체 어디가…."

곧바로 우측 뒷바퀴를 확인하던 36살 이정후가 타이어를 이리저리 만져 가며 골머리를 앓기 시작했다.

"오, 오른쪽 말고요! …왼쪽 뒷바퀴요."

"왼쪽이요?"

"흐미~. 이거 완전 개박살이 나 버렸구만! 안 돼! …이거 폐차해야 돼. 야단났네, 야단났어."

어느새 왼쪽 뒷바퀴에 서 있던 성님이 연기에 동참했다.

"뭐요!?"

성님의 연기에 완벽하게 속은 36살 이정후는 어두운 표정으로 왼쪽 뒷바퀴를 확인하러 갔다.

"아니, 대체 어디가 개박살이…. 여기요?"

그리고 그때.

「턱!」

성님이 대뜸 36살 이정후를 두 팔로 꽉 붙잡더니, 과거의 이정후에게 소리치기 시작했다.

"으잇!! 임마…. 지금이여!"

"네…. 네!"

성님의 신호에 조수석 앞에 서있던 과거의 이정후는, 몸을 던지며 순식간에 차량 안으로 들어갔다.

"뭐야! 뭐야 당신들!!"

당황한 36살 이정후가 몸부림을 쳤지만, 성님의 힘을 이겨 내기에는 역부족이었다.

"(……꺄악…!)"

현정이의 비명 소리가 아주 희미하게 들려왔다. …마음이 조금 아프지만 어쩔 수 없다.

「덜덜…덜……….」

차량…. 차량의 시동이 꺼졌다. 차 키를 뽑은 것이다. 성공이다.

"뽀… 뽑았다!!!"

과거의 이정후가 차량 밖으로 빠져나오며 소리쳤다.

"뭐냐고 당신들! 현정아!!"

"웃…!"

과거의 이정후는 약간의 기합을 넣으며 9회 말 2아웃에 투구하는 구원 투수의 모습으로, 저수지를 향해 차 키를 있는 힘껏 던졌다.

"야!! 뭐냐고!!!"

빙글빙글 돌며 날아가는 차 키에 모두의 시선이 쏠렸다. 그러자 이 공간은 마치 슬로 모션이라도 걸린 듯, 시간이 느리게 흘러가는 것처럼 느껴지기 시작했다.

'됐………다……'

그렇게 차 키는 한없이 느리지만, 안간힘을 쓰며, 저수지를 향해 꾸준히 날아갔고, 36살 이정후는 그 억겁의 시간 동안 자신의 차 키가 경이로운 포물선을 그리며 날아가는 그 장면을, 그저 두 눈으로 지켜볼 수밖에 없었다.

「…퐁당!」

작지만 경쾌한 승전보가 벤치에 울려 퍼졌다.

'서……성공이다.'

그렇다. 차 키가 성공적으로 저수지에 빠졌다. …이제 저 차량은 무용지물이다. 즉, 현정이는 죽지 않는다.

「턱!」

모두가 멍하니 저수지를 바라보던 그때…. 눈부시게 아름다운 여성이 운전석에서 내렸다. …그렇다. 현정이, 현정이다. 그렇다. 내 아내, 김현정이 차량에서 내렸다. 현정이는 마치 암막 커튼은 이렇게 걷어내는 것이라며 나에게 시범을 보여주듯, 상가 건물의 캄캄한 그림자 속에서 아주 환한 빛을 내며 모습을 드러냈다. 그래, 저 아름다운 여성이 바로…. 내 아내, 김현정이다. 심장이…. 심장이 터질 것만 같다.

"야!!"

살짝 갈색빛이 도는 긴 생머리에 똑산같이 높은 코.

"이 개××들아!!"

그리고 앵두 같은 입술………로 비속어를….

"끼야약!!!"

현정이는 대뜸 괴성을 지르며 성님에게 달려가더니, 섬섬옥수 같은 손으로 성님의 머리채를 한 움큼 쥐어 잡았다.

"아아악!! 이…이 미친 가시나…. 아악!! 놔! 놓아라!!"

"끼야악…!!!"

"현정아! 뽑아!! 다 뽑아 버려!!"

"으아악!!"

'아…… 현정아….'

정말…. 정말 예쁘다.

***

우리는 가까스로 36살 이정후와 현정이를 진정시켰고, 힘겹게 벤치로 데려와 그동안 이곳에서 있었던 일들을 하나둘 말해 주었다.

"마, 말도 안 돼…."

36살 이정후가 믿기 힘든 표정으로 머리를 쥐어 잡기 시작했다.

"여기…. 옛날에 우리가 쓰던 일기."

나는 내 일기를 건네주었다.

"이 일기…. 맞아요…….."

"못 믿겠으면 본가에 가서 확인해 봐. 똑같은 일기가 2개라는 것을."

"그럴 필요 없어요. 48살 정후… 씨? …그쪽도 이정후라면, 일기가 있을 거 아니에요."

역시 현명하다. 현정이가 과거의 이정후에게 일기를 보여 달라고 부탁했다.

"………."

"…뭐해? 너 일기 보여 줘."

과거의 이정후를 보챘지만, 쭈뼛쭈뼛 우리의 눈치만 볼 뿐, 자신의 일기를 좀처럼 꺼내지 않는다. …그래, 조금 전부터 이 녀석의 표정이 심상치 않다.

"일기…. 없어요?"

36살 이정후도 일기의 행방을 묻기 시작했다.

'아…. 설마….'

우리가 함께 있던 13일 동안 쓴 일기의 내용 중, 차마 현정이에게 보여 줄 수 없는 내용이 담겨 있는 것인가. 과거의 이정후는 우리를 죽일 생각이었으니까….

"아! 맞다…. 이 녀석 일기는 제가 버렸어요. 어차피 하나를 버려도 하나가 남잖아요?"

나는 과거의 이정후를 위해 거짓말을 시작했다.

"그걸 왜 버려요?"

현정이가 매섭게 질문했다.

"가시나…. 성격 매콤하네. 거 버렸다면 버린 거쥬…."

성님 또한 과거의 이정후의 마음을 이해한 듯하다.

"일기…. 여기……."

'어라?'

그때 과거의 이정후가 일기를 꺼내들었다. 다행히도 내가 걱정하던 내용은 적혀 있지 않은 것인가.

「텁! ………풍덩!」

"어어!?"

현정이가 일기를 대뜸 빼앗아 가더니, 그것을 저수지로 냅다 던져 버렸다.

"아 답답해. 동작 굼뜨는 걸 보니 이정후 맞네요. …그리고 누가 봐도 셋 다 똑같이 생겼거든요?"

"현… 현정아…. 대체 왜…."

과거의 이정후가 놀란 표정으로 현정이를 바라보기 시작했다.

"그냥. 아까 차 키 던진 거 복수요. …아, 그리고 현정이라고 부르지 마요. 기분 되게 이상하거든요?"

"가시나… 성격 화끈하네…."

"아 자꾸 아까부터…. 근데 그쪽은 누구세요?"

현정이가 성님에게 불만이 가득 찬 말투로 말했다.

"…멋쟁이."

"뭐야…."

그저 평범한 멋쟁이가 아니다. 성님이 없었다면, 나는 이미 여러 번 죽은 목숨이었다.

"콜록! 콜록! 윽…. 쿨럭! 아…. 후욱…."

으…. 아직 한 가지 더 풀어야 할 문제가 남아 있다. 살면서 처음 느껴 보는 엄청난 통증이다. 지금 당장 주사를 맞으러 가지 않으면, 오늘 당장 죽을 거라는 강한 확신이 든다.

"성… 성님. 주…, 주사……."

"이이? 아!! 그래그래. 어서 가자 정후야."

"…뭐야 왜 그래요. 괜찮아요?"

36살 이정후가 우리를 붙잡았다.

"일기. 자세한 것은 일기 읽어 봐! 이놈 숨넘어가기 전에 얼른 가 봐야 하니께."

"네? 아, 알겠어요…. 그…. 저희 다음에 또 만나요! 꼭!"

"……윽."

성님은 나를 번쩍 업어 들고 병원으로 달려가기 시작했다.

* * *

「타닥. 타다닥. 타닥.」

"정후야, 조금만 버텨라! 요 근처에 병원 있응께!"

'현정이… 내가 사는 시점의 현정이는…. 쉰아홉 살의 현정이는 과연 되살아났을까….'

* * *

「스륵..」

성님의 목을 감싸던 나의 두 팔이 축 처졌다. 하지만 팔이 축 처졌다는 그 사실은, 몸의 감각으로 느낀 것이 아니다. 그저 축 처진 팔이 힘없이 덜렁거리는 그 모습이, 아주 흐릿하게 보였을 뿐이다. 그렇다. 온몸에 아무런 감각이 없다. 마치…. 유체이탈을 하는 기분이다.

"정후야!! 아… 아이고…. 이놈아, 제발!"

'그래…. 아무래도 48살 이정후의 말이 맞는 것 같다…. 이미 죽어 버린 우리 시점의 현정이가 뿅… 하고 다시 살아나지는 않을 테니….'

＊＊＊

「타닥. 탁. 타닥.」

"정후야! 병원… 병원이다. …흐윽……이눔아, 소주 마시러 가야제!! 제발!!"

'그래도 오늘 만났던 36살 이정후와 현정이는…. 앞으로 행복하게 살아갈 테니까.'

뭐, 그래. 만족스러운 결과다. 나에게는 성님이 있으니까.

"정신……려! ………후야! …정신……."

'그런데…. 그렇긴 한데…….'

솔직히 조금은, 부럽다.

2050년 5 월 21 일	날씨 : 아마도 맑음

나는 5월 20일, 어제의 이정후야.

그냥 ,. 너무 설레는 마음에, 일기의 서론을 미리 작성해 놓고 싶었어.

그래 ,.. 정후야, 드디어 성공했구나. 그동안 정말 고생 많았어.

진심으로 축하해. 이제 너가 느끼고 있을 그 벅찬 감정을,

오늘의 일기에 마음껏 작성해 줘.

프롤로그 – 그럼에도 불구하고

"당신… 누구냐고."

◆

"아…. 햇빛."

암막 커튼 작은 틈 사이로 따스한 햇빛 한 줄기가 들어와, 내 얼굴을
비추기 시작했다.

"여보!"

사랑하는 내 아내, 현정이가 나를 애타게 부르기 시작한다.

「삑!」

나는 서둘러 스톱워치를 작동시켰다.

'내 얼굴을 따스하게 비춰 주는 이 찬란한 한 줄기 빛은, 어디로부터 온
것일까.'

"이정후!!"

'이것은 과연 내가 이루어 낸 빛일까, 하늘이 내려 준 빛일까.'

"야!!!"

'후회를 최선의 선택으로 바꾼 것은 과연 나일까, 하늘일까.'

「철컥철컥, 쾅! 쾅! 쾅! 삑!」

방문을 두들기는 소리가 들리자 나는 재빨리 스톱워치를 멈췄다.

[50:05.21]

스톱워치에 50분 05초 21이라는 시간이 적혀 있다.

"어라? 고장이 났나….."

「철컥철컥. 쾅! 쾅!」

"이정후!! 너 진짜 죽여 버린다!!"

'풉…. 이미 한번 죽었…. 아…… 알겠다. 50년 5월 21일….'

「삐빅!」

[00:00.00]

나는 스톱워치의 시간을 초기화시켰다.

'그래. 하늘이 만들었고, 내가 이루어 낸 것이다. …내 노력이 하늘을 감동시켰구나.'

「철컥. 툭-. 철커틱. 끼…익.」

현정이가 문을 따는 것에는 성공하였으나, 어째서인지 문을 박차고 들어오지 않는다. 역시 오늘은 그만 말썽을 부리고 서둘러 나가 보는 것이 좋겠다.

나는 서둘러 외출 준비를 하기 시작하였다. 옷장 손잡이에 오늘 내가 입을 착장이 걸려 있다. 깔끔한 하얀 셔츠에 무난한 하늘색 청바지. 그렇다. 현정이가 걸어 놓은 것이다.

'음……. 아, 여유 부릴 때가 아니지.'

나는 곧바로 하얀 셔츠와 하늘색 청바지를 입기 시작했다.

'끙…. 살이 좀 쪘나….'

바지가 꽉 끼는 것을 보니, 나는 요즘 삶이 만족스러운 것 같다. 나는 눈 깜빡할 사이에 옷을 입는 것에 성공하였고, 마지막으로 거울을 보며 옷매무새를 다듬었다.

"……인물 좋네."

거울을 보며 자화자찬을 끝마친 나는 방문 앞으로 다가섰다.

"아멘."

「끽…끼…익…….」

나는 침을 한 번 꼴깍 삼키고서 조심스레 방문을 열었다. 오늘 하루는 정말 긴 하루가 될 것이다.

＊＊＊

"어! 현정아. 우리 현금 안 뽑았지."

"아… 씨. 그렇네."

기차에서 내려, 택시를 타고 고향집으로 향하던 길, 역시나 현정이는 할멈에게 용돈으로 드릴 현금을 인출하는 것을 새까맣게 잊고 있었다.

"저기 먹자골목으로 들어가면 ATM 있는 편의점 하나 있어."

"아 진짜? …크흠, 큼! …저기 기사님~. 정말 죄송한데, 저기 먹자골목으로 좀 가 주실래요?"

"예? 흐음…. 예~. 뭐, 그래요."

「똑-각-똑-각.」

현정이의 말에 택시기사님은 차선을 변경하였다.

"(이씨…. 그러니까 차 타고 오자니까…. 갑자기 무슨 기차야…. 아니, 왜 안 하던 짓을 하고 그래?)"

현정이가 복화술로 나를 다그친다.

"(미… 미안….)"

사실 현금은 이미 내가 뽑아 둔 상태이다. 그러나 나는 오늘 꼭 먹자골목에 방문해야만 하는 이유가 있다.

「부웅-.」

잠시 후, 먹자골목을 들어오자 창밖으로 익숙한 풍경이 보인다. 그렇다. 똑산이다.

"편의점 어디야?"

"요 골목 쭉 들어가야 해."

"아 씨…. 화장실…."

현정이는 화장실이 급해 보인다.

"화장실? 아까 역에서 내렸을 때 다녀오지 그랬어…."

"손님, 요 앞에 화장실 있긴 한데…. 어떻게, 잠깐 내려 드릴까요?"

"아, 어쩌지… 늦었는데…."

"현정아, 현금은 내가 뽑아 올게. 화장실 가 있어."

"으…. 그럴까?"

"그래, 얼른 뽑고 가야지. 할멈 기다리겠다. …기사님! 죄송한데 잠깐 차 좀 세워 주세요. 와이프만 먼저 내릴게요."

"예~."

「똑-깍-똑-깍. …철컥.」

기사님은 비상등을 켜고 잠시 갓길에 차를 세워 주셨다.

"이정후! 전화해!!"

"어~."

「턱!」

현정이는 화장실이 많이 급했는지, 문을 강하게 닫고 잽싸게 뛰어갔다.

"기사님, 요 골목 따라서 쭉 직진해 주세요."

"예~."

「부웅-.」

골목을 조금 더 들어오자, 많은 추억이 담겨 있는 그 장소, 벤치가 눈에 보였다.

"기사님! 저…. 죄송한데, 여기서 내릴게요."

"예? 여기는 편의점까지 거리가 좀 있는데…."

"아… 괜찮아요. 여기서 내릴게요."

"뭐, 그래요."

「똑-깍-똑-깍. …철컥.」

기사님은 벤치 맞은편 도로에 차를 세워 주셨다.

"보자~. 만 삼천…."

"여기, 십만 원이요."

"예~. 감사합니…. 아니 손님, 만 삼천 원인데요?"

"하하. 제가 기사님께 진 빚이 좀 있어서요."

"예? …빚이요?"

"네…. 아무튼…건강하세요!"

그렇다. 이 택시기사님은 이미 한 번 뵈었던 적이 있다.

"저기… 손님!"

「턱!」

나는 낯부끄러운 마음에 택시에서 서둘러 내렸다.

「부웅-.」

잠시 후 택시는 기분 좋은 배기음을 내며 이곳을 떠나갔다.

"십만 원…. 이번엔 직접 드렸다."

택시 기사님께 졌던 빚을 성공적으로 청산하였다. 이제…. 또 다른 빚을 청산할 차례이다.

"있다…. 노숙자, 또 다른 이정후."

"보고 싶다 현정아…. 주, 죽도록 보고 싶어……."

벤치에 앉아 서럽게 울고 있는 노숙자 이정후의 모습이 보인다.

"이정…!"

「지잉. 지잉. 지잉. 지잉.」

노숙자 이정후에게 진 빚을 청산하려던 그때, 휴대폰의 진동이 요란스럽게 울렸다.

"음…."

현정이의 전화번호가 아니다.

「띡-.」

"…여보세요?"

「……….」

"뭐야, 여보세요?"

「…이정후?」

"네…. 맞는데요."

「당장 똑산의 시야에서 벗어나.」

굵직한 남성의 목소리. 그런데…. 똑산을 알고 있다?

"……누구…세요?"

「…킥킥…… 네 친구.」

"당신… 누구냐고."

「이장훈~. 네 중학교 친구, 이장훈.」

"뭐… 뭐?"

이장훈은 죽었다. …장난 전화라도 걸려 온 것인가. 그런데…. 정말 장난 전화라면, 이장훈의 이름과 똑산이란 별명은 대체 어떻게 알고 있는 것인가.

「휴우…. 하마터면 내 계획이 도미노처럼 무너질 뻔했잖아.」

"무슨…."

「킥킥…. 머릿속이 복잡하지? 괜찮아. 우리 정후는 분석 하나는 기가 막히니까…. 이 상황도 언젠가 분석해 낼 수 있을 거야.」

자꾸만 얄밉게 킥킥대는 이 말투. 정말 이장훈과 비슷하다.

"워… 원하는 게 뭐야."

「오~. 확실히 술을 안 먹어서 그런지…. 말이 좀 통하네?」

"뭐냐고."

「킥킥킥킥…. 그래……. 잘 들어. 나는 지금의 너에게는 악감정이 없어. 나는 그저 네 눈앞에 보이는 노숙자 이정후를 평생 동안 고통받게 해주고 싶을 뿐이야. …그런데 만약 네가 내 계획을 방해하려 한다면, 노숙자 이정후에게 도움을 주는 행동을 조금이라도 한다면……. 영주, 네 딸 영주는 내 손에 죽는다.」

"……영… 영주."

"…어 ……어디…!! 어디!!!"

그때 노숙자 이정후가 똑산이 고장 난 것을 확인했는지, 고개를 두리번거리며 또 다른 이정후를 찾기 시작했다.

「다시 한번 확실히 말할게. 지금 네가 참견하는 순간, 영주는 내 손에 죽는다. …지금 당장 똑산의 시야에서 벗어나. 당장.」

"윽…."

영주를 죽이겠다니. 거짓말인가? …만약 거짓말이 아니라면? 영주가 정말 위험한 상황이라면? 대체 어떻게….

"이, 이정후!! 이정후!!!"

노숙자 이정후가 나를 발견했는지, 큰 목소리로 나를 애타게 부르기 시작했다.

「당장!! 영주 죽는 꼴 보고 싶어!?」

"후우…. 아… 알겠으니까 진정해."

「그냥…. 무시하고 걸어. 아무 말도 하지 말고. 쳐다도 보지 말고.」

"……."

나는 그렇게 고개를 획 돌리고, 터벅터벅 걸어 나가기 시작했다.

"어…? 자, 잠깐! 이정후!!!"

"으윽… 윽…."

이러려고. …이러려고 이곳에 온 게 아닌데.

「킥킥킥킥…킥킥. 옳지, 잘하고 있어. 바로 옆에 상가 건물 보이지? 그 건물 코너를 돌아.」

똑산의 원칙도 알고있는 듯 하다. 이 남성…. 정말 위험하다.

"끄으……."

나는 아무것도 할 수 없는 분통한 마음에 이를 갈며, 건물 코너를 돌았다.

「킥킥… 잘했……. 킥…. 뚜--뚜-.」

그렇게, 전화 신호가 끊겼다. 그렇다. 똑산도…. 똑산도 돌아왔을 것이다.

"아… 아아……."

이제 노숙자 이정후는 59살에 현정이를 살리고, 폐암으로 죽는 그 순간까지 평생 고통받을 것이다. 그저 영주의 안위만을 걱정한 나의 이기

심 때문에.

「지잉. 지잉. 지잉. 지잉.」

그때 휴대폰의 진동이 또다시 울리기 시작했다.

"윽… 끄윽……."

현정이. 현정이의 번호다.

"으…. 후우……. 하아……."

「띡-.」

나는 분통한 마음을 숨기기 위해 심호흡을 몇 번 마친 뒤, 현정이에게 걸려 온 전화를 받았다.

"…여보세요."

「야 이정후! 누구랑 통화 중이야 계속!」

"아……. 하, 할멈한테 좀 늦는다고 말하다가…."

「뭐야, 목소리는 왜 그래. …현금은 뽑았어?」

"어…. 뽑았어."

「나 아까 내린 곳에서 기다리고 있을게! 빨리 와!!」

"알겠어…."

「뚝-.」

"아아…아…."

미치도록…. 미치도록 미안하다. 노숙자 이정후가 앞으로 받게 될 고통을 내가 가장 잘 알기에, 미치도록 미안하다.

'대체…. 이장훈이 어떻게….'

머릿속이 복잡하다.

'이장훈…. 이장훈…….'

그렇다. 또다시 문제가 생겼다.

'그래…. 이장훈도 장고처럼….'

그렇다. 그것을 풀어내는 게 불가능일지 가능일지는 나도 모른다.

'지금도 그 어느 시점에 살아 있다면….'

그렇다. 변수는 또다시 발생할 것이다.

'그래서 나에게 복수를 하는 것이라면….'

그렇다. 예상대로 흘러가는 것은 단 한 가지도 없을 것이다.

'그렇다면 나는….'

그렇다. 또다시 아플 것이고, 또다시 고통받을 것이다.

'그래…. 이장훈, 어디 한번 해 보자.'

그럼에도 불구하고. 후회를 최선의 선택으로.

그렇다. 다시 한번 운전대를 쥐어 잡을 시간이다.

작가의 말

안녕하세요, 『똑산 : 똑같은 산, 똑같은 사람』의 저자입니다.

이 책 한 권의 이야기는 이로써 마무리가 되었지만, 똑산의 이야기는 아직 끝이 나지 않았습니다.

『똑산 2』는

[노숙자 이정후를 평생 고통받게 하려는 이장훈 + ???]

VS

[노숙자 이정후를 고통에서 해방시켜 주려는 이정후 + ???]

이러한 대립 구도로 이야기가 전개될 것 같습니다.

'과연 정후는 장훈에게서 승리를 거두고, 아내 현정과 딸 영주와 함께 다시 행복했던 일상으로 돌아갈 수 있을까요?'

실은 이미 『똑산 2』를 집필 중에 있습니다만…. 『똑산 : 똑같은 산, 똑같은 사람』의 결과가 검증되지 않은 현재 시점의 저는, 그것을 세상 밖으로 꺼낼 용기가 조금은 부족한 것 같습니다.

그렇습니다. 무척이나 송구스럽지만, 독자 여러분들의 도움이 절실합니다. 부디 저에게 『똑산 2』를 출간할 수 있는 용기와 희망을 주십시오….

저에게 용기와 희망을 주는 그 방법은 바로…!
'지인분들에게 이 책을 소개시켜 주는 것'입니다. 책 좀 읽었으면 하는 친구, 사랑하는 연인, 생일을 축하해 주고 싶지만 마땅한 선물이 없는 직장 동료, 근황과 소식이 궁금한 동창생까지. 정말 무자비하게 소개시켜 주는 겁니다!
네, 여러분들이 바로 『똑산 2』를 만드는 그 주인공입니다.

…대뜸 쉽지 않은 부탁으로 독자 여러분들을 당혹스럽게 만들어, 쥐구멍이라도 찾아 들어가고 싶은 부끄러운 심정입니다.
하지만…. 『똑산』의 성공을 바라는 저의 간절함으로부터 만들어진 진심 어린 작가의 말이니, 부디 아량을 베풀어 주시기 바랍니다.

그럼 이만, 『똑산 : 똑같은 산, 똑같은 사람』의 발자취는 여기까지 남기도록 하겠습니다. 긴 글 읽어 주셔서 감사합니다!